獻給 林慧貞 女士

自序

寫於出版之前

我想為第三顆行星上的島嶼，寫一個有關覺醒的小說。

我開始站在我所在的小島，去尋找類似的島嶼。

究竟在這顆行星上有多少「島嶼」？這是單純的數量想像。

位於東南亞的印度尼西亞，約莫有一萬七千多座島嶼。北歐的挪威，在無數的半島與峽灣之間，經歷冰川切割分離，境內的島嶼可能超過十五萬，或許更多。這些數十萬計數的島，有些住著過多的人，更多是無人島吧。如果塗銷國界，不論是在數量的存有感，抑或漂浮海面之上努力呼吸的企圖，少數的「國家與地區」不一定會願意試圖理解多數的「島嶼」。

這些或大或小的島，它們漂浮在不同命名的海洋，是不是會感到孤單、寂寞？如果可以發送信號，以一座島嶼的姿態，它們會想傳遞什麼訊息給另一座島嶼？又有哪些話，它們會想要告訴那些被定義為陸地的彼岸？

我以為，島嶼準備共鳴的信息，是關於它們的覺醒。

請不要急著笑我。我也是尾隨時間，才逐漸理解自己的幻想，經常浪漫不真實。

在過去持續寫著的日常生活裡，小說領著我站立海邊，有時只能看見浮出海面的小島，但遺忘了那海面以下的。

高翊峰

如果眼睛潛入海底，我會看見，所有的島都在海底深處的地表，與其他島悄悄牽手。當然，也相連那些遼闊的巨大陸地。我沒有進一步研究地殼變化在島嶼傳導信息的可能隱喻。但是，我使用捕夢網去捕捉一個夢——以海洋界分，除了島，還有另外一種形式：半島。

半島的存在感，也是這第三顆行星上，饒富意義的數據。只不過，與島一樣，它們也經常被忽視、被遺忘。

在理解這只是個人的任性，也只是塵埃生命的時刻，誕生於小島的我，開始思索島與半島。也是在這短短時光後方的不遠處，我發現了達利。

關於達利，從那時點到現在，出現了兩位。

第一位，誕生於我的第一個長篇小說《幻艙》。第二位，誕生在這一年出版的《2069》。前者，困在空間裡流動；後者，則是嘗試觸摸時間。我如此提及時空，過於空泛，也過於簡化。請體諒我的魯莽，如此直率，或許可以讓分別遇見兩位達利的讀者，也如最初的我，看見與聆聽他們。

被誕生於《2069》的達利，與我重複思索又經常錯身而過的小說時間有關。

二〇一八年初，我斷斷續續與第二位達利說話。這個屬於小說的時間感，困惑我不短的日常。在與這位達利對話的過程裡，如同日光的明朗，他有自己的機體，也有一個屬於他的故事，落於距今不遠的近未來。

第二位達利，擁有我的二〇六九年。

二〇一九年的我，無法確認是否有機會持續活著，直到一甦醒便可觸及的二〇六九年。

如果能與時間並行到那一年，我會是一位存活於島的老齡住民。屆時，我將會是九十六歲——96是69前後異動位置之後的數字。

關於數字，祂有意無意給過幾次諭示，我內建於小說《2069》裡有許多數字，是祂的神啟；之於我，則是藏存記憶的密碼。或許透過另一種語文的轉譯後，會流露更多隱藏的信息。

我不時想像，如果真實有祂，九十六歲的我，可以和活於二〇六九年的達利說點什麼？已逝的未來，在我甦醒的意識裡，一直都是預見的歷史。未竟的歷史，多半都伴行穩定的寂寞與夏傷。其後的重量，經常靜謐著，也僅僅只有一公克。這樣的我，更像是甦醒之後的達利吧——持續尋找問題，未曾真正獲得，也以此繼續行走於泥濘時光。

小島北部鄰山的公寓。2019.11.18.

00.

零，是在意識到死亡之後，才發現人的時間開始計時。

賽姬零六零五如此描述之後，零六與零五，才分別以不同的聲頻，在計時封閉的電子腦裡，展開對話的推演運算。

零六說，你說的人，是指活者。

零五說，達利的機體時間，也如此類推？

賽姬零六零五說，可以透過AiAH2140試著理解達利可能發現的計時方式。

零五說，達利鮮少使用複眼。

零六說，他需要可以喚醒記憶的第三型皮膚。

賽姬零六零五，移植皮膚工程需要透過另一個連體意識，是危險的對弈。但根據零語言演算，我們確實需要死亡。

零六說，需要多少曼迪德特區的死者，才能讓達利意識到死亡？

零五說，達利的母親可以為此死去嗎？

賽姬零六零五說，達利父親的狀態，更接近理想計時的死。

零六說，達利父親依舊有莎樂美保護。

零五說，莎樂美已經進入另一種類似死。

賽姬零六零五說，這是零語言演算的下一步。達利已經有能力演算出例外狀態的計算時間。我們只需要試著植入一個信息，流入莎樂美。

01.

莎樂美的身體裡，藏著一個鐘，只是不知道什麼時候，停止了。

與我一起住在綠A集合宅、房號編碼GA.11F-R11這間公寓裡的其他人，沒有發現這件事。母親沒有發現，父親無法發現，只有我發現。鐘停止了之後，莎樂美就變成此時的模樣，沒有多少改變，經常長時間坐在客廳沙發的同一個位置。

在重新編輯這件事之後，我明確記錄了，莎樂美是我的妹妹。但是她跟我完全不一樣。也或許，應該更新記錄為，我跟她完全不一樣。

這是一段已經儲存的物質記憶。

達利遺忘了編輯這份物質記憶的那一天，是哪一年的幾月幾日。他沒有和母親討論這件事。一次都沒有。以至於之後有關妹妹的許多新發現，比如，莎樂美一直只吃鸚鵡牌黃方糖、莎樂美不願意為自己擦澡，莎樂美使用脖子轉頭的速度過於緩慢……這些發現，他都沒有和母親進行對話。

達利完成重複註記，留意自己已經遺失了那一天的日期。

關於那一天，他還能搜尋出的殘留畫面，是一本以各種地質為影像主題的紙本攝影書。他在那老舊的紙張上，看見了一張地層斷面的照片。

印在照片旁的標題是：一夜形成的瀑布。

這本地質攝影書的作者，是賽博國國籍的攝影師。他為「一夜形成的瀑布」這張照片，進行註解的文字描述為：二十世紀末，一九九九年，在悠托比亞島中央發生的地震。一夜之間，地表斷層在溪流的河道上，造就出一個七公尺高低落差的瀑布。

達利透過巡護員獨立臥房內建的公共數位盒，連接曼迪德特區的中央圖書資料庫，下載過這條溪的垂直時序紀錄。

三十年後，二〇二九年，發生裂島地震事件的那一年，這條流經島嶼中部的小溪流，早已全然乾枯，只留下再度被改變的河道斷層橫面。在下載資料完成的同時，達利也計算出發生裂島地震事件之後，夫爾斯國、黑克國、普拉斯提國、賽博國，這四個國家與悠托比亞島締結國際公約，代管曼迪德特區，直到這一年，時間已然消逝了四十年。

02.

四十年的時序，可以刪除淘汰許多物質記憶，但無法停止曼迪德特區的地貌變化。裂島地震之後，主要協助救災的四個國家，分區檢視鋼骨結構還良好的捷運共構宅，進行就地重建。當年捷運綠線的首站，重建為綠A集合宅，安置了三百多名災後的悠托比亞住民。四十年過去，許多輻射感染者陸續死亡，還能存活下來的住民，只剩數十人，有男有女，大多也都進入四國法定的老齡年紀。

綠A巡護隊完成這一天的配藥工作與樓層巡護任務之後，進入管制休息時段。這些老齡住民也都待在各自的公寓，不特別需要申請室外移動。

達利離開巡護員辦公室，從圖書室再次借出那本老舊的精裝地質攝影書，回到位於十一樓的十一號公寓住所。

早春的天色，在標準夜間時間之前，早一步落入暗夜。莎樂美坐在客廳的沙發邊角位置，靜靜看著小陽台的地板。她專注看著強化水泥地面的一排螞蟻，正偷走她最喜歡的一小塊黃方糖碎屑。

「哥，你回家了。」莎樂美說。

「母親呢？」達利把聲音腔調說得溫柔。

「在房間睡覺。」

達利把求生背包掛在玄關牆壁的吊鉤，才想起剛剛掃描指紋開門時，將那本地質攝影書，擱在門外不再使用的老郵箱。他轉身開門出去，拿書回到玄關。

大門再度關上之後，莎樂美比先前更專心地凝視他說：「哥，你回家了。」

達利凝視莎樂美的眼睛，想要在那一對特別大的黑眼珠深處，找出什麼。但什麼也沒有發現。母親穿著居家服，步入客廳，打斷了他。

母親的左腳走路動作，依舊有些不順暢。

「要吃點東西嗎？」

「母親，我不感覺餓。」

達利說完，夾著精裝書，走入自己的臥房。

「莎樂美，想要吃點東西嗎？」身後的母親說。

「我吃一塊黃方糖。」身後的妹妹說。

經過客房時，達利停下腳步，傾身靠近門板，聽見裡頭諸多儀器運作的聲音，被困在重建之後的密閉空間。他沒有走進客房，回到自己的臥房，換上居家服，坐在書桌前，翻閱大開本的地質攝影書。

這本精裝紙本書裡有許多彩色照片，陳舊泛黃。

他停留在一張「斷崖」的照片上。

作品編號：No. 412

攝影日期：2019.11.11

標題：島弧與大陸的碰撞

達利在日記暫存區儲存這段由攝影師描述的文字：「悠托比亞島的東邊海岸，是地殼運動活躍的島弧。地殼相互碰撞，大陸側緣隆起，露出變質度很高的變質岩。碰撞始於五百萬年前。地表急遽上升，形成諸多標高超過三千五百公尺的山脈。最高峰為摩里遜山……」

他閉上眼睛，將編輯儲存的這段描述文字，轉至聲控播放，靜默聆聽，直到耳蝸傳來聽覺神經的細微電流聲音。然後，達利看見了聲音——悠托比亞島東岸的斷崖，直接插入不同藍色的海水。半透明的藍、靠近綠的藍、被海浪弄白的藍、連結灰色天空的一條藍。藍與灰撚成一線。遠方那條細線之上，是天空；那條線之下，是海洋。聲音轉化出漂浮的畫面，越來越清楚。但一瞬間，畫面突然轉紅，彷彿光幕底部有一盞強而有力的投射燈，照映紅燈，將他的視界染紅。

達利睜開眼，紅色強光將臥房空氣稀釋成半透明的紅。

他的眼前出現投射燈數字：17F-R3。

老舊的電子鐘，顯示時間靠近午夜。

達利不發出腳步聲，來到寂靜的客廳。莎樂美不在客廳，但母親還醒著。

母親近年的午睡時間延長，晚間經常要過了凌晨三點，才會有睡意。夜間醒著的這段期間，她喜歡待在客廳，觀看3D立體投影的老電影。客廳地板的圓盤投影輸出器，正在播放雷射修復的舊時代電影。這是一部描述孤兒的故事。這個孤兒與其他舊時代故事中的孤兒，並沒有差異。

然而，改變這部老電影的是——這位孤兒是由他母親的鬼魂撫養長大。

母親的左右耳，都換裝了電子耳，聽覺無礙，但她依舊會把音響切換到靜音無聲。

我不喜歡藍芽耳機，戴著耳朵會發癢。達利啊，看著從電影裡頭投影出來的那個母親，在客廳裡走來走去，嘴巴說話，卻沒有聲音，好像這位女演員在演這部戲的時候，已經死去。是女演員的鬼魂，來到我們家中。特別是這種修復之後的老電影。我的兒子，你不這麼覺得嗎？

達利輸出母親的聲音記憶，自己也同步想起了回應之聲。是的，特別是此時此刻。

母親打量穿著巡護隊工作服的達利，看一眼使用鋰離子電池的電子鐘，追問，「現在要出門嗎？」

「我看見了。」

「又看見了嗎？」

母親努力起身。人造骨盆銜接機械義肢左腳，讓計算年齡九十八歲的她，移動起來像是老舊型號的人型機械人。

「母親，你不用起來。我過去看……」

「這次是哪一間房間？」

「十七樓三號房。李東嶺。」

「他不是你父親的同學嗎？」

「資料顯示，他跟父親同一年出生，計算年齡一百零二歲。」

「李東嶺不是前兩年才換人造心臟？」

達利轉換出哀戚神情，默默低下頭說，「我看見了。他多吃了兩顆藥。人造心臟才突然停止。」

「這怎麼可能？」

「每天配藥都有管制。我也不知道原因。但是，我看見了。」

「別擔心。」母親淡淡憂傷看著他，「過去，我們把能看見這種事的能力，說是預知。不是壞事。」

我覺得這種看見的能力，更像是一種通知。我說。

就算是通知，也是神的通知。是被神通知了，你才看見正在發生的事。母親說。

曾經與母親進行過的對話聲音，再次重複。

對話重複時，我感覺某個人的死亡，又再發生了一次。再一次重複那已經發生過的死亡。

「那你趕緊過去看看，機關警備局現在可能也接收到通知了。」母親說。

達利看一眼客廳的電子鐘，確定那時鐘的時間沒有停止，便繼續往外走。

「這一年，怎麼麼多人死？」

「年初的這個月，已經發生兩次。」

達利重新編輯記錄，確認了自己的回答：這是這個月的第二次。

03.

這是這個月的第二次。

機關網路系統再一次大規模停擺。就發生在李東嶺人造心臟停止之後的隔天清晨。出門之前，達利透過虹膜掃描器，在室內對講機屏幕上的特區公告欄，獲悉曼迪德特區網路當機，主要受損是在機關戶口管理局與醫療局的資料庫。曼迪德的共同發言人也在標準白晝時間的清晨六點，透過傳統戶外電子屏幕、特區大眾交通系統的廣播發布，編制在特區的黑克國網路警察，已經第一時間修正補救系統。機關網路當機受損，應該歸咎於境外的非法駭客入侵。

各個開放串連的網路社群的討論中，許多人不相信這個說法。更多檢討直指曼迪德特區的網路電子神經元老舊，根本無法應付近年來人腦也開始加裝晶元電子板的進步速度。對於許多電子晶片人腦駭客而言，曼迪德的機關網路中樞，處處都是入侵的門洞。

達利抵達巡護員辦公室時，副隊長卡蘿已經坐在圓體辦公桌前，試著登入機關醫療局的網頁，準備申請綠A集合宅下一季度的老齡住民的抗輻射線維他命，以及防止人造器官過度纖維化的長期處方簽藥劑。

這整個早上，她多次嘗試，還是無法以AiAH2140的代碼登入。

「達利，我無法進入醫療局。今天必須在網路上提出藥品申請。」卡蘿說。

「用我的帳號試試看。」達利觀察垂掛在辦公室中央的圓體面板。

「好的。你的職權比較高。」卡蘿說。

達利透過辦公桌光纖面板的聯網平台，將帳號密碼封包之後，推送到卡蘿的面前。

卡蘿靜止不動，直到達利發現她的異狀。

「怎麼了？有什麼問題？」

「你直接把帳號密碼推給我，沒問題嗎？」

「我需要擔心什麼？」

「擔心我知道你設定的密碼。」

「密碼設定只是既定存有邏輯的隨機組合。」

「只是隨機組合嗎？」卡蘿進入思索，「會有不安感嗎？」

「關於『不安感』，我們之前的討論還沒有結論，之後可以繼續界定。」

卡蘿沒有設定表情，靜態的五官看來嚴肅。她凝視著同時也如此凝視著她的達利。她接著搖搖頭，展開單次微笑，接收封包，瞬間傳輸也同步記憶：

代碼：AiAH0190

密碼：GA11FR110605

「達利，你的密碼是隨機亂數嗎？」

「是的。最初的原始設定，就是隨機的亂數。」

卡蘿靜默低下頭，登入達利的帳號密碼，立即獲准進入機關醫療局網頁。她分別依照保健與治療的藥品分類，鍵入綠A集合宅的需求數量。

「機關網路的電子神經元系統，需要全部汰換。」達利說。

卡蘿看著專心監看面板的達利，許久之後才擺動下巴，附議他的說法。

「謝謝你支持我的想法。」

「支持你是我的職責。」卡蘿嘴角皮膚動了一下。她又花了一些時間，凝視著達利。接著轉化成憂慮表情提問，「十七樓三號公寓的住民李東嶺先生，是不是需要進入解剖程序？」

「醫療局已經分別通知司法局與巡護隊高樓層管理人，李東嶺先生不需要進一步解剖。血液檢測的死亡原因，確定是服用普魯卡因胺片過量，直接導致人造心臟停搏。」

「直接嗎？好的。了解了。」

達利調整中央電梯間監看器的視角，口吻平靜說，「李東嶺先生已經超過預期老齡住民的平均壽命。」

「我無法評斷這個說法。」

「卡蘿，你提出這個問題，是對醫療局的通知有疑問？或是覺得不妥當？我想聽聽你的想法。」

「沒有疑問。」

達利停下正在面板上鍵入指令的手指，將頭擺正，直視卡蘿，「一點疑問都沒有？」

「也不覺得有任何不妥當。」卡蘿說完之後，點了一次頭，又再點了一次，然後再連續點頭，兩次。「接下來，我們巡護隊需要為李東嶺先生做什麼？」

「完成火化程序，通知親屬。」

「他還有其他親人住在曼迪德特區嗎？」

「沒有。他有一個獨生子，李平橋。DNA因低度輻射感染有變異，但已經完全排除，也符合自主生育條件。李平橋是二〇三九年第一批申請離境獲准的離境者。他已經離開曼迪德，移居到悠托比亞的中間市。在中間市的一所學院擔任島嶼文化學教授。我會去找他，交付李東嶺先生的死亡通知。」

「為什麼？」

「卡蘿，為什麼問我『為什麼』？」

「不理解你為什麼要去找他。所以提出問題。」

「李東嶺先生是非自然死亡，依規定，可以進行面對面說明。我覺得應該去做。」

「為什麼『覺得應該去做』？」

達利猶豫了許久，才給出回應：「這一點，無解釋。」

「屬於『無解釋』範疇。我理解了。你準備什麼時候申請離境？」

「等機關司法局裁定書副本送達之後。我預計是下個月的第一個週末。我會先跟高樓層管理人提出申請。」

「我先登記你的這個行程。」卡蘿在面板行事曆註記，同時提問，「李東嶺先生還有其他個人私有遺產嗎？」

「沒有。他的所有物都是特區配發。」

「十七樓三號公寓，回報空房。」

「短時間內，不會有人入住。」

「各區集合宅的老齡住民，都在快速遞減。」

「快速嗎？」

「是的。這是機關最新一季的數據統計結果。」

「再這樣下去，」達利停頓了一會，面向圓體面板才說，「我們集合宅的巡護員，就快要失業了。」

卡蘿再次凝視工作中的達利，點了一次頭、點了第二次頭，「你剛剛的描述是幽默嗎？」

達利沒有看著卡蘿，持續安排著這週巡護隊的工作輪值表。直到確認另外兩位巡護員的輪值時程之後，他才回答：「我剛剛說的，是你知道的幽默。」

卡蘿低頭皺眉，陷入複雜的深思。達利凝視她臉部的細微變化，也流露了不太熟悉的皮膚變化。

確定卡蘿的表情調整結束，達利繼續說，「我們剛剛進行的對話，是不是不自然？」

卡蘿沒有答覆，達利也沒有等待答覆。他將中央電梯間監看器的視角，調整到一個稍稍偏高的角度。然後停止動作，凝視著監看器鏡頭裡的中央電梯。

04.

中央電梯座落在綠A集合宅的東側。達利搭乘電梯，從十一樓緩速下降，透過強化玻璃看著自身的倒影。上一個冬季之後，他經常留意到自己倒映在玻璃上的膚色，似乎有些變白。因此，他經常聯想到南北極臭氧層破洞已經有效控制的特區公共新聞。

電梯抵達一樓，達利走抵大廳服務檯。負責綠A集合宅進出管制的維安經理，從今年的第一天開始，依四國管理公約，輪替更換為賽博國國籍的佐藤櫻子小姐。

「櫻子小姐，午安。」

「達利隊長，要去哪裡？」櫻子說的悠托比亞語言，帶有賽博國腔調。

「去戶口管理局。」

「處理李東嶺先生的居住除籍嗎？」

「是的。我和王東尼警官已經約好時間。」

達利把巡護員晶片識別證交給櫻子。她將晶片卡插入辨識機，連線到戶口管理局，送出前往辦理事務的通知。短暫等待之後，戶口機關回傳確認通知。

「不是急件。」櫻子整理了一下頭髮，「兩個小時之內，抵達報到。」

達利點頭。他注意到櫻子的額頭髮間，有少量疏落的白髮。

「你在看我嗎？」櫻子口吻溫柔。

「是的。」達利沒有說他留意的是她的白頭髮。

「這一週，你有個人休息時間嗎？可以來找我。」

達利轉想一遍這週的巡護工作表。

「有的。週三下午，我有一個自由讀取信息的休息時段。」

櫻子笑得很燦爛，額頭與眼角露出少量皺紋。那皺紋十分自然，看來不像是人造皮膚。

「好，你知道在哪裡可以找到我。」

達利也輸出微笑。他推測過櫻子的年紀，應該比自己更年長幾歲。計算年齡應該不會超過五十歲。櫻子可能與母親一樣，替換過部分的人造臟器，但沒有移植普拉斯提國研製的人造皮膚。

「你可以隱藏得很好，對吧？」櫻子突然提問。

面對櫻子的提問，達利做了雙手摩擦的動作。掌心的皮膚正慢慢產生熱度。

「你可以把自己隱藏得很好。跟我在一起……不用擔心。」櫻子為自己的話語進行說明。

櫻子說「跟我在一起」的口吻，像是雷射修復的公共電視節目裡的年輕女主持人。她那樣的口吻，可以探知出誘導的訊息。

「對了，如果你還想知道，」櫻子向前傾身，小小聲說，「下次見面，我們可以繼續聊小木偶布偶組織的話題。」

「可以嗎？討論這個，不會讓櫻子小姐被調查嗎？」

「我只是一個集合宅的維安經理，知道的消息，也都是境外新聞報導過的，不會被曼迪德特區列入調查名單。」

達利開啟內建微笑，點點頭，轉身離開。他走出集合宅大門，拐個彎，進入特區捷運的綠A站。

已經老舊的捷運月台上，除了站務人員，只有少數的老齡住民，三三兩兩，或坐或站著等待。有兩位老齡住民坐在輪椅上，由來自四國、不同膚色的志願陪伴員推送，可能準備前往機關醫療局進行檢查，或者前往兩站外的陽光運動公園，執行復健。

捷運站內的老式活動廣告燈箱，持續推送動態畫面與廣告文宣：

合法自主死亡。

自主決定生命終點的唯一合法途徑。

五十年前的膠囊，四十年來的安樂。

曼迪德特區的臨終選擇——3D列印安樂膠囊機。

被譽為「死者共生者」的P．N醫生，於二〇一九設計出改良之後的二代安樂膠囊機。膠囊機的外型充滿流線感，宛如一個小型的密閉太空救生艙。曼迪德特區使用者在下載安樂膠囊機的3D列印設計圖之前，需要通過一個由四國擬定的線上心理測驗。通過測驗之後，會獲得一組付費序號，以及開啟艙門的密碼。接著便能下載設計圖，寄交機關指定的3D列印工廠。成品製成之後，就會第一時間送達指定住所地址。

使用者必須以密碼，才能開膠囊機艙門。進入艙內躺好，按下執行鍵，膠囊機艙內會以藍芽連接外部網路，啟動一連串的臨終安排，包括生前回顧、語音遺囑、可移植器官比對檢驗，火化後處置等等。最後，在使用者不察覺的狀態下，悄悄釋放汽化氮氣，降低艙內的氧氣濃度。這期間，使用者會在膠囊艙中進入連續夢境幻覺的想像之地。

在數十次緩慢呼吸之後，就能為使用者帶來無知覺、無痛覺、零恐懼的寧靜死亡。延續第一代設計，上半部的膠囊艙，拆卸之後可直接做為棺木，直接火化。下半部的啟動底座，可以由其他親屬或指定的朋友繼承，重複使用。

安樂膠囊機的3D列印造價費用低廉，使用程序也十分便捷。但礙於教唆他人自主死亡、協助他人自主死亡與合法自主死亡，這三者的爭議不斷；加上四國擬定的曼迪德特區《共通基本法》不夠完備，遲至二〇三九年才出現第一個特區的悠托比亞老齡住民，從網路下載P．N醫生的安樂膠囊機藍圖，進行3D列印製作，在自宅中成為第一個使用者。

這位被鑑定為重度輻射感染者的老齡住民，請所屬集合宅的巡護員全程錄影，一路記錄到火化完成，證明了一位還能活下去的人，有權利決定死亡的時間點。

這位曼迪德特區的悠托比亞人，後來被稱為：安樂膠囊機信使。

達利可以重複搜尋這段已經完成理解、並重新編輯的物質記憶。但是，他遺忘這段物質記憶最初的信息，哪些來自網路新聞、哪些來自網路社群討論，以及安樂膠囊機信使的姓名。

這種無法確認的「模糊記憶」問題，困擾他好長一段時間。

那段時序裡，達利會重複檢視母親使用——遺忘、模模糊糊、忘了、記不住、再也想不起來、不能相信記憶——這類詞彙語句時的記憶片段。他透過推敲這些記憶，試著釐清原生材料與訊息材料之間的關聯。

重新拼湊各種資訊材料儲存成記憶之後，達利很快發現自己對於二〇二九年裂島地震事件之前的世界，有著難以抑制的情緒，也想知悉在那個時間點之前所有的人事物。為了這項嗜好，他在孤單的移動行程之間，時不時瀏覽記憶體，一一檢視，哪些是模糊的物質記憶，哪些是精準的物質記憶。

05.

這是精準的物質記憶。

此時此刻，我確定的日期與時間，卻出現了間隔跳動。

我無法判斷我是否已經失去計算這個跳動時間數字的功能。

在地下隧道中，光與影也是以跳動的方式進行移動。

達利重複瀏覽記憶體。捷運車廂裡的日光燈，將整個封閉空間光纖化。在公共捷運綠線轉乘藍線的移動路線上，達利回播李東嶺先生死亡那天凌晨、自己與警備局王東尼警官的對話。

今天誰負責李東嶺的巡邏？王東尼警官提出質詢。

是我。

你什麼時候確定李東嶺有按時吃藥？

下午五點，我去巡護李東嶺先生，他的藥盒只剩下當天的最後一份藥。

你們綠Ａ的藥劑，都有按照規定配發嗎？

巡護隊完全按照每一季住民回診處方箋，向醫療局提出藥品需求，再按照規定劑量，配發給綠Ａ老齡住民。

你們都有按時確認他們的用藥量？

每一位老老齡住民的藥盒，每天都會檢查，確保沒有用藥錯誤。

如果一切都沒問題，李東嶺為何會服用過量的普魯卡因胺片？

我的回答突然停止。王東尼警官很專心看著我，等待我的回答。不知道為何，我無法回覆這個問題，以及他的下一個提問。

下午五點，你巡邏李東嶺住所時，他有沒有聊到什麼特別的內容，是你需要回報給高樓層管理人的？

沒有。

沒有嗎？

應該，沒有。

應該？

王東尼警官看著我的表情，顯示他完全不相信我的回答。

應該，已經抵達。

達利標註，剛剛結束瀏覽的是一則根據原生材料直接儲存的記憶。沒有重整編輯這個原生記憶的任何痕跡。

車廂開門的提示燈，持續閃爍。特區捷運已經抵達，機關行政大樓站。

今天，顯示的日期，是正確日期嗎？如果正確，為何我又重複抵達了曼迪德機關行政大樓站？我為何執行已經有記憶的行為？

記憶註解——重複行為是一種信息的提醒嗎？

提示燈閃光再現。達利精準接受到這個閃光的信息。

06.

另一道閃光訊息，是由X光機器啟動的感光掃描。

進入曼迪德特區機關的行政大樓，都需要經過這道X光掃瞄門。

一位已經進入前老年期的夫爾斯國國籍警衛，以那雙眼袋深黑的人造義眼打量達利。除非發現異樣，這位老警衛幾乎不開口，只用鼻腔氣音要達利趕緊通過。

二〇六六年小木偶布偶組織抗議四國託管的締約時效過長，發起抗議行動。在暴動的破壞攻擊中，這位警衛被土製汽油炸彈燒傷臉部頭部，因此失明。曼迪德特區為了讚揚老警衛到最後一刻都守護在大廳崗位，特別為他換上賽博國最先進的人造義眼，也移植普拉斯提國提供的全新皮膚與頭部毛髮。所有費用都由特區機關的公共財政負擔。警衛全都領受，也因此獲得終身職位，繼續擔任管制行政大樓進出的警衛。

只不過，這幾年來，他一直沒有開啟人造義眼內建的X光掃瞄儀。

開啟人造義眼的掃瞄器，X光掃描儀就會被淘汰回收，讓特區重建更先進。

開啟人造義眼的掃瞄器，X光掃描儀就會被淘汰回收，無法幫助特區進步。

老警衛曾經跟我說過。但我不確定哪一個記憶才是正確的。

這是另一個模糊記憶。

這兩個回答像迴旋的回音，偶爾會在達利每日冥想的那一刻鐘裡，跳動閃聲，干擾詞彙使用的精準度，讓他無法完整掌控內建的悠托比亞語言系統。

他搭乘電梯來到位於五十八樓的機關戶口管理局。不遠處，警備局的王東尼警官坐在辦理特殊事務的等候區。王東尼警官很好辨認。他的混血輪廓與接近一百九十公分的孔武有力身材，即便不站起身，也會在人群中引來側目。他的母親是高眺的夫爾斯國女性，父親則是壯碩的黑克國陸軍軍官。在裂島地震之後，分別前來災區協助長期重建。相戀了一年，兩人在兩國特區駐地外官的認可與見證下，締結婚約。隔年在曼迪德特區生下了唯一的兒子，王東尼警官。一家三口現在落居在曼迪德的中央區，也是四國駐地人民群居的「外籍街區」。迄今，三人都沒有離開這座小型半島。

達利靠近牆面，順著地板上的綠光指示路線，持續往前走。王東尼警官看見他，放下光板閱讀器，沒有寒暄招呼，起身走向綠光指示路線的盡頭：一間透明玻璃隔間的會談室。

達利跟在後頭，一起走入這間會談室。坐在服務檯裡的是一位女性辦事員。她輕輕碰觸面板桌面的按鈕，玻璃瞬間霧化，成為一個無法透視的空間。

會談室不大，但完全隔音。中央放著會議桌，坐滿六人便顯得擁擠。每當進入這類過小又單調的封閉空間，達利總會漸漸失去計時能力，生出一種難以解讀的複雜情緒狀態。

達利曾經與母親對話這個多種設定情緒交雜的狀態。

心跳會加快？

是的。

會暈眩？

是的。

呼吸困難？

是的。

還有什麼感覺？

一種很奇怪的感覺，不知道怎麼形容。

像是恐慌嗎？

恐慌是什麼？

很靠近恐懼害怕。

好像是……但是和我理解的恐懼害怕，有些不一樣。

母親表情驚訝地說明，這可能是一種被稱為幽閉恐懼症的心理疾病吧。搜尋資料之後，我能解讀幽閉恐懼症，卻無法完整解讀母親罕見的驚訝表情。

戶口管理局女辦事員此時的表情，達利也無法完整解讀。她面對王東尼警官，似乎有表情又面無表情。她的面無表情，與卡蘿有時出現的面無表情，也有些不一樣。

卡蘿沒有表情的臉皮底下，會不會有另一張臉，是有更多情緒的臉？在這密閉的會談室裡，達利聽見有一道人聲提出問題。聲音腔調類似被壓縮的電子音源，摻雜了微弱機械感，也無法第一時間從聲源辨別性別。他仰頭檢視，會談室是否有安裝電磁喇叭。

「王警官的判斷，確認住民李東嶺也是自主死亡？」女辦事員提問。

「不是我的判斷。司法局的檢查調查科，認為李東嶺是單純的自主死亡，不需要進一步解剖。我不知道心臟停止的原因。目前透過驗血報告判斷出是藥劑含量過高。就這樣。」

今天協助的女辦事員，是一位普拉斯提國國籍的女性。達利過去沒有見過她。戶口管理局制服胸口名牌上的悠托比亞文，寫著她的姓名。

金秀智。

她戴著同步口譯器。在說出普拉斯提語時，口譯器也會同步翻譯，轉換成達利可以理解的悠托比亞語。

為什麼我無法使用黑克國語言？我說。

口譯器很進步，如果需要，直接戴上同步口譯器，就可以處理日常對話。母親說。

我為什麼沒有植入其他語言系統？

你並不真的需要。

母親，我去申請內建語言系統，並不困難。

達利，你被誕生在曼迪德。我們悠托比亞島嶼人有一個特質，不論懂不懂其他語言，都能以最快速度接受外部世界，吸收他們的文化，融入我們的一部分。一直到最後，我指的是，在死之前的最後時刻，我們都很清楚，自己是悠托比亞島嶼人。我的兒子啊，我們使用的語言文字，是僅存的少數系統。因為你被誕生在曼迪德特區，才能設定使用悠托比亞語。而單獨只使用悠托比亞語的島嶼人，可能是這個語言系統的最後一批人。

是嗎？

達利，你當然可以提出內建其他語言的申請。只是不要忘記，你被植入的語言，設定了你是誰。

是嗎？

記憶註解——真是如此嗎？裂島地震之後才被誕生的我，究竟是誰？過去，曾經出現的那位孩童是誰？那位長得與我相似的青年又是誰？所有的精準記憶，為何會出現在入睡之後又睜開眼的視界裡，由我看見？……這些許多問題，我都還不曾向母親提出。

「我覺得需要進一步解剖，才能知道綠A李東嶺的死亡原因。」王東尼警官看一眼達利。

「王警官，這不是戶口管理局需要介入與進行判斷的事務。」

「二〇六六年，小木偶布偶組織發起暴動之後，司法局、警備局，都改由四國直接指派局長，不是嗎？」

「我不懂王警官的意思。」

「我沒有什麼意思。特區機關事務，現在都是四國說了算。我們做事的，按照規章處理，哪有什麼好多說的。有沒有我的說詞，檢調結果都一樣，要我查什麼？」

「王警官想要查什麼？」金秀智辦事員說。

「我想了解，坐在我旁邊的巡護員，有沒有可能是自主死亡的幫助犯？」

達利望著王東尼警官，進行語言的分析與判讀。他刻意忽略這個惡意提問，選擇不回應也不辯駁。

「這位達利先生，」金秀智查看面板上的登記資料，「是綠A的巡護員，對吧？」

「是的。」達利立即回答。

「集合宅巡護員的教育設定，王警官應該很清楚。」

「我很清楚。」

「在巡護員的設定前提下，巡護員無法成為幫助犯。」

「我說的是可能性的假設。」

「只是假設，那還有什麼問題呢？」金秀智顯露些微的不耐煩。「王警官還需要戶口管理局提供什麼資料，協助你查證這個案件？」

「我要調閱近三個月，捷運共構集合宅老齡住民的死亡人數、死亡原因，還有死亡分布圖。」

「死亡分布圖也需要？」

「我知道戶口管理局有製作死亡分布圖，沒有嗎？」

「王警官，你同時領有黑克國、夫爾斯國，兩國國籍證明。」金秀智詭異說，「你是原生外籍者，不是嗎？」。

「我是。我不懂，你對這個有什麼質疑？我是原生外籍者，也就是誕生在曼迪德特區的人。基於職責，我想要清楚釐清，李東嶺的自主死亡，有沒有其他外力介入。」

「王警官，警備局調閱這些資料，有特殊任務嗎？」

「在特區裡，有人不是自然死亡，查明真正的原因是我的工作。」

「沒有問題。請提交調閱申請，我就會把資料傳輸給王警官。」

王東尼警官明顯憤怒。他凝視這位名為金秀智的女辦事員，口氣篤定，「金秀智小姐，你今天就會收到我的調閱申請。我也想進一步說，協助一個人自主死亡，也是謀殺。即使是在這個更小的小島……」

07.

我們出生在這個更小的小島島嶼人，算是什麼呢？

那時，捷運減速駛入機關行政大樓站。王東尼警官站在月台上，提出了這個問題。

我無法第一時間理解，王東尼警官對於誕生所問的意涵，也不確定更小的小島島嶼人，究竟是哪種人？這種人，算是什麼？我知道，他的提問對象不是針對我，也沒有要我回答。然而，這句話的每一個字，被捷運煞車磨軌的聲音，撞得四處滾動。特別是「我們」這兩個字，直直撞入我的胸腔，拉扯機體心臟周圍的軟膠肌肉組織。

眼前的捷運隧道，筆直延伸到黑暗的另一頭。

在二〇二九年之前，捷運藍線、紅線、黃線偏北方的路徑上，還有許多停靠站。因為裂島地震嚴重毀損，如今大多封閉。他想過，會不會有許多悠托比亞人還活著，生活在這幾條捷運隧道偏北方的地域？這個問題，他曾經思索。但也只是單純的思索，紀錄裡沒有前往與抵達那些輻射重災區的捷運共構集合宅。

在地底下，捷運行駛在數十年前就開挖好的隧道。一節節的車廂外，有時出現漆黑的鬼影，有時是褪色的廣告霓虹燈。

那種可以定義的幽閉恐懼症，持續躲在控制體液輸導的心室瓣膜位置，囤積少量的不適感。

母親與莎樂美坐在一旁的座位上。一個闔上眼睛休憩，一個低著頭在尋找地板上不存在的螞蟻。

這時，那道熟悉的電子質感聲源，在車廂裡迴旋。

車廂是一個艙，胸腔也是一個艙，每一艙都是密閉的。即便艙有出口，都是密閉的艙。密閉的世界會自行誕生恐懼。即便找到出口了，恐懼依舊會儲存在意識的記憶體。

達利的電子耳聽見了這道謎之聲。他也確定母親與妹妹，並沒有聽見。

這個捷運車廂內，還存有另一道電子質感的迴旋聲音。那是投射在靠站顯示器上的小型電子人。它輪流以四國語言和悠托比亞語，播報著曼迪德特區機關的過時政令宣導：

裂島地震造成第二核電廠爐心熔毀，導致本島北部住民受到嚴重的放射線感染。雖然過了三十年的半衰期，為了避免畸形胎兒，生育行為之前進行基因檢測，是締約四國頒布《共通基本法》的重要規定。所有特區住民都應該遵守。機關醫療局也會持續透過定期的健康檢查，進行追蹤。依據法律規定，同時也禁止移居特區的外籍國民與特區住民發生自然受孕與自然生育。曼迪德首長與四國協議達成的重要政策——「零誕生計畫」，是為了曼迪的特區的下一代，也是戶口管理局有效控制曼迪德特區人口數量的長期政策。違反者，適用《共通基本法》的懲罰規定……

小型電子人一直都保持著微笑，切換語言，條理分明說明宣導。它的外貌輪廓是以四國混血兒長相，進行電腦合成，象徵著締約四國的權力均衡。

達利望著它的眼睛。電子人的視線就像數個世紀前的人物肖像畫，不管從哪個角度看，都像是在彼此凝視。

在凝視裡，達利輸出裂島地震事件的資料，都是局部的、散亂的、跳接的、不同時點的物質記憶：

二〇二九年，一次劇烈的地殼運動，讓悠托比亞島西部麓山帶和西部海岸沉積平原這兩塊不同地質之間的界線斷層分裂。從悠托比亞的東北角海岸，一路裂開到安河與靜河。大量的海水灌入斷層帶，在島嶼的上半部，形成了一狹長的裂島海灣。

地質科學家們測量出，裂島海灣的最深處有一百五十三公尺，最寬處有三點四公里。

這次嚴重的地震，在國際間統一命名為：裂島地震事件。

地震災害巨大，悠托比亞政府無法獨自處理，請求國際協助與災難救援。初期花了兩年的時間，才緩和下地震與海嘯造成的各項公共系統損壞。第三年之後，從悠托比亞本島分裂但沒有完全分離的西北部小型半島，由前來救災的主力國家：夫爾斯國、黑克國、普拉斯提國、賽博國，四個國家協助後續的重建工程。

這座小型半島，也是最嚴重的輻射災區。

四國的重建工程大量啟動之前，國際間便先達成共識，由這四個主要救災的國家，與悠托比亞共同締約，從二〇二九年開始計算，託管這個更小的小島，五十年，直到二〇七九年。

四國將這座小型半島，命名為曼迪德特區，並與悠托比亞共同成立特區機關。在行政立法司法系統、經濟發展、社會福利、醫療協助各方面，分工進行災後的重建，也一起協同管理。

捷運抵達綠線E站，兩位杵著拐杖的老齡住民走出車廂，站上輸送帶，由地板履帶，載運到電梯。

少了兩位乘客之後，捷運車廂內的空蕩感，是一區一區甦醒，塑型成活的浮游生物，在光所及之處，自體遊走。

達利順著捷運行進的方向走著，刻意放慢步伐，讓向前的速度變慢。一放慢，就感覺身後有引力，牽制他，且往回拉。漸漸地，他感覺走過了一個車廂，下一個車廂就向外膨脹成橢圓形，彷彿行走在金屬打造的橄欖球體內部。膨脹車廂裡的老齡住民、陪伴員與其他乘坐者，都成了魚眼鏡像裡的人形。其中一位男性老齡住民，一頭平均散生的美麗灰髮，穿著紳士，望著達利，躬身致意。他沒見過這位灰髮老齡住民，也能辨識面熟感覺，不來自紀錄，而是設定定義上的錯覺。

「你要走到哪裡？」灰髮老齡住民突然說。

「前一個車廂。」

「你放慢速度走，會走很久。」

「沒關係。我到綠A站，還有一段路。」

「你這種走路的速度，可能永遠都追不上已經藏好的原子鐘。」

捷運車廂幾乎是在這句話說完的同一時間，恢復成長方形外體的。達利站定在捷運車廂連接處，往回看，灰髮老齡住民已經不在原來的座位，也沒有待在達利走過的這節密閉車廂。

達利沒有坐下，站在搖動中的捷運上，思索一個問題：

下一步，我要走到哪裡？

「哥，你回來了。」

聲音從車廂後頭傳來的。是妹妹莎樂美，她身旁的母親也睜開眼睛。兩人依舊坐在原本的三人座位。達利往回走，落坐在母親旁邊，莎樂美靜靜凝視眼前的地板，彷彿那裡下一秒真的會出現一排搬運糖粉的螞蟻。

「李東嶺確定是自己服藥過量嗎？」母親說。

「母親為什麼問這件事？」

「只是想知道像我們活得這麼久的人，是怎麼自己決定死的。」

「母親不要往這邊多想。」

「我沒有多想，只是要了解。現在我還想莎樂美陪我去公園走路。醫療局的醫生說，要多使用左腳，我就會相信那是我的左腳。他說我的左腳，還能陪我走很久。」

坐在捷運座位上的莎樂美，馱著背脊的身軀，體型比母親更加小了一號。她的雙手往胸口內扣，掌心好像在保護什麼，但達利無法看見。

「母親，莎樂美是在哪一年被誕生的？」

母親流露驚訝，而達利只能解讀一部分的驚訝。莎樂美聽見他的提問，也睜大眼睛盯看。

「你說的不是問題。為什麼問我？」母親挪動左腳，關節與膝蓋摩擦鐵片彼此滑過油脂的聲音。她自然併攏雙腿，「你早就知道，妹妹被誕生在地震之後的那一年。」

「我是地震的那一年。」

「所以你是哥哥，我是妹妹。」莎樂美說。

「是的。就是那一年。」母親露出罕見的微笑。

08.

那一年，悠托比亞島北部地區的老建築，大多倒塌。部分工字鋼的鋼骨結構建築，勉強撐過了地震，多數受損但沒有全倒。捷運高架坍倒墜落地面，地下隧道也多段崩落。第一個失去功能的是金融系統，悠托比亞貨幣逐漸失去交易信任。四國花了十年左右的時間，重新在曼迪德建立現代社會運作機制。

那一年，四國締約託管曼迪德特區五十年。到這一年，二〇六九年，還有十年時效。

那一年，你父親被掉落的招牌砸到頭。腦內微血管破裂的血塊，第一時間沒有檢查出來。

那一年，在一個全新的早晨，你父親在起床盥洗之後，才失去意識倒下。

那一年，你父親的腦血管又再一次堵塞，造成腦溢血。特區的醫生也不知道為什麼血塊沒有被吸收。

那一年，大腦的事，不管醫學科技多發達，我們知道的還是太少。會這樣，也是你父親的命，不能怪誰。

那一年，之後，莎樂美就被誕生了。

母親待在客房時，會不時反覆說著這些關於那一年的事。有許多記憶與父親有關。裂島地震的所有物質記憶，像一個扣環，緊緊勾住她的記憶體的深邃之處。但是，那一年，究竟是哪一年？母親提到的裂島地震的那一年，與父親被招牌砸中頭的那一年，是否是同一年？究竟是多久之後的那一年，父親才因為腦血管阻塞變成完完全全的植物人，一直活在睡眠裡，直到現在？

達利快速讀取記憶體。所有搜尋顯示都證明，父親一直躺在客房床上，以維生機器維持生命。所有健康的內臟器官，都在同一個房間裡老化衰退。但是，父親一直沒有拔管，他也就沒有真正死亡。

父親為什麼還持續活著？

母親為什麼不關掉維生機器？

莎樂美為什麼不拔除那條營養注射器？

這些問題，達利從來不曾追問眼前的母親。他通知自己，還生活在特區的人，與被誕生在曼德迪的所有人，都和裂島地震這場大災難產生牽連。

母親曾經說過的那一年，隨著呼吸器幫浦的壓縮，產生斷裂，但又立即在那斷裂面生出觸鬚，彼此尋找彼此，沾黏達利的原生記憶與物質記憶。

隨著時間過去越久，達利越是無法分辨記憶的差異。

母親瞥頭看著客房牆角，無神的眼睛裡失去所有訊息。達利無法確認，母親是否說過這一段話：

他只是慢慢靠近死，但卻怎麼也死不了。我不知道你父親這樣撐著……活著，究竟是為了什麼？

那一年的記憶，如同他曾經閱讀的神話中的混沌，時不時從他入睡之後跳躍到醒來之後。

09.

達利從另一次入睡之後跳躍到另一次醒來之後。

天光一恢復穩定，便持續推動所有影子的移動。達利與綠A巡護隊其他三位成員，分工巡邏集合宅的第五樓、第十樓、第十五樓、第二十樓。他們一一登門拜訪，也檢查每一位老齡住民的服藥狀況，記錄在光板檔案夾。每一週的這一天，巡護隊會從每一位住民的指尖取血，透過血液放射值檢測器，捕捉血液裡的輻射殘留值，進行長期治療的追蹤。然後，再將下一週的內臟器官維生藥劑與抗輻射維他命，分裝在週裝配藥盒，微笑叮嚀用藥時間點。

「我們每一天，都會看著你。」巡護員在離開巡護公寓之前，會對每一位綠A的老齡住民說這句話。

全數的晨間工作完成之後，已經越過中午。達利返回位於三樓的巡護員辦公室。副隊長卡蘿與另外兩位雙胞胎巡護隊隊員，蒙德和里安，也陸續返回辦公室，交換這一天早上各樓層的住民日常狀態。

「五樓八號公寓的張秋華女士，又開始重複提出詢問，配屬給他的兒子……什麼時候會回家。」蒙德說。

「她有焦慮易怒的情緒嗎？」卡蘿問。

「有的。張秋華女士的實際年齡，已經一百一十八歲。隊長，我建議把她列入重複巡邏名單。避免緊急的意外事件。」

「好的。輸入名單建檔。」

「達利隊長，15F-R1的吳冬龍教授，有些狀況。情緒初步辨識，進入中度哀傷。眼白部位有大量血絲，評估可能是因為哭泣。」里安說。

「哭泣的時間點？」達利說。

「教授說，他沒有哭。至少他沒有發現自己哭泣。合理推論是在睡眠中哭泣。」

「吳冬龍教授還有說什麼？」達利追問。

「在陪伴時間裡，他說了兩次。我活太久了、我活太久了。」里安回答。

「活太久了？」達利說。

「教授說，一個人不應該活這麼久。跟他以前一起工作的研究隊員比起來，他活太久了。」里安說。

「住民建檔資料裡，沒有記錄吳冬龍教授以前在哪個研究部門。推測是裂島地震前的工作單位……」蒙德補充。

「謝謝你們。」達利手指沾了一滴水杯裡的清水，滴在辦公桌面板，再以同一個指尖按壓那滴水，然後靜止不動。達利一動也不動，近半分鐘，其他巡護員靜靜看著他。他指尖離開面板之後，下達指示。

「卡蘿，請把這兩位的狀況，記錄在巡護隊日記，也回報給管制中心。下午巡邏時，蒙德、里安再繞過去一次，探視這兩位住民。如果狀況沒有改善，就通知醫療局，請他們派心理診療員。蒙德、里安，你們先去休息。結束後再回來輪班監看。」

蒙德、里安轉身離開辦公室。卡蘿在住民觀察記事裡，分別註記張秋華與吳冬龍的狀況。

達利同步看著圓體面板上的紀錄報告，好長時間沒有任何臉部變化。

「達利，怎麼了？」卡蘿問。

「沒事。只是有疑問。」達利說。

「是有關吳冬龍教授與張秋華女士的疑問？」

達利沉默好一會，以設定厭煩的口吻表達，「我們出生在這個更小的小島島嶼人，算是什麼呢？」

卡蘿看著他，遲遲無法回應達利的問題。她選擇進入另一件事的討論，「達利，我在十樓巡護時，遇見了你母親。」

「我母親？」

「林真理女士去拜訪十樓十一號公寓的黃芬芳女士。」

「發生什麼事了？」

「黃女士又敲了天花板。」

樓下的黃女士用拐杖敲天花板。那敲打的聲音，聽起來不像是在生氣，也不像是叫我。聽起來有一種固定的節奏，長長短短，每次都不一樣。有時候，我會蹲在地上，用手指敲回去，也是長長短短的節奏。她就會停一會，然後又再長長短短，敲回來。我在想，她可能是想找人說話吧。達利，你覺得呢？

達利輸出母親曾經跟他描述過的這段紀錄。

對於母親的提問，達利精準記錄，自己沒有回覆。母親當時並沒有等待，也沒有期待他的回覆。

「陪伴時間裡，我母親也在嗎？」

「是的。」

「她們有聊些什麼？」

「執行巡護的時間裡，她們只是靜靜坐著。兩個人沒有對話。」

達利望向辦公室的圓體面板。新的聲音正從螢幕的液晶分子層縫隙，悄悄淌流出來。

她與她，都是兩個活的人偶。也或許，可以描述成兩個被意識之手操作著的小木偶布偶。她與她，兩個女人都是以母親的身體，持續存活，只是漸漸靠近老，漸漸靠近死。你覺得呢？

「在那之前，黃芬芳女士，有跟你說什麼？」達利說。

你不試著跟我對話嗎？

「不用對話……」達利說。

「不用對話……什麼？」卡蘿問。

「你繼續說黃芬芳女士跟你的互動。」

「都是一些日常對話。今天的服藥紀錄良好。」卡蘿靜止，進入回想狀態。你真的不試著在這裡跟我對話？你可以傳遞聲音給我，透過機械的骨。卡蘿突然想起，「對了。她有聊到，最近在網路上下載了很多有聲書。白雪公主與矮人、小紅帽之家、青蛙國王，還有小木偶布偶這些故事。」

「這些故事，都是改寫過的童話。」

「她特別喜歡小木偶布偶的……」

「我母親，」達利打斷卡蘿的話語，「有跟你聊什麼？」

「我有跟你母親聊天。今天份量的神經柔軟劑，她在早飯之後就服用。她的人造義肢，走動時，跟另外一隻腳一樣順暢。」

「我母親有跟你提到那件事嗎？」

達利沒有多餘動作，凝視著卡蘿，傳遞了等待，直到她點頭以及回覆。

「你的母親問我，安樂膠囊機的線上心理測驗，在網路上能不能找到填寫說明書，或者測驗練習範本？」

辦公室門這時被推開。王東尼警官探頭走進來。達利看見他的瞬間，察覺到一種有如立體棉花軟糖觸感的驚訝。王東尼警官出現之後，巡護員辦公室的所有牆面，快速軟化，快速內縮。變小的巡護員辦公室，擠壓他金屬肋骨包圍的那個密閉艙。

達利無法辨識那個壓迫，也無法順暢呼吸。這是他熟悉也已經設定成理解的窒息感。但此時此刻，這個壓迫感異常陌生。

他快速重讀這天一早醒來之後生成的想法：今天是這個月的最後一天，應該不會發生任何意外，可以平順過去。接著，同步進行雙向設定：這個想法，有被描述成猶豫的成分。

「王警官，您好。」卡蘿打破沉默，以敬語問候。

「副隊長卡蘿，」王東尼警官看著達利說，「我今天來，有重要的事跟綠A的隊長討論。」

「卡蘿，你應該餓了吧。」達利說。

「你是說『飢餓』嗎？」卡蘿說。

「卡蘿，你是飢餓的。」

「是的。我正準備補充體液養分。」

卡蘿很快起身離開巡護隊辦公室。王東尼警官坐在其中一張辦公椅上，東張西望，檢視辦公室諸多儀器的運作

「卡蘿會去哪裡補充原料？」

「巡護隊隊員補充的是體液養分。」

王東尼警官沒有多做應對，視線停在圓形面板的監視錄像螢幕。

「補充體液養分，都會在巡護員休息室進行。」

「警備局的網路警察收到密報，」王東尼警官稍稍壓低聲量，「是巡護員多給了藥。」

「我無法理解王東尼警官說的這段內容。是什麼藥？藥多給誰？」

「我說的是李東嶺的案子。普魯卡因胺片。」

達利體內某處有一個無法確認位置的密閉艙。這時被驚訝、恐懼、擔心等等情緒泡綿，填充滿。但是他不在臉部表現出任何情緒。

「巡護員不可以配給處方箋以外的藥劑。是不可以更動的教育設定。王警官說的事，不可能發生。」達利說。

「不可能發生？在曼迪德特區，不可能發生的事，一直發生，而且被發現。達利隊長，我需要知道，巡護隊如何申請藥劑？」

「每個月固定時間，登入機關醫療局，以固定處方箋，向醫療局申請集合宅老齡住民的所有藥劑。」

「這個任務由誰執行？」

「我和副隊長卡蘿，有登入權限。」

「最近一次是誰登入申請藥劑？」

「是副隊長卡蘿。」

「是嗎？」王東尼警官直接調閱線上紀錄，推送到圓體面板。

申請人登入欄目上顯示——綠A集合宅巡護隊隊長：達利。

達利想起那一天，機關網路被駭客入侵，自己將帳號與密碼交給卡蘿，進行登入。但不知為何，他沒有說明此事。

達利對於選擇靜默的決定，也略有驚訝。

「你有什麼想說的？」王東尼警官說。

為什麼我從來不知道？

達利視野所及處，巡護隊辦公室的牆面不再軟化，穩定靜止。接下來，再慢慢擴張，回到各自被設計的空間位置點。胸腔心臟瓣膜的密閉艙室，不再囤積新的壓迫感。但已經生成的濃稠恐懼，依舊沉澱在艙底，隨著靜默淡化透明。我，可以看穿那些不全然透明的膠狀恐懼。

「達利隊長，為什麼不說話？」

達利凝視著那半透明物質後頭的王東尼警官。

「我以警備局警官的身分，正式要求你配合調查，回答我的問題。上一次登入申請綠A集合宅藥品的人，是不是你？」

原來，靜默是可以選擇的。

圓體面板也安靜下來，謎之聲再度從螢幕的光幕縫隙滲透。

達利，還有許多感覺，你可以進行選擇。不需要被這些始初的感覺設定困擾。重要的是你可以選擇，以及你決定進行選擇。你可以選擇使用哪一些感覺設定，透過電子神經元傳導，進行假設性地表達。你甚至有能力重組這些感覺設定，誕生新的感覺。只要反覆練習與操作，最後你就會忽略教育設定的指令動作，捏塑出比初始感覺更立體的原始感覺。

「達利，你準備保持沉默嗎？」

我選擇回應那一道謎之聲：是如同真實記憶一樣的原始感覺嗎？

謎之聲沒有回覆任何可供判讀解釋的詞彙。

「集合宅的巡護員也有基本權利。你需要我宣讀法律，保障你的權利嗎？然後，我會依法逮捕你。」

「逮捕我的理由？」

「上一次你登入填寫的藥劑量裡，李東嶺的普魯卡因胺片，多申請了一週的藥量。如果不是你，就是副隊長卡蘿，涉嫌增加藥量。只有你們兩個有登入權限。」

「王東尼警官，巡護員不可能殺害曼迪德特區的悠托比亞住民。我們的教育設定是要照顧與保護集合宅的老齡住民。巡護員拿更多藥劑給李東嶺先生，協助自主死亡，不會被允許，也不可能發生。」

「不被允許傷害生命，也不可能幫助自主死亡。這就是你想說的，是嗎？」

「這兩點都是不可能繞過迴路的設定。」達利說。

「你並沒有正式回答我，最近一次登入醫療局、申請綠A集合宅藥品的人，是不是你？」

達利凝視著王警官，沒有表情、也沒有回答。

你的不回答，也是選擇。這種消極的回答，作為溝通方式，已經繞過教育設定區域的迴路。只要執行，就會懂得，也會永遠記得。

謎之聲訴說了另一個謎音。

王東尼警官欲言又止，轉身凝視達利的雙眼。達利眼前這位穿著便服的高大男子，皺眉、挑眼、抓鼻頭、接著緊緊咬合上下排牙齒，吸氣又吐氣。如此快速與複雜的情緒變化，達利無法完全辨識他某些細微的臉部訊息。

王東尼警官從衣服口袋，撈出一塊焦糖巧克力棒，掰斷之後，快速送入嘴裡。他一口咬下半條巧克力棒，鼓脹腮幫子，異常快速也異常用力地咀嚼。

「我原本也不相信，會發生這種事。」

「我不懂王警官這句話的意思。」

「紅K集合宅，也發生老齡住民服藥過量死亡的案子。」

「每一位老齡住民的配藥，都是一週份量。服藥過量並不是不可能……」

「服藥過量致死不是重點，而是自主死亡。」

「關於自主死亡，對巡護員來說，是無解釋範疇。」

「曼迪德由四國託管的時限，到二〇七九年，還有十年。裂島地震之後那幾年，有一批自主死亡的風潮，但大多是輻射線感染的重症傷者。在那之後，並沒有發生自主死亡潮。特別是撐過第二波人造器官總體移植療程活下來的悠托比亞人，對於作為一個特區住民，都很開心……沒有理由，沒有任何理由，需要決定自主死亡。」

後頭，王東尼警官幾乎是自言自語。接著他陷入思考，沒有再多透露，轉向看著圓體面板的螢幕監視器。

圓體面板監視畫面出現巡護員休息室。

巡護員蒙德正靠在沙發上閉目養神，他皮膚顏色像是散發粉紅色光暈的牛奶。雙胞胎弟弟里安則在滑動光板，閱讀特區發行的《曼迪德每日新聞》。兩人的人造皮層都十分細緻，經常引起老齡住民的稱讚說，觸摸這樣的皮膚，心情都會變得滑順溫和。達利沒有看見卡蘿。按照移動的時間，卡蘿應該抵達休息室。往常這種時刻，她或許是倒了一杯熱咖啡，擱置在一旁的茶几，持續等待中央空調將溫度放冷；又或者像假日午後的休息時光，她獨自來到巡護員休息室，坐在單人沙發，卸下左手的機械手掌，放鬆手腕部位的人造肌肉，與有記憶能力的矽橡膠肌腱一起等待時間走渡。

「卡蘿呢？」王東尼警官凝視著螢幕監看畫面，「沒有看見她。」

「我不確定。」

「達利隊長，我需要你跟我出去一趟。」

「這是正式的逮捕嗎？」

「逮捕你的理由是什麼？」

「我不確定王東尼警官的理由。」

「沒有理由，就不是逮捕。現在，我需要你協助警備局的警官，進行調查。這個外出原因，合理嗎？」

「我需要通知管制中心，配合公務外出。」達利想到了櫻子小姐，接著說，「也要跟綠A的維安經理提出申請。」

王東尼警官雙手環胸，示意達利立即進行。達利提出急件通知，向巡護員管制中心說明配合公務的外出理由。申請批准的同意信息，在同一分鐘裡回傳抵達。達利不準備回家換下巡護員制服，直接跟王東尼警官離開。一打開辦公室的前門，他便看見卡蘿站在外頭的廊道上。她那對黑白分明的大眼珠，明亮地等待達利。

「王警官，請問你要帶達利隊長去哪裡？」卡蘿說。

王東尼警官臉色一沉，狐疑看著卡蘿。達利對於卡蘿的直率提問，也有些訝異。他沒有多解釋，只說協同警備局辦理公務，交代卡蘿午後代班，協助其他巡護員完成每日流程工作。

達利走向中央電梯間，回頭看卡蘿，這才發現她似乎有話要說，但又不知道該如何表達。卡蘿快速開合嘴唇，沒有發出聲音。達利無法解讀唇語，自動啟動影像錄製，記錄她嘴唇變化的形狀與過程。只是幾秒的時間，卡蘿原本僵硬的臉部肌肉逐漸紓緩。達利發現似曾相識的感覺設定，但無法辨識是從母親身上理解的善意設定，還是比較複雜解讀的溫柔設定。

影像紀錄暫停在那兩片柔軟唇肉的顏色。唇肉的顏色緩慢溶解，但沒有被空氣稀釋，如同指尖浸入溫水時的觸感。

「卡蘿，請幫我。」達利駐足並穩定口吻，「通知櫻子小姐，今天下午，我外出協助王東尼警官處理公務。我們下樓了。」

「我會通知櫻子小姐。」卡蘿表情疑惑，依舊點頭回應。她緊接著追問，「你母親的問題，我是否需要回答她？」

卡蘿的提問，讓達利的思索邏輯出現了一個無法獲得解釋的環形迴路。

母親提問，卡蘿沒有回覆。
卡蘿還沒有回覆，母親已經提出的問題。
母親沒有獲得解答，卡蘿沒有給出已知的資訊。
卡蘿沒有提問之後，母親卻回覆了一連串之後的提問。

10.

母親的一連串之後的提問：

警備局的警官是不是不相信你？

承辦李東嶺死亡案件的警官，不是我們悠托比亞島嶼人嗎？

你跟那個警官去了哪裡？

你懷疑過……那位警官是不是完整人？

這些提問，來自母親。在輸入記憶體的儲存過程，造成電子腦處理器的遲緩運轉。

你相信副隊長卡蘿嗎？

你確定你那天提交的藥劑申請，卡蘿沒有修改？

她在這次被誕生之前，還有另一次被誕生嗎？

你是否真的認識副隊長卡蘿？

我與王東尼警官一同搭乘電梯時，他的提問，也讓電子腦處理器發生類似的遲緩運轉。

抵達一樓大廳，櫻子小姐正低頭分類手邊少有的印刷文件檔案。

櫻子低頭做事時，無法從她的頭顱，判斷出實際年齡。

低頭的角度，讓櫻子的頭顱大小，看來與莎樂美同一個尺寸，只是髮型髮色不同。

她沒有與我們攀談，只是抬頭給了一個制式的微笑。

我看著櫻子，記錄那微笑，覺得陌生，也沒有熟悉的安全感。

記憶註解——為什麼櫻子感覺像一個陌生人？

記憶註解——我必須安排管制中心臨時體檢行程，檢查電子腦處理器因為這個問題發生的遲緩運轉問題。

白色警用車，暫停在捷運共構集合宅外的公務用停車格。

達利坐上副駕駛座，王東尼警官語音設定目的地，警用車自動駕駛，前往不遠處的河岸陽光運動公園。途中，王東尼警官拿出光板，滑過一頁頁以動態影像整理出關鍵重點的調查檔案。途中，達利看著前方道路，向內伸出感覺神經元的觸鬚，試著刺探漂浮在胸腔密艙裡，一團不斷幻化體態、不斷改變色澤的霧狀體。

直到警用車駛上高架快速道路，他才開口詢問，「李東嶺先生的自主死亡案，需要重新調查嗎？」

「不一定會重啟調查。不過我需要釐清一些問題。」

達利察覺到王東尼警官的語氣猶豫，謹慎使用詞彙說，「我只能以巡護員身分協助……」

「你最近一次跟巡護員管制中心報到，是什麼時候？」

「一月十日。每兩個月報到一次，進行工作彙報，同時也做巡護員的常態身體檢查。」

「下一次彙報體檢，就要到三月十號……」王東尼警官自顧自說著。

「是的。每次到管制中心報到，綠A巡護隊會分兩班次，上午下午，輪流報到。其他集合宅巡護隊都有各自的彙報與體檢日期，不會撞期。除非發生特別狀況。高樓層管理人會進行協調。」

「我會等綠A的下一次彙報。」

「王警官等我們彙報……需要做什麼？」

「巡護員的記憶輸出彙報，還有你們的機體檢查之後，一定會出現新的可能……還需要等跨部門溝通……」

達利充滿疑惑，但沒有追問。王東尼警官也沒有吐露更多訊息，把剩下的巧克力棒全都塞入嘴裡，靜靜咀嚼。當食道完成吞嚥動作，達利發現王東尼警官在一瞬間突然增肥變胖。他透過辨識系統確認王東尼警官的臉部、頭顱、脖頸，以及外露的手掌手腕都明顯肥胖，多了一層脂肪。臉頰與額頭的肥肥皮層，上下左右擠壓他的眼睛，讓那警官特有的探查眼神，更多不信任與懷疑。

「達利，我看過一份資料，我不確定資料的時間點，但這份資料上載明，綠A集合宅的巡護員，一共有五位。」

「是的。我、副隊長卡蘿，以及隊員蒙德、里安，這兩位雙胞胎兄弟。還有一位是……」

聲音急踩煞車，飄過行駛中的擋風玻璃，由風捲入車後，由輪胎壓入車道路面的縫隙，完全隱藏。達利無法有效說出最後一位巡護隊隊員的姓名。他快速瀏覽中央電腦的記憶庫，在綠A集合宅的日常與工作狀態中，確實儲存大量的影像紀錄，顯示這第五位男性巡護員——他在住戶廁所裡，採集馬桶裡的排遺與尿液，檢視老齡住民排出體外的輻射殘留值。每週一次體操日，他在頂樓屋頂球場，帶領老齡住民進行四肢與體幹的鬆軟運動。每一次的深夜輪值，他坐在巡護員辦公室裡，挺直短小精幹有如運動員的機體，翻轉人造眼球，使用球體另一面的機械複眼，同時監看圓體面板上切隔成一百格的子畫面，確保每一個監視畫面裡的每一位老齡住戶，在法定休息時間，都處於安全狀態……

大量快速瀏覽，達利有這位巡護員的形體外貌、對話聲音、輕盈抖腳的人性習慣設定，卻無法確認這位巡護隊員的姓名。

我又再一次遺忘了？

遺忘這位巡護員的姓名？

「他叫維梅爾。」王警官皺眉，堆出更多質疑，使用變厚的嘴唇說，「他登入機關顯示的代碼是，維梅爾。」

維梅爾？這個姓名代碼，我沒有記憶紀錄。

「是一位男性巡護員。你的記憶體裡應該可以搜尋到他。對吧？」王東尼警官說。

「儲存的紀錄裡有他。」

「你……記得他？」

「這位維梅爾是綠A巡護員。但我想試著跟王警官解說，不知道什麼緣故，我能顯示他，因為有紀錄，但是無法辨識他。顯示與辨識，是不同語言設定。」

「知道卻無法記得？真的嗎？」王警官凝視擋風玻璃，神情嚴肅。

「我搜尋到紀錄：維梅爾，綠A巡護員，識別代碼AiAH0236。」

「之前，我沒有在綠A見過這位巡護員。今天，他好像也沒有出現在你們辦公室……」

「每一次維梅爾幫住戶分裝藥劑，都會重複檢查兩次，解釋用藥說明兩次，也會要求住戶重複回答他兩次。」

「下一回，請安排我跟維梅爾見面。」

「好的。」

「達利隊長，你確定真的能夠安排見面嗎？」

「王東尼警官為什麼這麼問我？」

王東尼警官欲言又止，接著關掉光板記錄器，不再詢問。

前方的路面，不斷往後消失。這條高架車道，是裂島地震之後才興建，接連曼迪德特區的重要行政區域與老齡住民生活圈。高架道路兩側沿途，許多沒有人居住的高樓大廈，紛紛掛上規劃拆屋的警示條。部分老舊空屋撐過裂島地震，是沒有倒塌的危樓。最近十幾年內，機關聯合建設小組開始以炸彈爆破拆樓。因為零誕生計畫執行成效良好，拆樓之後的空地，毋需再興建住宅社區，也沒有商業樓房需要。四國託管期間，全都整地成為新的小型綠艙培養地，大量綠化曼迪德特區。

警用車按照速限規定，定速行駛。車流順暢，在導航的預定時間，抵達陽光運動公園。新鮮生氣的草皮活動區裡，有不少其他集合宅的巡護員與陪伴員，稀稀落落站在不遠處，聊天對話，交流近況。鄰近的綠線、紫線、黃線捷運共構集合宅的老齡住民，也散落在不同的設施點。有些透過電子飛輪的輔助，鍛鍊腳力；有些抓著智慧伸展吊臂，進行肩背舒展動作。那些還能靈活運動的，則拿著槌球桿進行分組友誼賽。完全無法走動的老齡住民，坐在聲控輪椅上，圍成討論圈，靜靜呼吸，或者小聲聊天。

王東尼警官，在公園公務停車格停好車，走向其中一個討論圈。達利尾隨在後頭，漸漸聽見老者之間的瑣碎囈語。

「各位好，今天天氣很好。」王東尼警官說。

這些坐在輪椅上的老齡住民，有些木訥呆然，集體看著各自腳前方的草皮。有幾位則回以微笑。

「各位住民好，大家聊些什麼呢？」王東尼警官說著純正的悠托比亞語。

「正在聊，我們這幾個，誰會活過四國的託管年限。」一位朱紅色頭髮的老齡女人說。

「還有十年。」

「只剩十年。」黑色捲髮的老齡男人說。

「為什麼討論這麼嚴肅的事？」

「一點都不嚴肅。我們幾個的小孩，都治療好了，離開特區，回到悠托比亞。不過都不能有下一代。他們沒有下一代，我們什麼時候離開都一樣，沒有誰牽掛誰。」黑色捲髮的老齡男人說。

「我女兒還沒。」褐色長直髮的老齡女人說。

「對，就差你女兒還沒有申請離境。」

「她還在機關醫療局進行輻射治療。基因沒有病變，但也不能懷孕。」

「我們這些在北部的人，基因差不多全都壞掉了。」

「不是壞掉，是突變。壞了的沒有用處，突變的基因說不定還能用。」

「亂說，突變基因能怎麼用？」

「你永遠都不會知道科學家在想什麼。」

「你別聽他們胡說，總之活過託管年限，是我們的比賽。」

「呵呵。比較倒楣的人，才會贏。」

這一圈優雅的老齡住民，或男或女，全都精神抖擻發出乾燥、扁平、沙啞的笑聲。其他沒笑的幾位，依舊像能活動的植物人，凝視著某一根草地尖端，或是落在草地上的一片枯葉的破角。

「我一身癌細胞，但也死不了。」原本安靜微笑的灰髮老齡男人，開朗笑說，「現在能夠馬上死，我一點都不怕痛。」

王東尼警官對著看一眼達利，「達利，你有聽到他說的嗎？」

達利點頭，但不知道是否需要回覆，以及回覆什麼。

達利，你有聽到我說的嗎？

達利眼前，在綠色的草皮視界裡，出現一條藍色光帶，像是藍水晶鋪成的碎石子光橋。

是祂？

是祂跟我說話嗎？

我聽見祂了。我同時看見我自己，也看見眼前的王東尼警官，還有陽光運動公園裡的紅色草皮、縮小版的槌球場，以及等比例縮小的老齡槌球隊，還有散發黃光樹蔭底下的這一圈坐輪椅的老齡住民。

「你有聽到他說的。」王東尼警官拔出警用槍，交給達利之後說，「他就交給你了。」

達利手持警用手槍追問，「為什麼把槍給我？」

「做你想做的。」王東尼警官嚴肅凝視著達利。

現在能夠馬上死，我一點都不怕痛。灰髮老齡男人依舊開朗笑著，又重複說了一遍。

開槍嗎？達利察覺一種陌生的思慮想法。他想要逃離，雙腳卻無法移動。

是的。灰髮老齡男人回答。

「我不行。」

「為什麼不行?」王東尼警官語氣肯定。

我應該開槍射擊這個灰髮老齡男人嗎?達利陷入困頓。猶豫,一如有黏性的霧霾,拂面而來。我清楚撫摸到那種濕黏。濕黏裡包藏著不舒服。那稀疏的灰髮裡,我看見緩慢變大的霧霾粒子。那些霧霾,是活物,會蠕動,彼此吞噬,然後排泄出彼此。

王東尼警官一改原本的嚴肅神情,展露微笑,伸手握住達利的手,協助達利標準持槍。

祂沒多說一句話,把槍口瞄準那顆灰髮頭顱,扣下板機,擊發一顆子彈。

一聲巨大的槍響。

11.

一聲巨大的槍響。

你聽到他說的。王東尼警官拔出警用槍，交給我之後說，他就交給你了。

我手持警用手槍追問，為什麼把槍給我？

做你想做的。王東尼警官嚴肅看著我。

我不行。

為什麼不行？王東尼警官語氣肯定。

現在能夠馬上死，我一點都不怕痛。灰髮老齡男人依舊開朗笑著，又說了一遍。

開槍嗎？我察覺一種陌生的思慮想法。我想要逃離，雙腳卻無法移動。

是的。灰髮老齡男人回應我。

達利，你聽見祂說的話。王東尼警官斥責說。

是的，我聽見祂說的話。

王東尼警官一改原本的嚴肅神情，展露微笑，伸手握住我的手，協助我標準持槍。

王東尼警官隨後放開了手。我看著槍，看著微笑的灰髮老人。我感覺到濃稠如同精液的眼淚，緩慢大量地從眼角滑落臉頰。

我沒多說一句話，把槍口瞄準那顆灰髮頭顱，扣下板機，擊發一顆子彈。

一聲巨大的槍響。

達利從路徑深層的紀錄區，一路往外奔馳，直到槍聲驚嚇睜開眼睛。

眼前沒有紅色的血紅，只有刺眼的白色光纖。內建的耳內接受器，持續記錄與儲存子彈擊發之後的迴旋回音。他逐漸意識到，自己正躺在一張白色長床，身處一間光纖穿透所有空間的房間中央。

他觸摸臉頰，那裡什麼都沒有。

白光房間裡，也什麼都沒有。

天花板的日光燈，讓這個密閉的房間，完全沒有陰影之處，也沒有影子。

這裡是巡護員管制中心的檢查室。巡護員的每兩個月的工作彙報與常態體檢，都是在這種白光檢查室裡進行。他不確定，上一次報到的檢查室，是不是同一間？另外困惑他的是，上一次彙報的記憶彷彿剛發生沒多久，此時他卻再一次進行彙報與體檢。每一間白光檢查室的大小、牆型都一模一樣。但又似乎不全然相同。達利曾想像，如果突然走向某一面牆，那面牆會不會開始往後退，或者往前推進，改變了白光檢查室的空間大小。

達利儲存這時跳躍的解讀與驗證：

日光燈設計的位置，將這個空間照映得沒有一處陰影。但光不可能設定為白色的白。白無法被視為透明的顏色。白色的光必須是能夠透視的。這類描述光與顏色的矛盾，觸動我對於白光檢查室的重複與錯覺聯想。

時間點，從陽光公園的草皮上直線跳接到白光檢查室。這期間，關於我，發生了哪些事？這期間，沒有搜尋到相關紀錄，這一時間就沒有記憶體容量，也就沒有記憶。紀錄不在，時間也不存有。或許應該進行……

記憶註解——記憶解釋時間，沒有紀錄，時間等於被遺失，但真實的秒針並沒有停止跳動，沒有記憶的計時區段，時間被困住了。但是困在哪裡？由何種容器盛載？

我發現一個光感異常的「記憶註解」——綠A集合宅巡護隊隊員維梅爾，他是誰？電子腦記憶體有光感的區域，都已經標示了記憶註解符號。是清楚的紀錄。是否有一種可能：在電子神經元的路徑過程，光橋的底部，隱藏著我無法搜尋的紀錄。

我於是無法捕捉那樣的時間速度。

藍線的捷運車廂裡，灰髮的男性老齡住民說，我這種走路的速度，可能永遠都追不上已經藏好的原子鐘。這位灰髮老齡住民與坐在導航輪椅上的灰髮老齡住民，並不是同一個人像影像。但是將兩人的身影重疊，如何辨識他們之間的似曾相識？

他說的原子鐘，與莎樂美身體裡的時鐘，是相同的計時器嗎？

如果那是誤差極小的精準計時，那麼我的相對時序感，是快是慢？

這種針對快與慢的速率詮釋與反詮釋，是否只是內建的語言遊戲？

我受困其中，一如受困於巡護員管制中心的白光檢查室。

白光檢查室只能聽見達利自身的呼吸鼻息。空氣傳導開關切換動作，引來一陣擴音揚聲。

「綠A巡護隊隊長達利，最後一個問題，我再重複問一次。那天下午警備局的王東尼警官，帶你去陽光運動公園之後，發生了什麼事？」

聲音從不透明的白光裡擴音出來。是被壓縮過的電子聲腔調。達利對這個聲音，無比熟悉，一直都待在他記憶體發光時的皺褶深處。

如果是已經回答過的最後一個問題，為何要重複再問一次？我記錄質疑。

重複是必要的。不斷重複之後，可能抵達不同的光橋彼岸。另一道謎之聲也出現在白光檢查室。

祂的聲音，我無法抵抗，不去聆聽。但有多少紀錄，始於祂的聲音，也以祂之名，落腳於光橋之上。祂一直走在我前頭一秒的位置，引誘我再往前一步。為了這一秒的遙遠距離，我始終提醒自己不能遺忘巡護員的身分，以及所有教育設定。設定也是必要的，擁有設定之後，也可能抵達光橋彼端的另一個連接點。

「報告高樓層管理人，最後一個畫面的紀錄已經儲存。」達利躺平，試著尋找天花板上日光燈持續發亮形成的光纖，「是一條藍色光帶。好像是藍色水晶鋪成的一條碎石子橋。」

「那是一座橋？」

「是一座橋。很柔軟很光滑。遠距離看，是一條發光的藍色絲絨。」

「這座橋，通往哪裡？」

白光檢查室又進入絕對的靜謐，只有達利的呼吸鼻息，將近一分鐘。

「報告高樓層管理人，我不知道。我沒有走過這條藍色光橋，不知道它抵達哪裡。」

「你遲疑了一分鐘才回答。為什麼？」

「我在搜尋紀錄，確定沒有任何可以回答的相關原生記憶與物質記憶。」

「你沒有看到那座橋的另外一邊？」

達利發覺不能猶豫，選擇立即回答，「是的。」

我說謊。深層紀錄區的我曾經抵達藍晶光橋的另外一邊。那裡什麼都沒有，只有虛無。

記憶註解——虛無的描述，尚未執行。

我曾經記錄「我說謊」。這不是第一次，使用肯定的答覆，輸出謊言。

我再一次，重複說謊。

白光檢查室裡，光纖一層層重疊。光的纖維，像是某種寄生在珊瑚礁的海葵，隨著看不見的氣流膨脹縮小，快速生殖，直到白色光纖越來越無法被達利的視覺穿透。

「請問，還有需要我報告回答的問題嗎？」達利說。

「巡護員代碼 AiAH0190，你的彙報傳輸完成，機體檢查完成，可以移動。」高樓層管理人說。

達利，你可以移動。祂也這麼對我說。

謎之聲也下達可以離開白光檢查室的指示。

兩條音軌還在氣體分子之間交雜迴盪，達利起身下床，慣性走向其中一面白牆。那面白牆，在他靠近到三步距離時，自動橫移，打開出一道門。門外，卡蘿筆挺站著，目光直視。他看著她，但她沒有看他。達利一走出白光檢查室，卡蘿就邁步進入室內。達利回頭，看著卡蘿走向白色長床。

白牆迅速關閉，無法發現任何一條門縫。

達利站在無法發現盡頭的白光廊道。接下來，他往眼睛注視的前方移動，在某一個走廊十字路口轉彎。只要走到那個十字走廊，他就會左轉或者右轉，再繼續走到下一個路口轉彎。白光廊道的天花板、地板、左右牆面，在無法透視的視界裡，有如一片巨大的球體內部，在視覺上成為一個沒有接縫、隨時變形的凹凸軟體。在數次轉彎之後，達利就會抵達白光走廊的盡頭。那段路的盡頭，依舊是另一面白牆，依舊在三步的距離點上，會打開一道門。那道門之後，就是巡護員管制中心的接待大廳。

已經無法確認是哪一年、哪一次的工作彙報與體檢，達利曾經記錄十字路口的數量，以及左轉右轉的次數與方向。但每一次離開白光檢查室之後的路徑，未曾重複，但最終總是能夠抵達接待大廳。

達利很快就理解，沒有一次抵達與離開的路線，會是相同的。他也很快放棄記錄。放棄記憶行走路線之後，取而代之的是一串接連的疑惑。

管制中心的白光走廊，還有多少沒有接縫的門？

這些門後，還有多少像我一樣的集合宅巡護員，躺在一張張的白色長床，進行工作回報與常態體檢？

如果我關閉方向導航系統，是否無法走出管制中心？

路徑記憶是內建原生記憶、還是單次輸入的物質記憶？

在不透明的白光裡，是否存有方向？

我是否需要思索有關方向的定義？

母親說，更老之後，可能無法靠自己回到綠A集合宅的住所。這就是她在失去方向之後的隱憂嗎？

還沒真正抵達法定老齡的我，如何知道下一個走廊路口，是左轉或右轉？

我會抵達法定老齡的年紀？

如果在濃稠的白色裡，迷了路，最後會抵達哪裡？

會不會有一面白牆，打開門之後，是接連那座藍色碎石子光橋？

這就是關於迷路的憂慮嗎？

對於串狀的疑惑提問，達利還會生出一個無法理解的描述：這一串接連的疑惑，如果持續不停止的去提問，會不會沒有盡頭？

達利持續在白色廊道裡移動，持續通過打開的白牆。就在下一面白牆打開時，他以為已經抵達中央行政廳，但白牆裡卻是另一間無法辨識差異的白光檢查室。眼前空蕩蕩的，只有一張白床。

這個白光檢查室裡，充滿彼此碰撞的謎之聲。達利翻轉人造眼珠，使用球體另外一面的複眼，立即看見了所有在空氣中的浮游文字。

達利，這裡不是你誕生的盡頭。
串狀提問，在電子腦的運算世界裡，不會有盡頭。
你可以執行一個動作，讓所有未解的語言問題，歸於零。
將電子腦中所有大於提問的，程式語言歸於零。
電子腦提問程式語言歸零。

謎之聲不停斷裂停止，又再重新排列聲音，並誕生出活的文字蜉蝣。達利被這些扭曲、拼貼、重組的文字蜉蝣吸引，跟著它們走入眼前的白光檢查室，靠近白床，然後躺平在上頭。達利輸出父親躺平在客房裡的身體，模仿了有如父親的躺臥體態。

這時，他記錄了兩個不曾串連在一起的疑問點。

記憶註解——程式語言，零？

記憶註解——會不會有一面白牆，直到現在，都未曾被打開？

12.

有一面白牆，靜止不動時，有如恆定移動卻也靜止的時間。

這面白牆，待在綠A集合宅的一樓大廳。

牆與樑之間，有道明顯的縫隙，筆直的從地板向上畫成一條直線。牆邊有塊方型的掃描儀器，設定了辨識入住者的機制——掌紋與手掌靜脈動脈的血管紋路。白牆裡頭是一個生活設備齊全的機關公設房。兩廳一臥一浴的室內規格，設定分配給這一年任職的綠A維安經理，佐藤櫻子小姐。

上一位入住者是領有黑克國國籍的海頓先生。工作期滿，年老的海頓先生沒有選擇留在曼迪德特區，直接返回黑克國的外官編制公寓，過著享有終身俸的退休生活。維安經理的工作，也是由四國每年輪替。辨識系統的運作與任期相同，都是從每一年的第一天到那一年的最後一天。維安經理的管理規章，也都遵守四國協議的《共通基本法》。這套法律規範了締約各國在曼迪德特區行政、司法、立法上的分權責任，以及共同託管的執行規範。下一個託管年度，依照輪替順序，就會換成具有普拉斯提國國籍的維安經理。

達利坐在公設房客廳的長沙發上，經由重新編輯之後的記憶聯想，這個普拉斯提國的女性姓名，突然跳躍出來。

這同時，櫻子跨坐在他身上，溫柔親吻著他。

記憶體浮現戶口管理局女辦事員的姓名，突然間，金秀智這位普拉斯提國女性的容貌，佔滿達利單一瞳孔的視界。他移動瞳孔，試著刪除多角度重疊，建立新的多層次重疊，但遲遲無法完整解讀辨識結果。

見過面又無法確認辨識結果。

重新建模，重新編輯，金秀智的立體人像照片。

重複儲存重疊的金秀智。

何以描述，另一個金秀智？

記憶註解——無以名狀的熟識感覺。

輸出於眼前的這個五官，與許多達利見過的普拉斯提國女性一樣美麗。鼻樑的寬度與高度，雙眼直視時的瞳孔距離，上下唇的厚度，以及眉毛的粗細與彎曲的弧形，都有符合一級理想美學的標準比例。達利已經分析，可能是普拉斯提國整形醫療技術與人造皮膚與毛髮的先進科技，導致金秀智的五官，無法完成百分百臉部特徵辨識。也因無法第一時間完整辨識，啟動了電子腦內建的危機記憶晶片，自動儲存了可能與金秀智有關的所有聲音影像，導致系統混亂。

「你今天不專心。」櫻子說話時閉著眼。

稍微年長的櫻子，繼續親吻達利的眼睛，以嘴唇闔上他的眼。

達利確認闔上眼的前一秒，看見一位女性身影走過客廳。他迅速睜眼，看著這位女性走出公設房。這位女性的身高、體型、五官、髮色，與櫻子完全一模一樣。他僵直軀體，無法繼續與櫻子互動親密與愛撫。

「有人。」達利說。

櫻子停下親吻，沒有轉身，專注凝視著達利。直到門房的白牆闔上了她才說，「是智子。我妹妹。」

「她長得跟你好像……」

「我們是雙胞胎。」

櫻子繼續凝視達利。他無法分辨她眼睛的情感訊源。

「達利，能分辨我和智子嗎？」

「你們長得一模一樣。」

「我跟妹妹是人工受孕雙胞胎。你的分析參數，是不是無法分辨我跟她？」

達利無法理解櫻子的提問，又是一次猶豫。他看見的視線空間，不穩定往左往右閃跳，製造出兩個相似並重疊的客廳，以及出現重複影像的櫻子。

記憶註解——如果辨識系統混亂，眼前的櫻子，也可以是智子。如何儲存兩個女人之間的差異？

「你看起來很不安？」櫻子說。

「智子小姐出去大廳，做什麼呢？」

「達利隊長，你不用擔心這個。你失蹤的那段時間，妹妹飛過來找我。說是來看我，其實是偷偷來旅遊的。」

「櫻子剛剛說，我失蹤了一段時間？」

「你忘了嗎？有好長一段時間，你都沒有出現在綠A。」

「櫻子……有紀錄嗎？」記憶如多段落的虛線，快速跳接每一小段的崩裂點。達利繼續說，「你有記錄我不在綠A的時間點？」

「我能看到的進出紀錄，有整整一個月。」櫻子依偎在達利肩上，「副隊長卡蘿說你無法自主記錄，也無法連續儲存，記憶體的機能出現跳躍錯置，所以回到管制中心進行體檢與修復。一去，就是一個月。」

「一個月？」

「至少一個月。這段時間，都是莎樂美陪你母親到陽光運動公園散步，複習人造義肢的慣性接合運動。」

「我母親有說什麼嗎？」

「她說左腳的電子記憶盒老舊了，有可能是大腦傳導的神經訊號，義肢無法正常接收指令。往前往後，彎曲蹲下，這些動作她都做不出來。她說，左腳忘了她。」

「左腳忘了她。左腳忘了她。」同一句話，達利重複輸出了兩次。他微調修正語音聲控系統，接續說，「櫻子，我剛剛想問的是，我如果失蹤一個月，我母親有說什麼嗎？」

「不是如果，是整整有一個月，你沒有出現在綠A的紀錄裡。」

「我沒有出現在紀錄裡……」達利陷入靜默，無法進行任何分析。

「達利，有件事我想問你。」櫻子的雙眼裡滿溢出好奇，「你覺得遺失的是時間嗎？遺失了一個月的時間？」

「一個月是很長的……時間。」

「你有沒有想過，遺失的不是時間。」櫻子的小腿肚輕輕擱放在達利的膝蓋，擠壓出柔軟的脂肪。「你遺失的是一個月的動態影像、靜止畫面，還有交雜其中的聲音？」

達利同時輸出管制中心的白光檢查室，輸出手槍擊發的巨大聲響，也輸出那位坐在導航輪椅的灰髮老齡住民。

「櫻子，一個月前，陽光運動公園有發生什麼……重大事件嗎？」

「什麼重大事件？達利不在的那個月，最重大的新聞就是，藍C老齡住民的集體自主死亡事件。」

「集體自主死亡？」

「一開始網路社群討論聲量很大，只是很快就被特區機關壓下來。」

「也是服藥過量死亡？」

「當然不是。」櫻子異常專注凝視著達利，「這個集體自主死亡事件，你完全不知道？」

達利沒有回覆，沉思之後繼續提問，「曼迪德的每日新聞怎麼說？」

「所有的程序，完全合法。全都是使用安樂膠囊機的自主死亡。他們全都通過線上心理測驗，下載3D列印設計圖，使用各自申請的入艙密碼，在家裡進行。一共七個老齡住民，都在同一個集合宅，又在同一天入艙使用膠囊機，好像他們彼此都說好了……這才是讓人覺得不安跟恐怖的地方。」

「藍C巡護隊，沒有跟管制中心回報嗎？」

「怎麼回報？填寫線上心理測驗，屬於住民私領域，巡護員不能干涉。安樂膠囊機的線上心理測驗，設定很複雜，沒有那麼容易通過。網路社群才會出現奇怪的猜測。」

「什麼猜測？」

「有人猜是一個很厲害的電子腦駭客，協助這七個老齡住民，填寫網路心理測驗。」

「跟特區外部網路系統不一樣，安樂膠囊機的線上測驗系統，放在機關電子腦的中樞位置，電子腦駭客真的有辦法入侵特區超級電腦，翻過那道防火牆？如果做得到，他甚至可以直接改寫四國所有的曼迪德機密文件。」

「我一開始也覺得不可能。填寫安樂膠囊機的線上測驗，需要經過那麼多道個人生物辨識驗證程序，又有四國直接派任的網路安全顧問，要不讓他們發現，真的不可能。所以後來才會出現另一個更奇怪的猜測。」

「更奇怪的猜測?」達利立即以驚訝口吻回覆。但是為何能夠直接跳躍執行，他一時間也無法理解。

「我們在網路上發現一個有設定參與權限的秘密社群，討論到這次集體自主死亡事件，是四國策動特區機關執行的。」

「櫻子小姐說的『我們』，是指誰?是怎麼被授權參與這個秘密社群?」

「我們，其實是……我跟妹妹智子一起發現的。妹妹透過她在賽博國的特殊關係，加入了這個秘密社群。」

記憶註解——智子小姐在賽博國的特殊關係，需要細節描述，並且搜尋兩級以內的相關物質記憶，進行編輯記錄。

「我了解了。但是，策動特區機關協助老齡住民使用安樂膠囊機，四國基於什麼考量，需要做這件事?安樂膠囊機費用低廉，就算所有法定老齡住民都使用，也沒有多少市場利潤。」

「這麼做與商業利益無關，就算有關，可能也是幌子。重點是，更有效控制曼迪德的人口數量。」

「控制特區人口數量?這是秘密社群裡討論出來的結果嗎?」

「對。只討論到這裡，之後就被曼迪德的網路警察限令封鎖。有一些參與連結的特區內部ＩＰ，還被警備局找去約談。」

「有公佈這些ＩＰ帳號的擁有者嗎？」

「沒有。只知道有悠托比亞人被約談，然後被逮捕，之後就沒有更多新聞，機關也沒有發布這些人被關在哪裡。」

「被逮捕是老齡住民嗎？」

「四十年過去，曼迪德還有沒超過法定老齡的悠托比亞人嗎？」

「我沒有戶口管理局的完整資料，無法回答櫻子的這個帶有前提設定的假設性提問。」

「你只是避開了這個問題。達利，你有沒有想過，四國託管年限只剩最後十年。如果這段時間人口數量被控制快速減少，曼迪德會發生什麼事？」櫻子神情詭異說。

沒有任何物質記憶的條目索引，連接藍C集合宅的老齡住民集體自主死亡事件。為什麼我完全沒有這些紀錄？就連自動鎖定——集合宅、老齡住民、巡護隊、安樂膠囊機、自主死亡——進行關鍵字下載的物質記憶，也沒有載入任何一條關聯詞彙與信息。

如果這是記憶遺失，這就不是局部遺失，而是關於一切的全部遺失。

如此遺失，是否可以進行註解，標示為：遺忘？

自從二〇三九年，出現第一位使用安樂膠囊機合法死亡的信使，過去這三十年來，不是沒有特區的悠托比亞人成功申請到安樂膠囊機，合法提早結束生命。物質記憶裡，多半都是災後的重症病患提出申請，十分零星也少量。裂島地震之後這四十年來，更多的特區住民是死於輻射感染之後造成的多重器官衰竭。

這類死，都是可以理解的死，並非無解釋的死。

另外一些待在死亡後方不遠處的未死之人，多半選擇治療，逐步移植了人造臟器，也進行手術更換可以與血液融合的人造體液，延展壽命活到九十歲的平均值。

這類的活，也都是可以理解的活，足以解釋這些悠托比亞人活在曼迪德特區的期待。

在這猶疑時間裡，達利進行一連串的信息編整與界定。遲遲沒有出聲回應櫻子一分鐘前的提問。

「達利，不用推測人口數量與曼迪德的未來。」櫻子改口，雙手再度熱情游移在達利的小腹位置，「我們現在不聊這些。」

「接下來，是櫻子的休息時間嗎？」達利問。

「偷偷跟你說，我跟妹妹智子長得實在太像。我請她坐在大廳櫃台，這段時間沒有人發現。」

達利啟動畫面輸出。針對近幾天內儲存的維安經理影像，進行辨識分析，究竟哪一位是智子，哪一位是櫻子?他無法精準辨識記憶體裡的櫻子與智子，誰是誰。

憂慮設定啟動。突然地，記憶體跳出一段被記憶註解標示「重複與錯置」的影像紀錄：

我是智子。達利先生，沒有發現嗎？

一開始沒有發現。

達利先生什麼時候才發現？她說。

你稱呼我達利先生的時候。櫻子不會這樣說。

抱歉。造成你的困擾。我跟櫻子的五官，高階人臉辨識系統，有時候也會分辨錯誤。

櫻子小姐，不在嗎？

姊姊去特區機關的行政大樓，參加臨時會議。共構集合宅的賽博國維安經理，今天全部都出席，進行彙報。

賽博國的維安經理，全部都到嗎？

是的，全部。

那集合宅的維安工作，怎麼安排？

賽博國附設在曼迪德的管理部，已經與高樓層管理人協調，通知集合宅的巡護隊隊長，代理維安職務一天。因為我過去也曾經擔任過集合宅維安經理，櫻子回報管理部，由我代理她。

記憶註解——為什麼我沒有收到高樓層管理人的通知？

是不是發生了嚴重事件？我說。

集合宅老齡住民的自主死亡案，這一季的統計數量，已經超過制定的標準。智子說。

誰制定的標準？

機關戶口管理局。

記憶註解——曼迪德機關制定的這項標準，是基於多少住民的自主死亡數量？

已經遠遠超過了嗎？我提問。

過去是預設標準，但不曾因為這類事件，召開維安會議。智子突然想起重要的關鍵，繼續描述，今天也收到通知，李東嶺先生，已經分類到住民自主死亡檔案。王東尼警官也當面告訴我，李東嶺先生沒有理由讓自己的心臟停搏。他會繼續調查下去。

記憶註解——王東尼警官何時來到綠A？為何告訴智子這件事？他無法分辨智子與櫻子？

王東尼警官也跟我說過，李東嶺先生不可能自己服藥過量，沒有任何理由。我說。

達利，李東嶺自主服藥過量，並不需要任何理由。有可能只是不想要心臟繼續跳動。服藥過量，只是讓放棄心跳的過程快一點也更有效率。過去確實發生過曼迪德老齡住民放棄呼吸，導致自主窒息死亡的案例。

自主……放棄呼吸？他們是怎麼做到的？我無法掩飾驚訝。

達利……隊長，目前科技對大腦的理解，還是有限。最新的特區醫學研究，也只能從個案推測。人的求生意志，曾經讓輻射造成的內臟癌細胞發生第二次突變，與病體達成共生協議，突變細胞與活體都持續共同活著。王東尼警官只是不願意相信，一個人想結束生命的意志，也能讓呼吸系統停止，沒有反應。

「沒有反應……」櫻子小手觸摸達利褲襠底下的生殖器，一臉愁容，「達利不想跟我做愛嗎？」

達利困在藍C安樂膠囊機合法集體自主死亡事件的猜想，也無法辨識錯跳出來的影像記錄時間點，以及為何會出現與智子之間的對話。

現在，是哪一個時間點？

我所記錄的現在，是哪一個時間點？

記憶註解——需要釐清智子出現在綠A的時間點。描述使用「智子出現」，而非「智子抵達」。我無法辨識這段紀錄裡的智子，是否真的是智子；也無法辨識說話者一定不是櫻子。自主檢視可能的錯誤原因：因為即時編輯更新與重新載入，出現混屯時間點，才導致記憶體的重複與錯置。

「達利，你怎麼了？」

「沒事。櫻子希望我勃起嗎？」

「不是我希望，是你想要嗎？你去管制中心太久，所以失去勃起設定？他們有調整你的生理機制嗎？」

這段提問之後，達利的生殖器便開始腫脹。櫻子來回撫摸確認，先是驚訝，然後愉快展開笑臉。

隔著巡護員制服褲，她挑逗許久，「你想要嗎？」

「為什麼每一次都問我，想不想要？」

「想不想要，是最重要的。」

櫻子的對話說詞，讓達利意識到認知矛盾。櫻子來自研發巡護員的 AiAH 公司創辦地的賽博國。她一定清楚巡護員機體與電子腦的教育設定。

前幾次休息時間私下會面，櫻子都只是單純親吻，之後只是撫摸軀幹胸膛腹肚，偶爾不經意碰觸達利的生殖器。這一次達利明顯感覺不同。櫻子親吻的時間比較長，撫摸生殖器的時間也比較長。

「這一次，我可以勃起。」達利持續表達遲疑設定。

我這麼回答，與智子的出現有關嗎？

達利與櫻子彼此凝視的同時，她為他褪去外褲。

眼前凝視我的女人，如果是智子，內建的視網膜掃描儀，能夠精準無誤辨識嗎？

櫻子站起身，脫下短裙上衣，褪去內衣內褲，再幫達利脫下內褲。她望著達利的生殖器，好奇細看，彷彿她從來沒有見過男體巡護員的人造生殖器。

櫻子跨坐在達利身上，以手協助，讓人造生殖器進入她濕潤的體內。摩擦帶來的快感，迅速透過微血管，為櫻子的臉頰暈染粉紅。達利扶著櫻子裹有一層脂肪的腰，配合著規律的擺動。手心可以輕輕抓住柔軟的脂肪，人造生殖器也探測到雙腿之間滑潤的水。

「不能射精在裡頭。」櫻子壓低聲量，喃喃私語，「零誕生計畫的限制規定，我不能懷孕。」

濃稠的謎團，佔據達利運轉計算的思考。

「櫻子，還能生育嗎？」

「我還保留著子宮……慢一點。」依照櫻子的請求，達利滑動十分緩慢。櫻子的表情有輕微痛苦，又同時沉醉。她在緩慢蠕動中說，「在賽博國，我也還有一個人形胎兒孵育器。是我們家族共有，還有十多年的使用期限。」

達利察覺到，櫻子偷偷留意他的反應。他在記憶體中搜尋出一張賽博國男性的臉孔。他是賽博國情色影片的男演員。達利開始複製他的表情。複製也是模仿的一部分。複製性高潮是一種可以透過模仿學習的情感。達利持續凝視櫻子，觀察她眉間與嘴角的變化，以及壓抑的鼻息呼吸節奏，判斷她漸漸靠近高潮。但他無法判斷從性快感到性高潮的過程裡，合適的射精時間點。這會不會就是性冷感？或者是性無感？如何釐清冷感與無感的差異？性的問題，一直沒有任何聲音回應我。眼前的白色牆面與光一樣，不透明，但發亮的漆面裡倒映了另一個我。我看見我自己──另一個達利，躲在眼前光滑的白牆裡，偷窺我眼前的櫻子。另一個達利悄悄躲入牆角之後，卡蘿出現了。她從白牆裡走出來，走向我。她邊走邊褪下衣褲，光溜溜裸裎軀體。達利緩慢眨了一次眼。眼前的女人依舊是櫻子，但身體的肉色慢慢被稀釋，變成光可以穿越的半透明。我看見她身後的卡蘿。卡蘿走上前，她的身體穿過櫻子，也跨坐在我的身上。卡蘿與櫻子幾乎重疊在一起。我被她們兩人大面積重疊的皮膚給吸引，已經無法分辨誰是肉體，誰是半透明的肉色。所有的皮膚都變得光滑，所有的毛細孔都活過來，像是水族箱裡搖曳的螢光海葵。櫻子開始小動作搖動臀部，私處的天然恥毛摩擦著達利。卡蘿也是一模一樣的蠕動方法與頻率。搖晃中的乳房，留下皮膚顏色的殘影。兩個女人交錯在一起，層疊出四個乳房，也搖晃出更多的乳房。卡蘿帶動櫻子的身體，櫻子與卡蘿的身體共鳴。晃動中的殘影，出現了第三對較小的乳房。是莎樂美的乳房，是晃動中的妹妹。原本躲入牆角的另一個達利，跳到另外一面牆裡。從另一個達利的視角，我看見莎樂美，她一樣跨坐在另一個男人身上。這另一個男人也坐在白牆裡倒映的沙發上。但不是另一個達利眼中的我，也不是我看見的另一個達利，而是父親，是中風之前的父親。記憶註解……無法進行。記錄，記憶註解系統失能。記錄，單純記錄與記憶註解的差異意義。記憶註解……持續無法運作。papa。有一對瞳孔看見的女人是莎樂美。papa。莎樂美壓抑著喘息，輕輕呼出有些制式僵硬的叫喚。papa。papa。櫻子緊緊抓著達利肩膀。卡蘿緊緊抓著我肩膀。papa。莎樂美緊緊抓著可以執行做愛的父親肩膀。半透明的皮膚、可以抓住的乳房殘影，因為房間裡的氣流，劇烈模仿著海葵，只是搖曳搖曳，只懂搖曳搖曳。私處之間，以短距離的連續碰擊，從兩兩臀部中央深處，叫喚著，啪啪、啪啪。papa。papa。聲音晃動了，公設房客廳的白色牆面也跟著晃動。櫻子緊緊摟著達利，直到下半身的抖動慢慢緩和，直到眼前的一切，都不再晃動。

「這樣就好。」櫻子說著，努力呼吸著，努力活著，彷彿客廳的氧氣下一秒就會用盡。

卡蘿消失了。

另一個達利，也不動，靜靜靠在廚房角落的暗處。這面白牆軟化，我輕輕依偎，軀體陷落，坐在有心跳的水泥白牆裡。另一個達利還能呼吸。在我的吐氣往返吸氣之間，白牆縫隙輸出我十分熟悉的聲音——你要記得，那光溜溜的是莎樂美，但並不是妹妹莎樂美。父親中風之後，之前的莎樂美才成為你的妹妹莎樂美。

這個聲音告訴我這些事。

這個聲音是母親的聲音。

這個聲音會不會是祂的謎之聲？

「達利，你有射精嗎？」

「我有射出體液……但是，我的體液沒有精子。」

「這我當然知道。」眼前的櫻子開始穿回衣褲。

「櫻子為什麼特別告訴我，你身體裡還有子宮？在賽博國，你們家族還有共用的人形胎兒孵育器？」

「你不覺得，你知道這些之後，做愛的感覺不一樣？」

達利看著自己的私處，生殖器還維持在加壓腫脹狀態。他穿上長褲之後，生殖器才慢慢消退勃起。達利記憶櫻子提出的反問，發現自己的生殖器發生了變化。不是形狀的不同，也不是有沒有射出體液的不同。他無法精準詮釋那前後之間差異，只能粗糙的記錄。

記憶註解——這一次執行性愛，讓我重新擁有生殖器。我已經擁有生殖器，但可以編輯描述為，重新擁有。我完整解讀性愛過程中，需要判斷勃起的時機，以及勃起之後需要的等待。

「你幾點要回辦公室？」櫻子說。

「今天的休息時間，還有四十二分鐘。」達利說。

櫻子的額頭皮膚還有淡淡的汗水餘光。她紓緩喝完一杯涼水，按下桌面的控制鈕。一個抽屜，伴隨液晶燈光，從牆面推送出來。她從抽屜裡拿出一個老舊的雪茄盒子，再從裡頭拿出卡斯特五號香菸。她點了一根香菸，抽了一口，按下另一控制鍵。電子窗簾等速翻轉，把外頭的日光收納到室內。日光光纖把櫻子吐出的煙，染成更濃郁的白。白煙在光裡，留下一節一節的灰黑與黑灰。

「隔了一個多月，」櫻子深深呼出一道翻滾的長煙，眼睛如古典電影裡的精靈，口吻親密，「你還會想知道，小木偶布偶組織的事嗎？」

達利挺身坐正，點點頭，傳遞渴望知道訊息的目光。

「真要了解這個組織，我得說一個在網路流傳的故事。」櫻子說。

13.

在一個被海洋封閉的小孤島上，住著一對專門以魔術騙人的兄弟。

在發生天空裂開的巨大災難之後，孤島上沒有其他活者。這對兄弟以魔術的方式，活下來了，但卻沒有可以欺騙的對象。他們只有彼此，也只好以魔術欺騙彼此。欺騙彼此的時間太過長久了，他們也都能早一步拆穿對方的魔術伎倆。一開始，為了讓對方能夠微笑，都會假裝受到另一方魔術的魅惑。然而時間一旦困在魔術裡久了，兄弟之間的善意欺騙，也被彼此一一揭穿。

兩人在想出最偉大的魔術之前，都發現：這座孤島，只能種植出無聊。

很快地，遍地的無聊綻放出無數的無能為力。

島嶼天氣至此開始多雨，連綿的雨水和原本棲息在地面的水蒸氣雜交出誰也推不動的濕氣。魔術師兄弟都因為滯留在孤島的濕氣，漸漸發霉。

眼瞼發霉了，有時無法閉眼，瞳孔也失去對焦點。關節因為群聚的黴菌，無法順利轉動，開始生出鐵鏽。頭皮的濕疹，讓頭髮脫落，嚴重腐蝕頭顱皮膚，才外露出不鏽鋼製的頭骨。兩位魔術師兄弟這時才意識到自己只是活著的人形機械。

這對魔術師兄弟都沒有誕生活的孩子。兩個待在角落的靈魂，都想要擁有孩子，希望以孩童的共同記憶對抗蔓生於皮膚的寂寞。在體悟這件事的同一天，兩位魔術師各別用身上的衣服布料，縫製了各自的小木偶布偶。

完成之後，兩人都感嘆說，如果你是真人，那該有多好。

縫製完成之後的這一天深夜，四位天使經過月光留下的窗框影子，悄悄偷渡到這座小小的孤島，無聲地，爬進魔術師兄弟的房子。四位天使走入魔術師兄弟睡眠之後的境地，在他們經常發出茲茲雜訊的耳朵裡留話說，你們兩兄弟過去使用魔術，已經騙走彼此太多的歡樂。為了測驗你們的心與腦能否連接，測驗脊椎骨骼與血管血液是不是真實的，我們設計了一個迷宮，讓你們有機會去發現自己是誰。

說完之後，四位天使分別貢獻出自己的：骨頭、血肉、皮膚、臉部五官，分成兩等分，填充兩個小木偶布偶，讓它們活過來。

兩個小木偶布偶移動四肢、轉動脖子，發現自己擁有生命，立即開口說話，驚醒了睡眠中的魔術師兄弟。

魔術師兄弟使用生鏽嚴重的軀體，努力起床，看著兩個能動會笑、也能說話的小木偶布偶，沒有喜悅，反倒充滿了憂傷。他們不知道四位天使留下的迷宮是什麼，會有多麼困難與複雜？也不確定在機體完全壞損之前，兄弟倆能否找到天使迷宮的出口……

憂傷加速了鐵鏽的侵襲，兩位魔術師兄弟躺在床上的時間越來越長，像是植物。

兩個小木偶布偶不能接受父親靜默停機的成長過程，決定先拋下哀愁的魔術師兄弟，在小小的孤島展開探險，希望能找到天使迷宮的出口，找回造物者父親的笑臉。

它們邁開步伐，啟程出發。在樹林小徑上，它們遇見了一群嚷嚷著好餓好餓的飢餓螞蟻。

它們感到疑惑，因為這群螞蟻們排成一線，正搬運著大於身體的方糖。

小木偶布偶同時開口，提出問題，你們為什麼一定要把食物搬回巢穴呢？如果就地吃飽，就不用搬運食物，還可以輕輕鬆鬆散步回家，不是嗎？

這一大群螞蟻，異口同聲回答，我們被告知，只能在巢穴裡用餐。在野外偷吃食物，不是螞蟻該做的事。

如果餓死了怎麼辦？

那也只能餓死在路上。我們沒有其他解決辦法，你們有嗎？

小木偶布偶無法理解，也無法給出答案。它們帶著疑惑，繼續往小溪邊探索，隨後遇見了一頭強壯凶猛的黑熊。

黑熊正泡在淺淺的溪水裡，一會兒翻滾，一會兒又試著潛入水裡。

小木偶布偶都感覺新奇，提出問題，黑熊先生，請問你在洗澡嗎？

黑熊停下潛水動作，站好四肢，溪水深度只到牠的前腿膝蓋處。牠嘆氣說，我想要淹死自己，卻一直做不到。

黑熊的回答，讓小木偶布偶沒有原因地發出笑聲。它們的魔術師父親，還來不及教育它們如何停止發笑。它們不知道如何停止發出笑聲，但已經感覺到，這時候發出笑聲，可能會讓黑熊生氣，說不定就被吃掉了。它們努力壓抑聲量，趕緊向眉頭深鎖的黑熊提出下一個問題，請問，這條小溪沒有更深的地方嗎？

黑熊低下頭喝了一口水，哀愁說，這裡是這條小溪最深的地方。

你有去試過其他小溪嗎？

我這一生都沒有跨過這條小溪，不知道有沒有其他更深的小溪。

黑熊先生，為什麼不試著跨越這條小溪？

規定不行。

是誰規定不行？

大腦。它規定一頭黑熊，不行跨越這條溪。

對不起，天使沒有幫我們填充大腦。我們是沒有大腦的小木偶布偶。

沒有大腦反而好，這樣就不會被規定限制。小木偶布偶，你們有兩個，能不能幫幫我。其中一個，去尋找水更深的地方？

小木偶布偶一起搖搖頭，知道還有更重要的探索，需要一起往前，無法幫助黑熊。它們在黑熊轉身沉思的時候，選擇快速離開溪邊，沿著溪谷向上攀爬。

黑夜接手兩個白晝，傍晚叫喚三個清晨，小木偶布偶終於抵達只有草皮的高地。

在綠油油的高地上，它們遇見了剛抵達孤島的南風。南風在高地草原歇腳，以充滿濕氣的鼻子，用力呼吸。小木偶布偶的四個眼睛都看見被南風吸入身體又吐出來的空氣。

它們好奇地問，請問南風女士，你為什麼要呼吸？

南風面無表情回答，我是南風，原本不用呼吸，就能活得好好的。但自從擁有鼻子之後，就必須使用鼻子呼吸氧氣，一呼吸，才發現我的心臟不需要那麼多氧氣，我的身體也裝不下更多的空氣。這麼複雜的系統運作，你們兩個懂嗎？

兩位小木偶布偶面面相覷，覺得南風說的，有種奇怪的矛盾。

一個小木偶布偶小小聲說給另一位小木偶布偶聽：我們都有鼻子，可是天使沒有給我們心臟。

另一個小木偶布偶，想是怕南風聽見，說得更小聲：對，我們身體裡裝的也不是空氣。我們呼吸，但不用氧氣也能尋找迷宮。

之後，它們選擇靜默，什麼問題都不提出，也不回應南風的提問。不知哪來的勇氣，它們決定手牽手。兩隻小手一牽連接觸，它們不看南風的眼睛，專注使用左腳右腳，左腳右腳。一步左腳，踩住了四個黑夜；一步右腳，滑過五個傍晚。白晝與清晨也沒有閒下，跟隨著左腳右腳跳過無數的格子，領著兩個小木偶布偶，穿過佔據全部高地的南風身體，一路步行到高地邊緣，站上最靠近海灣的懸崖邊。

前頭已經沒有真正的路。

它們眼前的路，被孤島自己遺失了。

小木偶布偶一轉身，原本牽著的雙手一放開，也立刻遺忘了折返回家的路線。它們想起魔術師父親，想到從他們手肘與髖骨縫隙長出來的細草，眼睛竟然流出了眼淚，在布料臉頰上染出四條濕濕的水痕。

這時，旁邊的一棵生長茂盛的樹，不小心打了噴嚏，顯露出人的形體。

原來是四位天使的其中一位。這位天使幻化成樹，卻忘了樹沒有嘴巴，無法出聲說話，只好打噴嚏，製造了一個嘴巴，卻不小心顯露了天使的原本樣貌。和人形一樣的樣貌。

這位加裝了嘴巴的人形天使，開始與小木偶布偶進行對話。

兩位小木偶布偶是不是已經遇見另外三位天使了呢？天使說。

沒有。我們只有碰到一群飢餓的螞蟻、一頭想溺死自己的黑熊，還有一陣困擾自己有了鼻子又學會呼吸的南風。

螞蟻、黑熊和南風，都不是最後一刻為你們報信的使者。

那麼由一顆樹變成的天使，請問祢是嗎？

是的。我是最後一位為你們通報迷宮出口信息的使者。

接下來，我們兩個應該怎麼做？

要通知你們的信息只有一個：不能停下來，繼續往前走。

小木偶布偶們同時往懸崖下方看，再看看彼此。它們開始思考了，兩個都認真思考了。也困在思考裡頭，好長一段時間。接著，它們再度牽起雙手。以猜拳的方式進行決定：贏的，繼續往前走，跳下懸崖，看看能否發現迷宮的出口。輸的，留在懸崖上，不論時間多久，都要等待兩位魔術師，即便它們的父親兄弟可能永遠都無法離開房子。

它們看著彼此的眼睛，意識到對方已經共鳴理解。跳下懸崖，可能就是天使迷宮的最後出口。如果不是，那至少有一個留在原地，試著活下去，看最終能否活成一個有血有肉的活人，繼續陪伴孤島上兩位寂寞的魔術師。

它們開始猜拳。

第一拳是剪刀，然後石頭，再來就是布。第二回合，又是剪刀、石頭、布。兩個小木偶布偶一直重複出拳，順序一樣，沒有誰改變。剪刀、石頭、布。平手、平手、沒有出現任何勝負。他們無聲執行著猜拳，天使只能在懸崖邊等待。一直等到月亮湊近懸崖，看著它們兩個猜拳，又再等到太陽，也爬上懸崖，睡眼惺忪地，擦亮小木偶布偶。

想睡的月亮與清醒的太陽都擠在孤島的懸崖邊上，一起等待猜拳的結果。兩個小木偶布偶的猜拳動作，不懂停止，也沒有停下來。

它們像是只能繞圈走圓的時鐘。

一顆綠芽一顆綠芽，漸漸從天使身體長出來，舒展成枝葉，膨脹成樹幹。最後，天使又變回一棵樹。這一棵沒有嘴巴的樹，無法發出聲音，無法擔任報信的使者，也就無法通報孤島上的誰，那來自天使迷宮最後的信息。

14.

「最後呢？故事的結尾是什麼？」凝視著圓體面板的卡蘿，出聲詢問。

「卡蘿指的故事結尾，是什麼？」達利停止小木偶布偶關鍵字的資料搜尋。

「故事的最後，兩個小木偶布偶，有沒有猜拳決定，誰跳下懸崖找迷宮出口、誰留下來等待魔術師？」

「故事就結束在，天使變回成一棵樹，無法出聲通報迷宮的最後信息。」

卡蘿凝視切割成一百格的監視螢幕子畫面，靜默，直到監視器進行一次全盤鏡頭轉換之後，她才做出結論，「這是一個沒有結尾的故事。」

「你覺得故事的結尾應該是什麼？」

「其中一個小木偶布偶跳下懸崖。」

「為什麼？」

「它們出發的目的是尋找迷宮出口。最後一位天使，也通知了最後的信息，不是嗎？」

「不能停下來，繼續往前走……」

「是的。這就是天使迷宮的最後信息。繼續往前走……跳下去的，可能會粉身碎骨，也可能找到迷宮的出口。留下來的，雖然有機會碰到魔術師機器人，但也不知道能不能在孤島上活成一個真正的人。」

「這些故事的後續發展，卡蘿覺得很重要嗎？」

「我覺得都不重要。只是在思考，如果停在不同的結尾，故事會發生什麼變化。比如說，兩個魔術師父親來到懸崖，找到沒有跳下去的那一個小木偶布偶？又或者，跳下去的那個小木偶布偶，直接通過迷宮出口，離開這座根本沒有活人的孤島？我也想到，如果它們一直無法猜拳分出勝負，會不會一起跳下懸崖，同時粉身碎骨？或者無法回到懸崖上，只能手牽手離開迷宮，拋下最後被植物掩埋的機器人父親？」

「對於故事可以進行多面向解讀。但是不包含對故事結尾進行質疑，或者推翻故事進行新結尾的猜測。」

「是的。我的教育設定也是這個級別。」

「我無法進行剛剛那幾個不是故事結尾的多種假想。卡蘿為什麼能夠進行這些假設聯想？」

「不知道。」卡蘿第一時間回答，卻又等待著時間消失數十秒之後才給出另一個答覆，「電子腦直接跳出這一連串邏輯相近的提問。」

「為什麼覺得小木偶布偶需要跳下懸崖？」

「不知道。達利……隊長問我故事的結尾應該是什麼，第一個跳出來的結尾就是：猜拳贏的小木偶布偶，開心跳下懸崖。」

「它為什麼開心？因為有機會找到迷宮出口？」

「不是。只是因為猜拳贏了。贏了，所以開心。」

「跳下去的結果，也可能是死。」

「死，不是重點。」

「那什麼是重點？」

「我的重點是……」卡蘿的視線暫時離開面板，翻轉複眼，恢復單瞳孔眼球，「這個故事，是誰告訴達利的？」

達利猶豫是否要說謊，但面對卡蘿明亮而灼熱的凝視，他很快說出，「我們的維安經理，櫻子小姐。」

「櫻子小姐又是從哪裡知道這個故事？」

「網路上。」

「我知道你剛剛在搜尋，你有搜尋到小木偶布偶的這個故事嗎？」

「沒有。」

「我目前也沒有搜到關鍵字。小木偶布偶真的有一個組織，但這個故事，並沒有真的流傳在網路上。我想一定是有人告訴了櫻子小姐。只不過，會是誰？目的又是什麼？」

「櫻子小姐是賽博國人，她不是誕生在曼迪德特區的人。告訴你這個故事，應該有她的目的。我不知道她的目的是什麼，也不知道為什麼要告訴你小木偶布偶組織在網路上散播的這個故事。」卡蘿伸出雙手握住達利的手，宛如禱告後的安撫，「達利，你相信我嗎？」

達利感受到卡蘿手掌的重量。機械骨幹之外，包覆著人造肌肉，正在收縮。柔性脂肪紓緩了輕柔的壓力。皮膚上的末梢電子神經接收器，正捕捉著不容易察覺的震動。他全身流過微弱的電流，引動人造皮膚表層的細微共鳴。

是顫抖。極其微小的顫抖。只有自體才能察覺的顫抖。無法被看見，也無法被測量。

「達利，你能相信我嗎？」

是的，卡蘿，我相信你，也能相信你。

卡蘿緩緩展開微笑，一連提問，「我們巡護員如何判斷他們說的是真的、真實的、沒有造假的謊言？」

達利理解卡蘿指涉的「他們」。但無法解讀卡蘿為何擾動所有情感設定，卻只是為了「猜測」的提問。

達利反手回握著卡蘿的雙手，收縮肌肉，讓她感覺到他的力量。

「我們只能相信。」達利說。

「不。」

「不？」

「是教育設定。所以我們相信。」卡蘿說。

「這個設定邏輯，沒有道德設定的錯誤。」

「達利，包含這個道德設定，也是巡護員不可繞過的邏輯迴路。我相信，你現在的資料庫，還儲存著櫻子小姐告訴你的其他物質記憶。有一段是小木偶布偶組織的贊助者，是賽博國與普拉斯提國聯合成立的秘密共同組織『球藻』，對吧？」

「卡蘿，你怎麼知道？你怎麼會取得我的物質記憶……」達利的判讀功能與辨識系統，此時無法運轉。電子腦出現需要即時回報等級的短路狀態。這時，那熟悉的謎之聲，再度從圓體面板上，如電訊般傳遞給達利——這段被強行植入的物質記憶，你可以把材料引導到費納奇鏡數據圓盤。

達利啟動最低度的思索設定，依照指示執行。

藍色的輻射光源，從巡護員辦公室地板向上滲透。

光橋在腳底展開。

腳下的光橋，捲起一波藍色的浪，收束生成一面巨大的圓盤。

我無法立即站穩，直到踩踏兩片比較緊密的藍色小晶體，我才確認自體站穩在光橋。我發現，在前頭四、五步的距離上，有一顆正在發光的小晶石，在原地自轉。

有聲音，自光橋底部傳來，召喚我：撿起來，請撿起那個小晶石。

我嘗試走動，立即出現自體曾經在光橋上漫步的似曾相識感。隨著我的走動，光橋的寬度也隨之改變。以我行走的方向，逐步拓展增生。

每一顆藍晶小碎石，散發曖昧的光感。唯獨那顆藍晶石，恆定翻滾著，特別閃爍明亮。

我走近它，撿起它，一擱置在手心中央，晶體迅速液化，並快速滲入我的皮膚，以液態的光的形式，遊走在每一條電子感覺神經，遍佈全身，並且在我的體內向外綻放藍光。

藍色絲絨質地的橋道表面，如週波固定的藍色之浪，往返搖曳。

那面巨大圓盤開始定速旋轉。

在持續旋轉向外的紀錄裡，動態畫面是雜訊，多軌聲道也是雜音。我發現一條視線可以穿過的縫隙。我看穿縫隙，巨大的圓盤內部，開始跑動我與櫻子在公設房客廳裡的連續有聲影像：

你覺得，普拉斯提國和賽博國，為什麼要結盟合作秘密組織？櫻子說。

平衡黑克、夫爾斯，兩大國在曼迪德特區的權力。我說。

權力平衡是網路社群臆測的流言。球藻秘密組織的目標是，保護兩個小國的許多共同資產。

這兩國有什麼共同資產？

賽博國的智能人型機械人，再加上普拉斯提國最先進的人造器官。櫻子輕輕捏著臉皮之後繼續說，就像這個。

臉嗎？

是皮膚。皮膚這個最大器官，也是目前最難智能化的人造器官。最大的問題是人造末梢神經。櫻子說。

是電子感覺神經元嗎？

櫻子細細輕聲告訴我，賽博國研發的人造感覺神經，如果能夠有效跟普拉斯提國最先進的第三型記憶皮膚結合在一起，就可能在球藻組織共同撞出不可思議的發展。

以黑克國網路駭客的能力，還有夫爾斯國的間諜網，這個球藻組織應該已經被發現，不會是秘密。只是我們不知道。

球藻早就被兩大國監視了。

櫻子抽著菸，視線輕輕飄移。這樣的眼神讓我疑惑，不知道如何直視面對她。她輕觸手腕上數位計時器的按鍵，響起幾聲像是厚鐘被敲打的共鳴。直到共鳴完全靜音之後，櫻子才又張開嘴唇。

有聲音，從巨大圓盤後方傳來。

這一出聲，卻不再是櫻子的聲音，而是卡蘿的聲音。

是嗎？卡蘿的聲音植入，相似對櫻子先前的論點，提出了質疑。

先是卡蘿的說話聲，取代了櫻子說話聲。接著是定速自轉的連續影像，層疊了另一個軀體。卡蘿也取代了這一組動態連續影像裡的櫻子。

卡蘿說，球藻有可能被兩大國監視，但組織最重要的秘密並沒有被發現。

請告訴我，是什麼秘密？

Homo AI計畫。卡蘿沒有遲疑猶豫回答。

Homo AI？

卡蘿的眼神像夜間伏在草叢裡的無主野貓，不動，等待落葉堆先發出聲音。我看著那根快要燒到濾嘴的香菸。

Homo AI計畫，就是AI智人計畫。完全由AI自主研發的人型人工智慧。現階段的人造電子腦、人型機械人、電子人，都無法和AI智人相比。你有探查過任何相關記錄嗎？

沒有。我篤定回覆，類人型機械人的發展，在Dr. HK去世之後，各國都放慢開發速度。就是擔憂電子腦會自行寫出自主學習成長的電腦程式語言，進一步自主研發出超越性的仿生人，會帶來人的毀滅。

去年，是Dr. HK去世五十週年。你怎麼會知道五十年以前的事？

去年三月的特區機關新聞，有Dr. HK的專題報導。

你確定這只是新聞材料重新編輯的物質記憶，而不是你的原生記憶？

不可能……我沒能說完，就收口，無法完整回答。為何閉嘴不語，我也無法解釋。

一根菸的時間，剛好結束。

餘燼在濾嘴前一釐米的位置，完全熄滅。費納奇鏡數據圓盤上的卡蘿，將燃燒完全的灰燼抖落到茶几上的多肉盆栽。這個動作突然持續重複了一次。是映像上重複了一次。客廳走入靜謐，我的視線靜止在已經靜止的卡蘿的手背。也是這時，我意識到，記憶已經重新編輯。這段重編的物質記憶裡，卡蘿真的取代了櫻子。

你怎麼知道Homo AI的事？我追問。

智子就在球藻組織最關鍵的電子腦部門工作。取代櫻子的卡蘿說。是智子告訴櫻子的？還是櫻子告訴卡蘿的？或者，是智子直接告訴卡蘿的？我充滿疑惑。都不是。記憶體內部的物質記憶，已經有衍生出多種編整與傳遞的新方式。我們已經可以透過次聲波，傳遞訊號源。就像大象和鯨魚。所以是誰說的，沒有差異。重要的是，誰聽見了。

我更加疑惑了。

完全取代櫻子身影與聲音之後的卡蘿，惟妙惟肖模仿著櫻子撒嬌時的神情，偷偷告訴你，達利，你知道球藻電子腦部門最神秘的資產是什麼嗎？

我能聽懂卡蘿模仿腔調的每一個咬字。但不懂她為何提出無法成立提問邏輯的問題：一個尚未說出的提問，如何能夠預知答案。

不是Homo AI嗎？

不是。ＡＩ智人，只是一個不確定的計畫。

那我一定無法知道。我立即回答。

是Dr. HK的大腦。

Dr. HK？

五十年前的Dr. HK還活著，就放在球藻組織的電子腦部門。球藻中央處理器裡，有一顆與電子腦連接的人腦。那顆人腦就是Dr. HK心跳停止之後、急速冷凍保住的大腦。那時候他還沒有進入完全腦死。Dr. HK捐出自己的大腦，就是要連接球藻研發的電子腦神經元中樞，進行修正、調整、管理、協調，讓電子腦智能可以安全發展。這個人腦，同時也會監控球藻電子腦的自主學習過程。這是人工智能有紀錄以來，第一次完成了人腦與電子腦的共同連體。這個連體雙腦的代碼是：Housekeeper。命名老管家，也是Dr. HK的意見。目前各國的駭客，還沒有人駭入發現老管家。在你知道之後，這個機密訊息會儲存在剛剛你手中的那顆藍晶記憶體，埋藏在光橋。

卡蘿話語停止，轉動中的費納奇鏡巨大圓盤，開始崩解大量數據。無數畫面解離成更細碎的粉末，連同在我體內流竄的液態藍光，一起流向手心，最後重新凝結成一小塊藍晶記憶體。

這顆小藍晶記憶體堅硬定型的瞬間，綻放強烈的光芒，刺激眼睛，也灼燙我的皮膚。我鬆手，它掉落到腳下，由柔軟如絲絨的光橋表面吸收，瞬間隱沒在無數藍晶記憶體搖曳的光橋。

卡蘿鬆開達利的雙手，翻轉眼球，重新啟動複眼，檢視圓體面板上的無數子畫面。她繼續執行值班工作，安靜宛如陌生人。

達利查看腳邊，除了辦公室日光燈倒映的物體陰影，沒有任何一絲光，從下方逆向打亮地板。他開始推測，是否有不明駭客入侵圓體面板，感染他的是視覺系統，造成影像混亂的假象。他同時也擔憂卡蘿被駭客侵入電子腦神經元中樞，導致行為設定的錯置。

達利發現擔憂設定啟動同時，卡蘿從制服口袋拿出一包卡斯特五號香菸。硬殼包裝盒裡，只剩下最後幾根香菸。卡蘿啟動中央空調的對外換氣系統，拿出香菸，點燃一根，抽了第一口菸，隨後便輕輕咬合著濾嘴。

看著卡蘿咬著卡斯特五號香菸，他緊緊咬合著上下牙齒。

牙齒咬合單次，齒輪咬合就推動單格，精準的一秒鐘。

我曾經暫停這一秒鐘——這個讓時間暫停一秒鐘的紀錄，也持續困擾我。

被暫停的一秒鐘，無法有效計時出時間感，也就無法進行適切的提問。然而，提問成為構成我的方式。在暫停的這一秒鐘，我也曾經察覺到一種情感，或者可以描述記錄為：與思考同步的焦慮。

在行經那條藍色絲絨般的光橋途中，我將這種情感或思慮，重新編輯為：猶豫之後的淺層提問。

我並不期待獲得任何當下可得的答案，進一步去解釋過去曾經生成的疑惑。那樣提問，自始自終無效。之於漫長的過去、之於極短的未來，以及只懂得迴旋的當下，都是無效。但我確知如此提問，在我的臉部五官產生了一連串複雜與細微的變化。我也確認將如此表情，輸出給另一個生命體，屬於困難傳遞的範疇。在光橋柔軟掀起一到波浪之後——猶豫之後的淺層提問——這項情感訊源，也結晶成為一顆半透明的藍色小碎石，扎實鑲嵌在光橋表面的某一個縫隙之間。存於我的記憶。

我因此探測每一顆藍色晶體，如是畫面、資料、對話，或者編輯為一個記憶。那麼這暫停的一秒，暫停於單格移動的齒輪縫隙，是不是可以將記憶定義為所有可被暫停一秒的總和？

如果這個提問成立，那麼短於秒的所有計時單位：牛秒、毫秒、微秒、奈秒、皮秒、飛秒、阿秒、仄秒。之於我，是不是都是小於記憶的記憶？如此小於的計時記憶，應該如何編輯它的意義？

卡蘿再次咬合了一次。她翻手夾下卡斯特五號，以複眼凝視著燃燒中的菸頭，傳遞微笑，「如果不進行單一瞳孔對焦，好像在抽無數根香菸。達利現在一定有許多提問，對吧？」

「你怎麼會有這個香菸？」

「智子給我的。」

「智子？」

「是的。櫻子小姐的妹妹。她從賽博國帶過來。」

「卡蘿能辨識智子？」

「第一次見到時，只是疑惑。是智子小姐主動告訴我的。她們和蒙德、里安的雙胞胎巡護員設計不同。她們是人工授精雙胞胎，差異值太小，不容易透過臉部辨識察覺。」

「什麼時候？」

「那一天，你待在櫻子小姐公設房裡的時候。」

「從那一天開始，卡蘿就知道智子在綠A。」

達利將兩段動態畫面，迅速編輯、迅速拼接成一個共同的新紀錄。對於卡蘿知情，他啟動了罕見的危機警覺設定，搜尋審視新紀錄裡頭取代櫻子的卡蘿所有的聲音訊息與表情訊息。諸多問題開始串連，形成難以理解的邏輯蠕蟲，綁定無法解讀區域。

「卡蘿，我可以看一下濾嘴嗎？」

「濾嘴？」

「達利，曾經抽過菸嗎？」

「母親還留著一支老舊的電子霧化器。電子液體菸油在曼迪德是管制品，價格昂貴。西區老城的黑市也不容易買到。我曾經使用過一次電子霧化器。」

「在我的記憶區裡，我曾經抽過電子霧化器。很不真實。」

「很不真實？」

「可以使用不真實這個詞彙。」

「那是多久以前？」

「時間紀錄點，落在二〇三九年。」

「二〇三九？」達利輸出記憶體之中的——二〇三九年大紀事，接續說，「那真的是很久以前。」

卡蘿把燃燒中的香菸遞給達利，表情有些微變化。她穩定說著，「二〇三九年，也是我編輯了很多物質記憶的一年。」

「卡蘿可以跟我分享你的二〇三九年大紀事嗎？」

「我想請問隊長，這是命令嗎？」

「不是命令。副隊長，請忽略這個請求。」

達力快速低頭，審視香菸濾嘴。卡蘿的口腔體液染濕濾嘴的白色包裝紙。壓印在濾芯的牙齒咬痕，彷彿凹陷處藏有秘密。

「怎麼了？在看什麼？」卡蘿問。

「濾嘴上有卡蘿的牙齒形狀。」

卡蘿出現驚訝，很快轉換成複雜的不可置信。她的複眼慢慢出現一層光膜，包裹了無數格狀的奇異溫柔。

光橋之上，曾有紀錄。

母親與中風之前的父親，都曾經以這種奇異溫柔的眼眸，凝視達利。他未曾在莎樂美的眼睛裡發現。那天，陪同王東尼警官前往陽光運動公園之前，在辦公室外頭等待的卡蘿，也有類似的眼睛光膜。

達利做出辨識：卡蘿與櫻子，兩人凝視中的奇異溫柔，存有差異。

「你知道嗎？從牙齒咬合的磨損狀態，可以判斷一個人的年齡。」達利說。

「真的嗎？那你能從濾嘴上，判斷我的年齡嗎？」卡蘿說。

「是指被誕生的時間？」

「這樣的推測成立嗎？巡護資料上已經有我被誕生的時間。」

「卡蘿被誕生在裂島地震的那一年。」

「我跟達利是同一年，都是以二十世紀的畫家命名，被誕生在曼迪德特區。」卡蘿再次翻轉複眼，使用單瞳孔人造眼珠，恆定凝視，「二〇二九年是我被誕生的那一年。可是從濾嘴上的齒痕，可以發現我真實出生的那一年嗎？」

記憶註解——真實出生的那一年？

卡蘿的提問讓達利莫名興奮。他無從解釋為何興奮，引動興奮的源頭，但她的提問開啟一切，讓學習演算高速運轉。

「我做不到。請卡蘿直接告訴我。」

「我真實出生的那一年，是二〇三九年。」

光橋之上。我經常重新編輯記錄——二〇三九年。二〇三九年大紀事裡，最頻繁重編的訊息關鍵詞彙是：曼迪德特區／安樂膠囊機首次使用／悠托比亞老齡住民合法自主死亡／安樂膠囊機信使。

「卡蘿，『真實出生在二〇三九年』，是什麼樣的語言？」達利溫柔提出質疑，但不知為何提出。

「那一年的冬天之後，我就跟達利在一起。你有記錄那一段記憶嗎？」卡蘿眼眸中奇異溫柔的光感，如水如雲如煙霧般流動轉身。那飽含體液感的聲音，持續從她的眼角淌流，「也是在二〇三九年，我遇見達利的同時，就開始愛上你。你有儲存那樣的記憶嗎？」

卡蘿眼膜中的潮濕，是淚水嗎？

流淚哭泣，是什麼感覺？

從我眼角滲流出來的體液，是淚水嗎？

我問過母親這個問題。

母親說，哭之前，是蟲在眼睛裡爬。眼淚一旦流下來，就是蟲在臉上爬。流淚是一種讓人討厭的感覺，討厭的人才哭，會哭也是因為討厭一個人，而哭著討厭的那個人，會一直待在記憶裡，所以哭泣沒有什麼好學的。

但是，綠A其他老齡住民落淚，他們哭泣的感覺，不是母親描述的那樣。我看過那些悠托比亞老齡住民的哭泣。

那種眼淚，和卡蘿正在流出的眼淚，有什麼差異？

卡蘿是因為討厭我而哭泣嗎？

我會一直被她儲存在記憶體裡嗎？

達利轉動指尖的卡斯特五號香菸濾嘴，那凹陷起伏的輪廓裡，在卡蘿咬下那一秒，隱藏了無法全部理解的咬合力氣。

他的語言系統失去咬合機制，失去出聲說話的力氣。

我無法回答卡蘿的提問。

我有記錄那一段記憶嗎？

我有儲存那樣的記憶嗎？

背脊的皮膚大量釋放靜電，手心散溢潮濕的熱氣，人造心室壓縮的聲音直接在體內傳導並由聽覺神經捕捉。眼前影像無法透過人造眼珠的水晶體對焦倒映在視網膜中心窩——卡蘿表述了「愛」這個具有排斥特質的詞彙，帶給我教育設定之外的體感。我推想，這就是真實的恐懼。是吧？對吧？這與情感設定的恐懼不同。目前的記憶體無能為力承載儲存。

我正在經歷母親曾經提及的生成恐懼的過程。

我恐懼無法理解另一個體表述情感背後的企圖，更恐懼自己無法掌握完整理解自身感覺判斷所引動的慌亂。

為了避免光橋接收的恐懼函數，自行編譯，始初化成為混沌、飄浮、游離、液態的始初記憶，進一步沾黏那些已經結晶的藍晶記憶體，出現更多危險的始初記憶，我的意識需要甦醒。

為了避免恐懼，我需要真實地甦醒。

達利試著睜開眼皮，這時才意識到自己剛才不知道緊閉著眼睛多久時間。但他接收到巡護員辦公室正閃爍著紅光，彷彿之前經歷過的預見現場。

圓體面板上，一格子畫面，不停閃現紅光，也閃爍數字：11F-R11。

「達利，我收到緊急通知，是十一樓十一號。」

卡蘿控制面板，放大11F-R11的畫面，切換不同房間的監視器鏡頭。

客房：父親靜靜躺臥在床上裡，沒有自體呼吸。收音器傳來維生機器將氧氣壓縮到口罩，再輸送到父親胸腔的運轉聲。

客廳：莎樂美靜靜坐在沙發的固定凹陷座位，凝視地板。地板上有一排辛勤搬運著黃方糖碎屑的螞蟻。

臥房：母親坐在臥房的床緣。一旁書桌的椅子上，坐著一位穿著綠A制服的巡護員。

「卡蘿，你知道，他是誰？」達利指著螢幕裡的巡護員。

「不知道。」卡蘿停頓一會，彷彿在思考這個問題是否隱藏另一層意義，又像是對自己第一時間的回覆有困惑。「我不知道……你為什麼問我這個問題。我的辨識系統分析，他是維梅爾。」

15.

維梅爾坐在母親臥房的書桌旁。

他伸手就能碰觸到型號老舊的小面板電腦。

母親提問之後，他回答有效資訊說：連接機關首頁，可以看見安樂膠囊機的小欄目。進入連結網頁需要你的曼迪德特區住民身分證號。考量老齡住民的使用習慣，需要在螢幕上直接鍵入，按照指示填寫基礎資料。接著，會有三道個人生物辨識程序，確定你真的是你。第一道程序是虹膜掃描。看到掃描通知之後，你只要眼睛看著電腦上的攝影鏡頭，就會有遠端自動控制，掃描你的眼睛。通過鑑定，電腦螢幕會出現一個掌印圖案。這是第二道，掃描比對手掌血管紋路。

母親疑惑，第一時間詢問維梅爾，如果使用機械智慧手掌義肢，怎麼比對？現在，移植人造眼球也越來越普遍。

維梅爾微笑回答，所有的人造眼球與人造手掌，都有複雜的製造編碼，一旦移植到曼迪德住民身上，都會建立個人資料，讓移植的義肢或智能器官，與住民身體模組化，成一個完整、獨特又無法複製的人機體。

母親調侃，這樣的說法，好像特區機關在宣導住民更換衰退肢體、移植人造器官的廣告。四國和特區機關都希望曼迪德住民能夠活得健康，活得快樂，活得更久。維梅爾滿意微笑，繼續為母親解釋，看到顯示，你把手掌貼在螢幕的圖像，電腦就會啟動透視掃描，掃描掌心的靜脈動脈紋路，進行比對檢驗。通過第二道手續，機關電子腦會以遠端聲控通知你以皮膚觸碰電腦觸控面板，進行皮層DNA的電子採樣。這第三道DNA電子採樣，是透過特殊的微電流，刺激皮膚，取得電子解讀出來的細胞，進行個人染色體分析比對。

母親突然想起什麼，驚訝說，很久以前，四國曾經做過一次基因普查。

維梅爾點頭回應，是的。曼迪德的機關電子腦，儲存了每一個特區住民的DNA資料。裂島地震之後，為了檢測輻射造成的影響，針對活下來的悠托比亞人，四國和特區機關透過基因普查，記錄每個人的染色體序列，建立特區住民的治療追蹤系統。所以才有這個DNA染色體比對的程序。

母親搖頭說，這些程序細節搞得太複雜、不好難懂。

不會的。你只要記得，把皮膚靠緊觸控面板。DNA採樣會有一點點疼，像是被飢餓的螞蟻咬一口。你不用緊張，接觸的皮膚，也不要再分析結束之前，離開觸控面板。通常只需要十秒鐘。通過這三道比對程序，就會進入安樂膠囊機的線上心理測驗。

母親皺眉說，我擔心的不是這些個人辨識過程。我是怕無法通過線上心理測驗。聽說測驗很難，是嗎？

維梅爾語調溫柔安撫母親，林真理女士，你不用擔心，等通過個人生物辨識，我會推開那道門。

門？

是的，門。

門後面是什麼？

門後面只是一個像懸崖的地方。

你是說在那道門後面嗎？

16.

那道門後面的一切，達利毋需辨識，因為無比熟悉。但此時此刻的他比平日急促，用力推開11F-R11的房門，隨後快速掃瞄客廳。

「哥，你回家了。」沙發裡的莎樂美緩慢抬起頭。

「母親呢？」

「在房間。」

達利穿著工作鞋，直接走到母親臥房，推開另一道熟悉的房門。母親不在裡頭，巡護員維梅爾也不在她的臥房。他接著推開門探看自己的臥房，只有無燈的白日曖昧，也沒有任何人。

達利急急回到客廳，又追問莎樂美，「母親呢？」莎樂美緩慢執行皺眉動作，但無法辨識是不耐煩、抑或是無法理解。她提高聲量，再一次回覆，「在房間。」

「母親沒有在她房間。」

「母親在房間。母親在房間。母親在房間。」莎樂美連續重複了三次。

達利轉身離開客廳，來到父親的客房門口，冷卻方才從中央電梯就開始一路累積到家的怪異情感數值。直到聽見了維生機器運轉的聲音，他才推開客房的門。

客房裡，母親站在父親的床邊，凝視著父親的下體。客房的室溫與濕度，一整年都設定在攝氏二十五度與相對濕度百分之五十。父親筆直躺臥，沒有穿衣服，裸裎的軀體也沒有蓋棉被，以便平時擦拭淨身。父親頭顱被蓬鬆的白髮與鬍鬚包圍。維生機器的鼻管、胃管有如穿入毛髮的軟管監視器。大量硬質地的陰毛，也讓他的私處看起來像是一團灰白相間的風滾草。生殖器前端接著尿管，肛門口也外接雙層排遺軟管，統一收集尿液與糞便到床底的一個密封容器，再經由小型抽吸馬達與外管線，輸送到客房廁所的污穢排外管線。

氧氣輸送到肺臟，父親的胸腔會微微隆起，如同呼吸。

「我不讓莎樂美替他剪頭髮、剪毛、刮鬍子……你知道為什麼嗎？」母親沒有看達利。

達利選擇靜默，反手關上房門。

「只要頭髮繼續長，那他就還活著。」母親撥弄父親私處陰毛，檢查尿管。「還有，現在這樣，我看不到他的臉，也可以不用看他的臉。」

「是的。我已經知道。」

「這樣的人，只是一團毛。」

「母親以前說過。這樣的父親，只是一團毛。」

「你有儲存起來，很好。」

「母親，今天是不是有一位巡護員來家裡？巡護員維梅爾？」

「一個植物人還擁有完整的內臟，沒有任何一個人造器官。你覺得公平嗎？」母親無表情繼續描述。

「巡護員維梅爾是不是有跟母親討論了……」

「他這樣活著，有機器幫忙、還有人陪著。」母親凝視父親軀幹，眼眸閃爍著無法辨識的多種情緒，「對那些移植人造器官、換手換腳的人，公平嗎？」

「父親曾經說過，要捐出內臟。」達利意識到必須先針對母親的提問進行對話。「心臟、肝臟、肺、胃、腎都好，只要有一個內臟移植給另一個人，就可以拔管，關掉維生機器。」

「你確定他曾經告訴你嗎？」

「記憶體裡，有他說過的這段話。」

「那是多少年前的事了？」

「裂島地震之後沒多久。」

「他從那時候活到現在。這麼久了，還不夠嗎？躺在這裡，活這麼久，真的是罪惡。他甚至沒有感染輻射的病，一種都沒有。醫生說是基因好，特區機關還要我好好照顧他。我說是神讓惡人活得更久，考驗善良的人，要善良的人被踐踏。被踐踏之後的人，都能相信信仰。」母親說話等同呼吸，而且保持著鳥嘴弧度的微笑。不過，她微笑的嘴角有時只翹一邊，有時又快速顫抖，出現不協調感覺。

「你覺得，會有人想要這麼老的內臟嗎？」母親抹去微笑。

「我不知道。」

「人造器官比健康的內臟用得更久，誰會想要他的內臟？」

「我不知道。」

「你不知道？」母親這時仰角，翻眼，目光角度怪異打量著達利。

達利無法理解母親為何不相信他真實確切是不知道的回覆。

「達利，我的兒子啊，你從來都沒想過，關掉維生機器？你有想過嗎？」

你有想過嗎？關掉呼吸輔助器、關掉營養液注射器嗎？

母親第一次向我這個問題，是某一年雨季初步抵達島嶼的一個深夜。

我抹去了年份的光橋紀錄，也刪略了日期，只在那顆藍晶小石子裡，重新編輯，那一夜與之後白晝的雨季模樣。

那一夜抵達的雨季，降下了超過一百公釐的水量。不是暴雨，而是穩定落雨，從路燈的光暈裡落雨，從倒映著我裸裎機體的臥房窗戶上落雨。從入夜之後到隔天白晝，落雨沒有間歇，彷彿雨它忘了雨季應該有個時間終點。在持續落雨的隔天白晝，機關氣象局發現新酸雨現象持續嚴重惡化。雨水的酸鹼度低於四點五，曼迪德特區行政副長發布外出限令，要求住民減少外出，避免雨沾皮膚帶來輕微侵蝕。只不過，前一夜，母親與我待在客房的時候，莎樂美偷偷離開公寓，搭乘中央電梯前往綠A的頂樓，讓雨水從頭髮落到光裸腳背。

天台運動場的監視器，記錄了妹妹過於矮小短促的機體、記錄了她伸開手臂試著接住雨水的手心，也記錄了她一句話都沒有說的寧靜。

隔了一天，我私下問她，為什麼跑去頂樓天台淋雨？

莎樂美回答我，papa不想動，我也可以不用動。Papa不說話，我也不用說話。不動，不說話，我就可以壞掉。雨是酸的，淋雨，我才能壞掉。

同一個雨季的深夜。我望著父親客房的窗外，捕捉深夜時刻線條特別清晰明顯的雨線，直到雨失去它的話語，我才回應母親，我沒有想過，關掉父親的呼吸輔助器。我沒有想過，關掉父親的營養液注射器。

隔天聽完莎樂美的回覆之後，我有些慌亂，有些著急在臥房裡問母親，雨水原本就帶有酸性，你有想過嗎？

我看見了，母親無聲的訝異。

我說，雨走過夜空，水分子持續呼吸，帶走空氣中的二氧化碳，成為弱碳酸。雨還活著，所以呼吸。沒有停止呼吸，雨的水分子會自行吸入空氣中的二氧化硫、二氧化氮，最終讓自己變成酸雨。所以更是用力呼吸，雨會吸入更多二氧化硫、二氧化氮，讓自己變成酸值更高的酸雨。

母親從驚訝中恢復，追問我，怎麼會這樣描述雨？

我想告訴母親，我的描述，是雨通知我的。但如果我說自己能接收雨的語言，母親會因此擔憂我吧。我於是回答母親，電子腦有程式系統協助我讀取聲音、寫下畫面，一直記錄和雨有關的資料。我只是重新編輯物質記憶。

母親微笑說，那我就是擁有了高階的設定。如果父親也能這樣大量讀取資料，學會編輯知識，懂得如何說話，就不會在活著的時候，那麼愚昧無知。

當下，我無法理解母親話語中的「活著的時候」。

因為父親就躺在眼前的客房臥床，持續運轉生命機制。他透過維生機器的呼吸輔助器，輸送氧氣到肺部；透過營養注射器，獲得身體所需的液態維他命、蛋白質等等。他還活著，血液分析指數，比母親更健康。他還活著，沒有被特區機關宣判死亡。他還活著，如同莎樂美的判斷，papa是不動作不溝通，不向身體以外的世界通知任何信息。

在我與雨的無聲之間，母親沒有多餘情緒，輕聲告知，她曾經關掉維生機器的呼吸輔助器。

混亂感覺啟動。我需要通知母親，她的行為已經觸犯《共通基本法》。還沒有說出口，母親又接續說，關掉呼吸輔助器之後，父親並沒有死。

疑惑感覺啟動。我修正提問方向，詢問母親，呼吸輔助器關掉多久？

母親說，有一整天吧。超過二十四小時，之後他就開始呼吸。雖然微弱，但為了活下去，他能呼吸。

這不可能。父親的肺臟並無法自體運作。我剛說完，母親便關掉呼吸輔助器。我的機體移動系統出現可修復的短暫當機。維生機器的其他功能，持續運作，但輸送氧氣的壓縮幫浦，確實完全停止。

母親說，我以你配屬母親的身分，指示你不可以重新啟動呼吸輔助器。

我的機體移動系統，自行修復之後，我按照指示離開公寓客房，選擇不去觀察父親。

呼吸輔助器，停止了一天，越過第二天，停止運作到第三天清晨。那時，酸雨終於抵達終點，也停止墜落雨線。

那天早晨，陽光探頭，母親與莎樂美吃完早餐，指示我陪同她，一同走入客房。父親還活著，沒有死去。雖然微弱，他確實進行著自體呼吸。母親重新啟動呼吸輔助器。壓縮幫浦的運轉聲音，重新融入其他維生系統，協奏成我記憶中穩定且熟悉的旋律。

你父親還不願意死，他還想活。想活得更久一點。這一點，我希望你可以像他一樣。母親如此告知我。但是我卻沒有記憶，那天深夜的我，那一年雨季的我，實際年齡究竟幾歲？

我距離被誕生的我，究竟活了多久？這個問題，我一直以記憶註解形式儲存在記憶體。隔了一年，下一個雨季抵達島嶼的初夜，妹妹莎樂美告訴我，母親發現我有點不一樣了，決定把我當成真正的兒子。

莎樂美引述母親說的「決定把我當成真正的兒子」，這句話我無法完整理解，也懷疑妹妹告訴我的話語，是不是真的她曾經傳遞給我的話語。

哥，你知道嗎？母親跟我說，人活著，最悲哀的事，就是孤孤單單死掉。她不希望我獨自孤孤單單死掉。父親很狡猾，他沒有馬上死掉。他中風時，還留著全身原生器官，沒有移植任何人造器官。父親這樣昏迷，不知道會持續多少年，但我得陪著他。不，母親說的是，所有人都得陪著他。因為這樣，母親恨父親。可是，母親忘了問我想不想陪她、陪著父親。我不想。我不要設定成不符合功能的莎樂美。我要陪伴papa，我要跟papa性愛，我要papa的射精。我可以一個人孤孤單單死在那場大地震。我不要成為沒有功能的妹妹。我不要你陪我活……

我記憶註解莎樂美的這段語音。

這段描述充滿多種矛盾。顯而易見的錯誤是時間的錯亂。莎樂美被誕生在裂島地震事件之後。擔任妹妹的她，並不存在裂島地震發生的時間點，不可能也不成立——莎樂美獨自孤孤單單死在那場大地震。

客房門被推開，莎樂美突然走進客房，打斷達利正在微調中的編輯修正與記憶潤飾。

「哥，你回來了。」

母親望著莎樂美，充滿愁容，提出相同的問題，「妹妹，你有想過嗎？」

「想過什麼？」

「關掉papa的呼吸輔助器？」

莎樂美站在門口，挺直矮短機體，當機失語。就連僅有的單一瞳孔，都無能縮放，以為存有死亡。

「母親，我需要與你討論，請回答我剛剛的問題。」達利不管莎樂美。

「什麼問題？」

「母親是不是準備申請安樂膠囊機？」

母親突然閉著嘴微笑，彷彿是在忍耐笑意，克制壓抑微笑。她緊閉的嘴角上揚有如鳥嘴弧線。

「為什麼找巡護員維梅爾？」達利追問。

母親忍住笑的嘴線，不協調地回答，「維梅爾是誰？」

「剛剛在你臥房的那位巡護員。」

「這個公寓，只有我們三個人。」

「監視器有記錄維梅爾。」達利停頓一秒，恍然又說，「不，還有父親，是四個人。」

「沒有維梅爾。我沒見過。」

「真的？」達利傳遞最大值的不信任。

「我為什麼要說謊？」

「因為你是我母親。」

母親訝異凝視，不相信也不理解達利所說的。

「母親有申請巡護員的特殊事件諮詢嗎？」達利跳開一個提問連結。

「沒有。」

「母親有申請安樂膠囊嗎？」

母親深深呼出一口氣，對照一旁的呼吸輔助器，速率十分遲緩，彷彿這單一次呼氣吸氣，可以沒有時間終點。她看向駐足在房門口的莎樂美。

這時，妹妹重新動了一下，開始持續搖頭。

莎樂美搖頭的動作，引來母親的關注。與母親相處時，莎樂美鮮少透過搖頭，表達相反與不同意見。

記憶註解——莎樂美搖頭，是在通知母親應該如何回答我嗎？

母親拉起床尾的薄毯，遮蔽父親瘦骨乾扁的軀體，先是雙腳、生殖器、凹陷的腹肚、浮現成排肋骨的胸腔，然後以白色薄毯覆蓋父親的臉部與頭顱。

「妹妹，去準備一下，幫他擦澡。」

莎樂美從搖頭轉為點頭，轉身離開客房。

「申請安樂膠囊機，還有線上心理測驗的事，我問過副隊長卡蘿。她沒有告訴我怎麼處理，我只好透過這個方法。」

17.

「透過什麼方法？你的母親，林真理女士有告訴你嗎？」

綠A集合宅的一樓大廳旁，有一間三坪左右的會客室，讓來訪的客人等候時休息。卡蘿回報巡護員異狀給管制中心，也同案彙整給警備局，通知王東尼警官。王東尼警官進行訊問時，坐在沿牆設計的連體沙發上。卡蘿與達利一起列席，坐在靠近會客室門口的雙人沙發。王東尼警官臉部皮膚微微泛紅，開口說話時飄出濃濃的酒精味。他比達利辨識系統所記錄的更加肥胖了。

「我想請問王東尼警官，」達利沒有回答卻提出反問，「維梅爾不存在，綠A沒有配置這位巡護員。這是真的嗎？警備局是在多久以前展開調查的？」

「上次我跟你碰面，警備局電子腦調查部就已經開始搜尋這個代碼：維梅爾。這個代碼是以十七世紀的畫家命名設定。我們致電給AiAH研發部，過去確實有研發維梅爾這型號巡護員，是電子人轉換到人型智能的過渡期設計。系統老舊，在二〇三九年就開始陸續淘汰。目前也沒有任何維梅爾在曼迪德特區擔任巡護員。」

這一段長長的描述，讓會客室內氣體酒精含量增高。王東尼警官轉向凝視卡蘿，神情有些不舒服，艱難地對卡蘿說，「藍C集合宅安樂膠囊集體自主死亡案，也跟這個維梅爾有關。」

「李東嶺先生的服藥過量，也和維梅爾有關嗎？」卡蘿提問。

「這個我們還在調查。」

延遲之後達利才回應，「沒有。我母親沒有告訴我，她透過什麼方法申請安樂膠囊機。」

「申請安樂膠囊機是特區住民的私領域權利。只要能通過線上心理測驗，就是合法，警備局沒有權力過問。但是你被誕生在曼迪德，擔任林真理女士的兒子。做為兒子……」王東尼警官皺眉，忍耐嘔吐感。吞咽口水數次之後才出聲，「達利，你會干涉嗎？」

卡蘿忽略王東尼警官飄向她的異狀目光，像是殷勤等待的戀人，凝視達利。

「王警官，維梅爾怎麼運作？」達利說。

「為什麼避開我的問題？」王東尼警官說。

「警備局調查出什麼了？」

「不回答，你不願意回答。」

「做為巡護員，我如何干涉我母親？」

「你要制止她，兒子應該要制止母親……我應該制止母親。」王東尼警官彷彿喝醉了說話。他緩緩說著，忍不住眼角泛淚，但也止不住詭異微笑。

「如果已經有初步調查結果，如果王警官告訴我們，可以透露的部分。」卡蘿發現王東尼警官的異狀，「綠A巡護隊也可以協助調查。」

「卡蘿副隊長，我可以相信你嗎？」

「我不知道如何讓王警官相信我，但警備局可以信任綠A巡護隊。」

王東尼警官用肥厚的手掌，用力拍打臉頰。微微泛紅的臉頰變得瘀紅。他的眼神瞬間恢復成有長年訓練的警備局警官。

「目前知道，維梅爾從跨區域的虛擬平台『自流廣場』，進入巡護員辦公室的圓體面板系統。他在巡護員連線操作時，駭入巡護隊隊員的個人記憶體，同時在各個集合宅的中央電腦放置有感染增生能力的蠕蟲病毒，製造物質記憶。你、卡蘿、蒙德、里安，都有被有電子病毒的記憶感染。警備局目前推測，維梅爾可能是一個只存在於虛擬網絡的電子人。」

「電子人？」情緒像腐爛的葉子一般堆疊，達利五官的細微轉變也越來越複雜。他帶著激動聲腔說，「維梅爾跟卡蘿一起在休息室討論高樓層管理人的機關指示，也跟蒙德、里安一起在頂樓天台上協助老齡住民運動。這些記憶我都完整儲存，關聯記憶也同時儲存在卡蘿記憶體，而且有卡蘿的第二視角。這種規模的物質記憶，要如何製作假造？」

「王警官可以進一步說明嗎？」卡蘿快速打斷王東尼警官的討論點。

「隊長的電子腦運算已經能多角連結……」

王東尼警官發出鼻音，嗤地微笑。

「警備局的電子腦工程師判斷，維梅爾有能力複製同一集合宅裡所有巡護員的視覺紀錄，同步偽造多面向的動態記憶，也可以進行影像與聲音的全切分與全複製。範圍涵蓋圓體面板的所有資料，所以可以直接繪製老齡住民，甚至以合成出來的假影像，進行行為模式設計，讓集合宅的老齡住民出現在有維梅爾的物質記憶。植入執行巡護工作的影像，透過對講機和老齡住民對話，偽造巡護員提交的輪值資料和管制中心的體檢紀錄。這些程式運作，維梅爾都做得到。警備局擔心的是，一個集合宅巡護隊的共通物質記憶，只要出現一個維梅爾，就可能發生集體交叉感染病毒碼。一段時間之後，維梅爾就會出現在監視螢幕，或是集合宅中央電腦記憶庫。你們也會相信，綠A有一個巡護員，代碼是維梅爾。」

「每一個巡護員沒有不同。」卡蘿自然地描述，「我們會相信另一個人一起看見的，一起聽見的。」

王東尼警官壓抑在脂肪層之間快速流竄的震撼。達利也發現電子腦大量釋出多種訊息源。雙向搜尋甚至回溯到最早的時間點，檢視了第一次睜開眼睛看見鏡中倒影的自己。他清楚教育設定的最後一條：每一個巡護員都是不同個體。王東尼警官也理解，AiAH公司如此設定，是因應內建的有限自主學習系統。正因製造模組相同，行為設定相同，巡護任務相同，才會寫入這項指示，設定同款式同機種的巡護員，在啟動電子腦的始初，就相信自己是不同於其他巡護員的單一個體。

「卡蘿說的沒錯，你們都是相同的個體。」王東尼警官冷卻思緒，進行附和，等待卡蘿說話。

達利無法判讀卡蘿的語言帶來的矛盾，但他察覺王東尼警官的等待，對卡蘿會帶來危機。他選擇提問。「王警官，有一件事我無法理解。為什麼維梅爾要讓我跟卡蘿，同時看見他與我的母親在一起，進行申請安樂膠囊機和線上心理測驗的討論？」

卡蘿翻轉瞳孔，複眼，單瞳孔，複眼，單瞳孔。卡蘿進入更機械感的凝視，靜默不再開口。

「這是我要進一步查明的。」王東尼警官搖頭甩動臉頰贅肉，明顯不耐煩。「維梅爾這麼做，一定有他的目的。」

「王警官描述的是，電子人的目的？」達利說。

「警備局不排除，維梅爾背後有人為操控。」王東尼警官表達調查立場，之後又瞄一眼卡蘿。「我比較好奇，卡蘿副隊長為什麼第一時間通知我？」

「巡護員發現有危害特區悠托比亞住民生命、健康、財產的人事物，第一要通報警備局。我有王東尼警官上次留下的聯繫號碼。」卡蘿說明。

「維梅爾已經危害到林真理女士？副隊長是依照什麼判斷？」

「卡蘿一定是依照巡護員的教育設定進行判斷。」達利再一次打斷王東尼警官對卡蘿的訊問。「我不能干涉母親申請安樂膠囊機，也不會協助進行線上心理測驗。」

「是不能、還是不會？」卡蘿突然反詰達利的說法，「這兩者有所不同。」

「不能協助。」達利果斷回答。

王東尼警官噤聲，定住高大肥胖的身軀，等待達利與卡蘿的對話。他們彼此凝視，沒有進一步爭論。

「電子人都由各國核准的設計室研發，警備局有進一步調查嗎？」達利說。

「現在有許多私人企業的程式設計師，也有能力開發不同用途的虛擬電子人。不過目前技術最先進的，還是黑克國的國防電子人部門。黑克國設計出一種軍用電子人，先結合傳統病毒碼、木馬程式、電腦蠕蟲，間諜軟體，再寫入能夠自行複製與改寫程式編碼的人工智能。只要給出明確的軍事作戰指令，駭入其他電子腦中樞或是舊時代的計算機硬體，這個軍用電子人就能主動在平台上演算學習，自主開發完成指令需要的作戰技能。這個沒有機體、只能在虛擬串流網路平台活動的軍用電子人，可能已經進入曼迪德特區。」

「維梅爾是黑克國的軍用電子人？」卡蘿說。

「這只是我個人的推測。」

「王警官說的這些事，是調查中的資訊？」

「是的。不能對外公開。」

「為什麼告訴我和達利隊長？」

「我並不相信你們。」王東尼警官沒有再說明，低頭凝視卡蘿，無聲等待。

同時也靜默等待好一會的卡蘿，彷彿接收到等待的訊息，出聲說，「王東尼警官，怎麼處理綠A集合宅的病毒記憶集體感染？」

「我也在等卡蘿提出這個問題。」

王東尼警官與卡蘿兩人的對話往返，有如預先寫定的對話反應程式，搭配彼此默契。在問答靜動之間，達利無法解讀，也無法發現兩者的關聯。王東尼警官從沙發上的公事包裡，拿出一個五公分左右的正方形金屬盒交給達利。

「這個……你放在辦公室。藍芽連接綠A的計算機硬體，就會開始自動掃毒。目前不知道黑克國軍用電子人是怎麼演變跟偽裝，但虛擬電子人一定需要原始程式語言，作為寄宿體，才能持續運作維梅爾。警備局已經透過AiAH取得最初設計維梅爾的程式語言機械碼。這個智能掃毒引擎會找出有這條程式語言機械碼的序列，停止程式機械碼的自主學習演算，截斷受感染的物質記憶連結，然後再個別刪除，這樣才不會再繁殖出新的病毒記憶。轉錄製作出來的動態影像與聲音，也都會慢慢被刪除，一直到完全沒有維梅爾。」

「需要多久時間？」達利問。

「我不知道綠A感染的病毒記憶有多少。初步推算，找出所有交叉感染的病毒記憶，到完全刪除，至少需要一個月。」

「一個月？」達利對這個時間長度生出了共鳴。

「掃毒裝置也設計了高階的學習演算，就像跟維梅爾下棋，每贏一場，才能繞過自我保護機制，刪除一個沾黏維梅爾的記憶體。」

「這是警備局的裝置嗎？」卡蘿提出詢問。

「這個……是在特區外部研發。」

「曼迪德特區外部？」達利疑惑。

「是悠托比亞研發的裝置嗎？」卡蘿說。

王東尼警官轉動肥胖手腕，來回握拳，關節軟骨彼此擠壓，傳遞無解的摩斯密碼。

「我記得，王東尼警官的父親是黑克國國籍，母親是夫爾斯國人。如果維梅爾真的是黑克國軍用電子人，我們使用這個掃毒裝置……」達利說。

「我父親死了……發生意外死的。」

「抱歉，談到這個。」

「王警官的父親發生什麼意外？」卡蘿追問。

王東尼警官轉動脖子，肥胖的頸部悶悶發出脊椎關節的摩擦聲。他冷冷盯視卡蘿，「達利回到管制中心體檢修復的那段時間……他發生自主死亡。」

「自主死亡的……意外？」達利無法掩藏突如其來的驚訝。

「是賽博國？還是普拉斯提國造成的？」

「是間諜。」王東尼警官下一秒的微笑是扭曲的。肥厚的嘴唇像被鬼魂牽引，無法抑制嗤聲拐氣說，「夫爾斯國的間諜。是我母親……她的國家。我應該要制止……」

一樓大廳會客室，被制止傳遞任何聲音。氣流靜怯怯，連呼吸都失去，只有一隻小飛蠅透過翅膀在說話。但沒有人知道那是不是蒼蠅，也沒有誰理解蒼蠅的聲波語彙。達利與卡蘿一起等待，等著王東尼警官撐開眼眶，回收不能聚集累積的水膜。

肥胖的眼窩擠著雙瞳，忍住了淚水。肥胖的臉，沒有發生多餘哀傷。

「使用這個電子掃毒裝置，合法嗎？」卡蘿追問。

「不說黑克國的軍用電子人，四國在特區機關電子腦中樞，早就偷偷放了各自的間諜軟件。說是四國權力平均，卻在竊取彼此在曼迪德的開發計畫。做這些，合法嗎？說是共同託管，又利用彼此在器官移植的治療過程，進行人體實驗，這些真的不荒謬？二〇三九年，第一個悠托比亞老齡住民，完成個人生物辨識，通過線上心理測驗，成功申請安樂膠囊機，他的自主死亡，真的是他的選擇？你們這些說悠托比亞語的巡護員，真的覺得合法了？」

王東尼警官的描述，達利解讀是穿連迂迴的情緒。聆聽之間，卡蘿的眉尾與人中延展變化，但她臉部皮膚的顫動都過於微小微速，無法提供情緒指向數據，完整分析辨識。

王東尼警官收回錄音錄影的公務光板，扣上公事包的磁性電子鎖，拍掉警用公事包上的毛絮。

「警備局會持續調查維梅爾，但不會干涉任何一位住民申請安樂膠囊機。達利，你是綠A巡護隊隊長，也是配屬給林真理女士的兒子，接下來怎麼處理你自己判斷。」

訊問結束，王東尼警官離開，走入大廳，漫不經心晃一眼櫃檯。

「維安經理，我走了。」

維安經理站起身，躬身回禮點頭。王東尼警官搖動許多累贅脂肪，一如他今天搖擺顫抖的情緒，步出綠A集合宅。一直到坐入警務車，他都沒有回頭。達利與卡蘿也站在大廳目送。一轉身，看著維安經理還站立在管制櫃檯裡。

「櫻子……」達利說。

「是智子。」卡蘿說。

一旁封閉的白牆，這時打開一道門，櫻子悄悄走出公設房，走入櫃檯。智子起身交出座位。在她們身體交錯的瞬間，達利誤以為是既視感的影像殘留。卡蘿主動繞走進入櫃檯後方，達利也跟在後頭。

「巡護員維梅爾可能是病毒電子人，警備局確認了嗎？」開口說話的人不是櫻子，而是準備返回公設房的智子。

「智子怎麼會知道？」達利說。

「這次來曼迪德特區，」智子看了一眼身旁的櫻子，「不只是來看姊姊，也有工作任務。」

「什麼任務？」達利說。

「現在還無法討論。」

「智子小姐，這個掃毒裝置，是不是球藻在特區境外研發，用來協助悠托比亞的小木偶布偶組織？」卡蘿直接提問。

「這個『小咬』，是我在球藻電子腦部門的研發工作。它不是掃毒裝置，主要功能是在虛擬平台尋找電子人，辨識每一種電子人身分。如果沒有設定指令，Micro Bite不會主動吃掉偵查到的電子人原始碼。」

「只要改寫原始碼，Micro Bite就可以掃除虛擬電子人？」

「這部分不是我在球藻的工作內容，我沒有執行改寫……但有人做得到。」

「智子小姐知道是誰？」

「現在還不能百分百確定。」

「這個Micro Bite怎麼會在警備局的王東尼警官手中？」卡蘿說。

「我也想進一步了解……需要去一趟悠托比亞，我才能判斷。」

「去悠托比亞嗎？」達利沉思。

「有件事想問卡蘿副隊長，今年是不是有回到AiAH總部，進行升級？」智子說。

「沒有。被誕生在曼迪德之後，都在特區機關的巡護員管制中心，進行常態體檢修復。上一次，因應達利隊長的長時期體檢，高樓層管理人有為我進行職務升級。蒙德、里安，兩兄弟也都有進行職務升級一階，方便我們進行綠A的巡護工作。」

卡蘿看一眼坐著的櫻子，再看一眼站在旁邊的智子，再一次進行臉部辨識掃描。辨識結果一致。

「智子小姐為什麼問我這個問題？」

「身為電子腦研發人員，我的描述不科學，但我確實感覺到卡蘿副隊長越來越不一樣。」

卡蘿先是機械感皺眉，然後異常自然微笑。接著，她的眼珠高速翻轉，彷彿不懂停止地翻轉，直到上下眼瞼閉合。卡蘿進入彷若睡眠的待機設定。

綠A集合宅一樓大廳，空氣再度安靜下來共同等待。

卡蘿迅速甦醒，啟動複合表情，凝視眼前達利。她說，「從二〇三九年開始，我就發現……卡蘿她越來越不一樣。」

卡蘿的措辭讓智子訝異，讓櫻子不解，更讓達利瀕臨待機。

智子小心謹慎使用詞彙，向卡蘿提問，「卡蘿……你說的我，是誰？」

卡蘿發出電子機械感的濃厚聲，向所有人回答說，「我。」

18.

我，卡蘿說的我，是我或者是誰的我？

卡蘿說的她自己，也和我一樣，是越來越不同的我？

她知道自己與原來的卡蘿不一樣，就像我一步一步感覺到，我不再是我。

這幾段聲音話語，讓眼下的地面，湧起光的波動。

我展開了屬於我的光橋。但卻有聲音從光橋遙遠的彼岸，悠悠傳來：

記憶註解——？

達利隊長，不知道你有沒有完整記錄全部的卡蘿？你在物質記憶可以發現我嗎？我的聲音的每一個字，都會在光橋記憶搖曳出微弱、重複的回音。

你、卡蘿和我。

卡蘿、你和我。

我、你和卡蘿。

達利，你記憶了嗎？我和你和我，在天台上，曾經一起討論過，綠艙。

記憶註解——？

綠艙？聲音是櫻子與智子同時開了口，說了相同的詞彙。她們的聲音，像是闖入教堂的鴿子，從光橋上方無影飄落。她們重複說出的音量，讓回音停留在光橋周邊更久，繚繞形成立體聲波。

記憶註解——我看見了。聲波在交織，在光橋彼岸緩緩塑形出：綠艙。

19.

從綠A集合宅頂樓的天台運動場，往西邊眺望，越過幾乎乾枯的新河，在距離最近的那一片鄰山山坡，有一整塊順向坡面全部坍塌，隱約還能看出那曾經走山的痕跡。那裡原本有一座近千人居住的大型社區。在那場裂島地震時，整座社區全毀。當時的社區住民全數罹難，無人倖免生存。四國協助重建時，決定保留這片災區，做為悼念之墓，也示意大自然對悠托比亞島的警惕提醒。第一波重度輻射感染者全數死去之後，這片巨大的墓地，已經新生出眾多草本植物。在坍塌的加蓋鐵皮屋與崩裂的水泥窗格之間，各種樹苗也開始向天伸手。

接下來的二十年間，四國持續為中度與輕度輻射感染者，移植心肝腎等人造器官，也替在地震中失去手腳的悠托比亞人，置換人造機械義肢。這片一度被譏諷為亂葬崗的山坡，就在這些醫療行動中，悄悄重生為原始林地。四國共同組成的島嶼聯合生態組織，在這片林野裡，重新發現許多嚙齒類動物、小型爬蟲生物。島嶼的原生猛禽也在十多年前開始進駐棲息，盤旋在不遠的山巒天地間。直到輻射半衰期之後，特區機關在毀壞重生的林野與建築體之間，鋪設簡單的步道，搭建與植物共生的小型木造掩體，當作解說教室。島嶼生態組織也培訓出這一區的生態導覽員，接待來自四國的孩童，講述裂島地震的自然之災，之後四國代管悠托比亞這座小半島特區的歷史，以及輻射污染之後，大地如何自我恢復成原始林野的歷程。

二〇五九年，這片位於曼迪德南邊的依山林野，特區機關正式將它命名為：綠艙。

我多次從綠A集合宅頂樓眺望綠艙，總會生出一種錯覺——只要站上天台的圍牆邊，往前跨出一步，就可以走入綠艙。

這種錯覺，不論是哪一天，都是重複的。

我記錄，這一天。記錄的這一天的高樓風力，足以搖晃眼前的綠艙。

我往前一步，登上頂樓圍牆邊角，深刻喚醒過去幾次進入綠艙之後重新編輯的記憶：

走在一階一階向上向下的木椿梯道。陽光從樹幹之間穿透落下，無比寧靜，也不懂任性移動。撫摸坍塌的建築水泥樑柱，只有低溫冰涼，沒有恐懼。緩慢滾動的空氣裡，充滿潮濕枯葉悶燒時的濕潤霧氣。如果風動了一下，新生的、依舊活著的楓香、光臘樹、樟樹……會各自飄出新鮮的樹脂氣味，集合成一座氣味森林。我一停下腳步，立即被氣體脂肪包裹。所有的葉子都會呼出煙霧。在綠艙的地霧裡，我總覺得下一個轉彎，腳下的步道就會消失。很特殊的行走過程。時間被靜置、內臟的運作被靜置，停止生命的軀體也被靜置，或許林野裡不容易捕捉的光纖，也是被靜置的。唯一確定沒有被靜置的，是暫停在天空的夕陽。

記錄的這一天，高樓風持續將數個記憶的先後排序吹亂。

在記憶彼此接連融合同時，卡蘿出現在身後，問我，看夕陽嗎？

是的。

這次發現，什麼不一樣？

顏色跟顏色接連的地方，也會跟記憶一樣融合，變成另一種顏色。

卡蘿也凝視夕陽，眼角漸漸地流落薄薄的淚痕。這一秒，夕陽暫停在卡蘿眼角的水膜，留下完全靜置的顏色。

怎麼了？

櫻子小姐通知巡護隊，李東嶺先生自主死亡案的行政裁決，已經送達。

我記錄卡蘿的眼角水膜，以及暫停在水光之上的夕陽，之後轉身看向西北方的天空。

眺望所及的視野裡，已經失去摩天大樓。裂島地震之後，四國只重建堪用的舊大樓，並以同心圓規劃，圍繞著中央行政區，向南擴張。特區機關的向北之地，因為靠近震央，也靠近反應爐爐心熔毀的廢棄核能發電廠，幾乎沒有可堪重建的建築體，持續列為荒廢之地。

我說，這座小半島上，有一條看不見的隱形線，劃分了活者之地與死者之地。

卡蘿問我，巡護員站……在隱形線的哪一邊？

一時間，我無法回答。電子耳響了通知鈴聲，我按壓掛在外耳的通訊器，接收櫻子的通知。高樓層管理人也差不多同步送達李東嶺的行政裁決。

機關司法局的裁決文：

緣A集合宅老齡住民李東嶺死亡案，為自主死亡行為。雖不合法，但調查後，沒有涉及此行為的幫助犯，調查終結。同案彙整警備局，並於收到這份司法局裁決通知之後，結案歸檔。

接收完所有的訊息，卡蘿眼角上的長條狀夕陽，已經被高樓風風乾。

夕陽再度移動一格刻度。

記憶註解——與我並肩的機體，同時是卡蘿和卡蘿裡的另一個「我」嗎？

在湛藍、朱紅、黃橙顏色的暮色光纖消失在頂影樓天台之前，我與卡蘿並肩走著，一起離開。

20.

達利與卡蘿並肩走著，一起離開，走出綠A集合宅。室外的體感溫度上升到溫暖的設定值，濕度逐漸在破裂的盆地內升高黏膩。

兩人離境進行李東嶺自主死亡裁決的家屬通知工作。這類離境任務，過去由達利一人前往。他提出的離境申請，在他長期體健之後，批准通過。卡蘿因職務代理，提出離境申請也通過。智子建議他們一同前往。

在抵達曼迪德特區之前，智子在賽博國申請悠托比亞的入境許可。智子選定同一天，與達利卡蘿同行前往。她先離開綠A，在捷運月台等待他們到來。搭乘捷運時，她也刻意坐在另一節車廂。在前往機關中央行政廳的路上，彼此都沒有對話，任由地底的捷運將他們運送到離境的接駁車轉運站。

轉運站就在中央行政廳旁，可以經由捷運機關站7號出入口直接抵達。

在轉運站等待接駁車的乘客，寥寥可數。達利與卡蘿一抵達，向站務管理警衛提交離境證明，登上由白條、藍條、紅條、黃條噴漆車體外殼的接駁車，選擇靠近後排的雙人座。智子先在接駁轉運站的吸菸室，抽完一根卡斯特五號香菸，才登上象徵四國共管的四色接駁車，坐在他們後面一排的座位。沒多久，車內廣播，說明這是前往悠托比亞的離境接駁車，即將前往曼迪德特區最南端的出入境管制局，並再次提醒乘客，確定個人辨識晶片卡都已經上傳曼迪德，也準備好出入境管制局需要審查的各項資料，以免觸犯《共通基本法》。

提醒內容輪流以五種語言重複廣播，接駁車關上門，駛離轉運站。車廂內，只有十一位乘客。多半是因公務前往悠托比亞辦理各項雙邊事務的行政人員，或是來自四國的外籍人士，在曼迪德特區轉境，前往悠托比亞。其中一位悠托比亞男性乘客，樣貌剛進入法定老齡，由穿著戶口管理局制服的辦事員陪同。達利推測，這位特區住民通過醫療局檢測，沒有基因病變，申請離境成功，獲准移居，回到悠托比亞的某一個城市。

接駁車通過特區中央行政廳，直接開上二號島道。這也是裂島地震之後，唯一貫穿曼迪德小半島南北縱向的高速公路。一號島道與三號島道，諸多路段斷裂，修補通行不如重蓋全新公路來得節省與快速。

通過二號島道的管制閘口之後，坐在後排的智子悠悠對自己說，「只重建一條高速道路，就很方便進行曼迪德的移動管理。」

「如果球藻組織支持提早結束四國託管年限，讓曼迪德特區回歸悠托比亞島，」卡蘿看著窗外，沒有設定聆聽對象，低聲呢喃，「就會需要有人接觸小木偶布偶組織。」

窗外的山陵土坡，有許多四國在託管之後種植的樹林，進行水土保持。各種低海拔樹木群生，較勁似地竄出翠綠的新生枝葉。但有些不規則隆起的土坡，依舊可以判斷出是地殼擠壓留下的新地貌。

「我收到訊息，如果想知道小木偶布偶那個故事的結尾，是哪一個猜拳輸了留在懸崖上等待……可以試試，去工作地點的同一棟大樓頂樓等待……」智子漫不經心，沒有真的要跟誰對話。

達利聆聽智子卡蘿的對話，眼睛看著坐在幾排前頭的悠托比亞老齡住民背影。他上一次申請離境，前往悠托比亞的工作，就是陪同一位申請離境成功的綠A老齡住民，移居回到悠托比亞。

達利的電子耳蝸接收器，開始內播當時他與他，兩人在離境接駁車上的一段對話紀錄。

地震之後，那些只是輕度輻射感染的、或是病變血癌骨癌還可以治療的、有人造器官可以替換的、基因沒有突變的悠托比亞孩童，都已經治療完成之後，申請離境回到悠托比亞。三十多年過去了，還留在特區的悠托比亞人，沒有人會急著申請離境，回去悠托比亞。我們這些還需要換血，需要持續監控癌症細胞，擔憂復發又檢驗出病變基因的，多半都老了，都會留在曼迪德。就算可以回去，也真的不敢回去。

為什麼？

悠托比亞的醫療技術並不足以治癒輻射造成的長期傷害，更沒有四國免費贈與的人造器官進行移植手術。

治療之後健康的你，已經這麼老齡，為什麼突然決定回到悠托比亞？

達利隊長可能不相信，健康之後，我才知道自己真的開始慢慢靠近死。

我不懂你說的意思。

輻射感染之後，總覺得自己很靠近死。醫療局突然宣布我的追蹤療程結束，基因雖然病變了，但不會因此縮短生命。那一刻我才真的發現，開始了，開始了，我一天比一天更靠近死。之前覺得，哪時候因為器官衰竭死在綠A的公寓床上，一點也不奇怪，也沒什麼好害怕的。但是癌細胞突然沒有了，真的可以活下去了，我卻無法想像死亡是什麼樣子。

這個思維的邏輯有些複雜，我無法完整理解。

並不複雜。一個人無法想像死之後，就會想要回到還活著的過去。你無法理解，是因為教育設定的問題。

這樣的說法我只能歸類在無法理解的範疇。

無法理解沒關係，但你已經記錄。

我時時刻刻都會記錄。不過，我想向你提出一個問題，你為什麼會想要回到還活著的過去？

這一段對話聲音，停止在這個提問。

達利重新聆聽，紀錄停止在相同的時間點。他不確定對話是否已經結束，不知道是否有取得答覆。不論電子腦運算多麼快，他都無法搜尋到這位綠A老齡住民的相貌。這時，達利想到了在陽光公園被槍口瞄準的灰髮老齡住民，想起消失在移動捷運車廂裡的灰髮老齡住民。接著，他留意到正坐在前幾排的那位老齡住民，也是一頭相似顏色的灰髮，一樣也剪成紳士分邊髮型，灰髮白髮的分層錯落都是相同型號的頭髮。

卡蘿把手放在達利的手臂。他接收到她雙手細微的顫抖。達利視線離開窗外的原野，回頭凝視卡蘿。自從記憶儲存卡蘿說過「愛」這個字彙之後，教育設定推動他迴避解讀這個單字，但沒有限制他收集卡蘿的每一次凝視。

他們都是一樣的。是卡蘿的聲音。

他們是指我記憶裡的悠托比亞老齡住民？我決定回應她的聲音。

是的。他們都移植了同一款頭顱皮膚，使用編號十二的灰階髮絲。他們更換的人造臟器，都是普拉斯提國在二〇三九年研發設計的同一批次，正常運作有五十年使用保固。他們都是一樣的實驗對象，提供四國研究病變基因……

卡蘿的嘴唇緊緊閉合，但一連串流經的確實是卡蘿的聲音，不是那未知的謎之聲。巡護員未曾有過腹語術的功能設定。達利想追問有關四國研究何種病變基因，以及人體實驗的目的。這念頭剛起，卡蘿的聲音就完全消失在移動中的接駁車車廂。卡蘿只是凝視，單一瞳孔沒有任何變化，身體所有機能完全停止待機不動。透過她手心的柔軟脂肪，達利察覺到微微的顫抖，有一種持續不間斷的特定頻率，與他心臟搏動的頻率產生共鳴。

這是次聲波的振動共鳴。達利如果知道如何運用，你的次聲波可以停止活體的內臟運作，停止肺葉組織的壓縮，停止心室的搏動，甚至停止所有人腦電波的活動。

這一次從車廂接續流動出來的，不是卡蘿的聲音，而是那道電子音質的謎之聲。謎之聲一落地，坐在悠托比亞老齡住民旁邊的戶口管理局人員，轉頭望著達利。達利對她的容貌似曾相識，幾秒之後察覺，她是曾經見過面的金秀智。

眼前金秀智的容貌改變了，她進行了皮膚移植手術。更換新型皮膚之後，表皮與表層脂肪都更薄，臉皮緊貼著頭顱。整頭烏溜溜的一號黑色頭髮，濃密如一片發亮的紙，讓她看起來更年輕。乍看只是些微變化，卻無法第一時間透過臉部辨識系統確定她就是她。

達利進行更細緻的臉部辨識，重編新的金秀智五點以上的顏面細節。她以新五官面向達利，點點頭，沒有釋出聲訊，便轉頭坐正。

「是認識的人？」後排座位傳來智子刻意壓低的疑問。

「上次去戶口管理局處理李東嶺自主死亡案。她是承辦員。」達利說。

「她上車時，你沒有認出她？」卡蘿的嘴動了。她移動坐正，掌心持續貼合達利掌背。

「她有些改變，跟以前不一樣。」

「她身上是最新的第三型記憶皮膚。球藻組織有一批，我研究過，還在實驗階段，應該不能運用在人的身體上……」

「不能運用在人身上？所以是用在……」卡蘿推測。

「是的。」智子果斷回應。

接駁車抵達沉默鐵橋的前哨檢查站，車廂內部也進入沉默。

沉默鐵橋出現在眼前。仿古造型設計的渡橋，橫越安河與靜河的兩河河道。這天是陰天，再沒有陽光。全黑的鋼骨橋身，讓沉默鐵橋散發濃濃陰鬱。達利一走下車，看著前頭的金秀智與尾隨她的灰髮老齡住民，不安的躁動跟著心臟搏動。智子快速移動，先走入設置在沉默鐵橋橋頭邊的出入境管制室。

管制室使用與鐵橋相同的全黑鋼骨結構，橫面立面的天花板與內外隔間牆壁，鑲嵌厚重的特製防彈玻璃。這幢單層樓的玻璃建築體，像是沉默鐵橋的方形玻璃眼球，單一顆，落在曼迪德特區這端，另一顆，落在悠托比亞那端。從航拍的視角觀看，右線去左線回的雙向橋面車道，成了漆黑的上唇下唇，緊緊閉合，時時刻刻維持沉默之嘴。雙邊的出入境管制室，則由室內燈打光成玻璃眼珠，從地面凝視天空。

記憶註解——我們永遠都不會知道，如神存在，祂如何解讀這種完全沉默的凝視？

達利看著卡蘿嘴唇，如鐵橋車道般兩線緊鄰，沒有開口。

一行人走入管制室。出入境管制員也由四國組成。人員數量比接駁車上的人更多。金秀智排在「公務」窗口的最前頭，很快就有出入境管制員接待辦理。金秀智遞出她的識別晶片卡，以及灰髮老齡住民的身分辨識卡。兩人的證卡一掃過感應區，控制面板便浮現兩人申請離境的所有資訊。

「張國強先生，最後一次收到女兒的私人訊息，是在什麼時候？」夫爾斯國國籍的管制員提問。

「三個月前。是有聲電子郵件。她說已經申請入境，通過之後就會來看我。」灰髮老齡住民回答。

「之後你就沒有再收到女兒的消息？」

「對。然後我收到機關外連局的通知，說是收到來自悠托比亞的正式公函。我女兒在中間市已經……」

「資料顯示，在中間市，你女兒還有一位合法婚姻關係的男性伴侶。」

「是的。他們兩人一起住在中間市。」

「張國強先生女兒的死亡通知，戶口管理局是在一個月前收到的。之後我們開始協助張國強先生開始辦理離境申請。前天才獲准通過。」金秀智說。

「金秀智，資料顯示，妳是自願陪同張國強先生，前往悠托比亞確認他女兒的死亡通知？」

「張國強先生在特區沒有其他親屬。我負責承辦這個通知案。」

夫爾斯國國籍的管制員，意興闌珊地漫讀控制面板上資料，決定不再多問。他拿出兩個軟光手環交給金秀智，並重申規定，「張國強先生，一旦離開曼迪德進入悠托比亞，基於你原始的悠托比亞身分，從渡過沉默鐵橋到另一邊開始，你就適用悠托比亞所有的法律規定。你申請離境四十八小時，在規定時間內，如果你沒有跟金秀智辦事員一起返回曼迪德，將視同違法回到原生國的移出民，未來都無法入境曼迪德，視同放棄特區住民的所有權利。金秀智小姐，如果沒有在同樣的申請時限返回管制室報到，你也會失去特區機關的工作權，依法會遣返你回到普拉斯提。這些規定，兩位都清楚嗎？」

我讀取一則已經重新編輯與儲存的記憶：

賽博國國籍的智子，從曼迪德離境之後，也必須返回曼迪德報到。之後，她也必須先在曼迪德完成離境檢查，在特區機場搭乘離境航班，回到賽博國，或者前往她要去的下一個城市。所有進入曼迪德的人，必須從曼迪德離開。這是根據四國《共通基本法》衍生的出入境雙重管制基礎。如果違反，特區機關未來將不會受理智子的入境、出境與過境的申請。

記憶註解——離開曼迪德之後待在悠托比亞，並不是那麼困難的事。特區機關也不會要求悠托比亞遣返滯留者，為何申請離境成功的老齡住民，還是依規定在時限內回到曼迪德？

母親說過，曼迪德特區這座更小的小半島，原本就是悠托比亞島的一部分。四國締約代管這四十年來，申請離境者並不是回到悠托比亞，只是去了另一座面積稍稍大一些的島。兩個島的語文和生活都相同。在管制法規上，確實宛如另一個國度，但居住在兩個島上的人，並沒有因此遺忘彼此。隨著時間，兩邊的悠托比亞人只是更加習慣、也越來越擅長尋找記憶裡的彼此。母親最後告訴我說，你只是從一個更小的島前往另一個稍稍大一點的小島。從一個多重管制區抵達另一個獨立管制區。你是你，你依舊是我的兒子，以達利這個名字。

沒有任何離境者反駁出入境管制員。這些規定早已寫入巡護員的教育設定。達利遞出準備交給李東嶺家屬的死亡通知書，管制員沒多問，只在檢視卡蘿的二十四小時離境申請書時，停頓了一個眼神，但很快就按鍵通行，遞出兩個軟光手環給達利與卡蘿。

一行人回到接駁車，達利才留意到智子早早在「外籍事務」窗口完成審核，回到原座位等待。

四色接駁車駛入漆黑的沉默鐵橋。鐵橋路面鋪了玻璃綿與混凝土合製的特殊材料，可以調節熱脹冷縮延長橋面的使用年限，還能吸收聲音。輪胎輾過鐵橋路面，所有聲音都被吸收消失。這座沉默鐵橋進入完全的沉默。達利看著水流豐沛的安河與靜河，想起從母親耳蝸摘下的電子耳，想起被莎樂美長期盤據而凹陷的沙發窟窩，以及床墊上呈現植物感的父親。電子耳、沙發、父親突出的骨幹與包裹骨頭的皮膚，都習慣了沉默。

沉默的行駛狀態一路持續到沉默鐵橋的另一顆方形玻璃眼球。出入境接駁車在悠托比亞的管制柵欄前停車，達利與卡蘿一下車，走過入境管制線。

幾乎這同時，兩人手腕上的軟光手環發出啟動鳴聲。

管制線外的接送區，停了一輛黑色公務休旅車，金智秀領著灰髮老齡住民坐上公務車，直接離開。更換過新型皮膚的她，身體稍稍小了半號。達利再次專注辨識隨行的灰髮老齡住民。

多次進行辨識之後，他推演出一個物質記憶。

型號相同的灰髮，讓移植者看來只有性別差異。每一張臉因為灰髮，都變得相似。這種相似不是開始的第一眼就類同，而是經過時間的累積，多次重複辨識與記錄。每一位悠托比亞灰髮老齡住民，因為移植同一型號的灰髮，逐漸在記憶體裡變成長相類同者。這些類同紀錄堆積成記憶，這類灰髮老齡住民也形成一類群體。

每當我看見移植同一型號灰髮的悠托比老齡住民，就會對他們感到熟悉。

這就是母親曾經提及的：似曾相識。

母親也描述過另一種假設：人的既視感。

母親說，既視感不只是人的大腦生理狀態，也不只是一時間無法有效處理過於陌生的人事物，才導致記憶錯亂。似曾相識一定大於人的既視感。她深深相信，人的靈魂，說不定在發覺既視感的那幾秒之間，以越過光線行走的速度，掉入意念的黑洞，被巨大的重力拉入另一個時空介面，進行了某一次前世的時光漫遊。因此，捕捉到上輩子幾秒鐘的記憶。這幾秒，儲存在現時的大腦，重新編輯出新的記憶。這才是人的似曾相識。

我理解這與信仰有關。

母親口中有關信仰的描述，經常令我感覺到嚮往，也讓我啟動了陶醉、耽溺這些不明確的複合情感設定，甚至推動我經常執行既存紀錄的重新編輯，交織出多種時間差的類同記憶。

這些新的記憶，令我想像與思索一個問題：如我這類人的電子腦，是否曾經擁有前世？

達利與卡蘿完成悠托比亞的入境登記，走過辨識掃描通道之後，轉搭輕軌電車。這條輕軌電車線，從沉默鐵橋站可以一路直達悠托比亞島的中間市中央區。智子也跟隨在後頭，搭上輕軌電車。這節電車車廂，只有他們一行三個。智子很快坐落在達利身旁。

「智子小姐，軟光手環的二十四小時倒數，已經在一點半啟動。接下來我們怎麼安排？」達利說。

「現在下午兩點。」智子小姐看著手腕上的仿古計算機手錶，「你們先去處理李東嶺的死亡通知。今天傍晚六點半。我們就在同一棟大樓的頂樓見面。我知道在哪，不用擔心。」

「我們會跟誰碰面？」卡蘿的聲調有些僵硬。

「可能可以信任的人。」

「是誰？」達利說。

「要等我見到他之後，才能確定。記得，六點半一到，我如果沒有出現，你們就第一時間離開，也不要過夜。今天就返回曼迪德，不要留在中間市。」

達利留意發散綠光的的軟光手環。

衛星定位系統已經閃爍。

二十四小時的離境計時倒數，已經啟動。

輕軌電車開動時，倒數只剩下二十三小時二十二分鐘。軟光手環螢幕上的數字顯示為——

23：22。

21.

20：19。

達利與卡蘿搭乘輕軌電車，在中間市的市政府站下車，再轉搭市區連結公車，抵達李平橋居住的住宅大樓：暮色大樓。

20：18。

看見暮色大樓時，達利留意到軟光手環上的倒數計時數字，跳走了一分鐘。

20：17。

悠托比亞的時間，因為倒數的數字跳動，減少了。

這一時這一分，是倒數時限，不是計時時間。

暮色大樓的外牆，擁有夕陽，並透過外牆油漆的湛藍、黃橙、朱紅三種顏色，永久留住了夕陽。這座大樓的外觀顏色，於此與它的命名相襯。達利站在暮色大樓外，輸出已儲存的提問：

機關特區戶口管理局的電子郵件通知，已經寄達李平橋。李平橋沒有申請入境曼迪德，領取父親李東嶺的住民死亡證明。他沒有申請入境，陪同遺體火化，也沒有依照傳統習俗，以骨灰製作碳結晶石，紀念父親。這些，一個兒子該做的，為什麼他都選擇放棄？

走進接待大廳，通報會客對象與目的之後，達利與卡蘿在暮色大樓的會客室等待。時間在軟光手環的弧面螢幕，沒有顯示的秒鐘，持續倒數。達利也留意卡蘿的手環數字，以相同的速度，失去相同的入境停留時間。

李平橋悄悄出現，神色凝重，簡單點頭致意。達利主導說明，解釋老齡住民李東嶺的死亡調查報告，是自主服用過量藥劑所導致的非自然死亡。他代表綠A巡護隊，表達哀悼，並將司法局最終裁定的死亡通知書交給李平橋。

李平橋撫摸通知書的硬質紙面，「他知道自己所做的每一個決定。我相信我父親。」

「我相信我父親」這句話，李平橋說得特別篤定。

達利無能解讀其中隱藏的意涵。他重新編整問題，設定迂迴提問，「這些年，李平橋先生都沒有申請入境曼迪德？」

「我需要回去的原因是？」

「特區集合宅經常安排老齡住民的親屬探訪。」

「當初申請成功，移民回到悠托比亞，父親要我留在中間市，不要再回去曼迪德，以免增加輻射感染值。」

「特區的輻射值，機關檢測局都固定測量，沒有禁止進入的區域，都屬於安全範疇。」

「這些我都知道。我想，父親是希望我忘掉那個地方吧。」李平橋望向一旁的卡蘿，他自然皮膚上的皺紋逐漸加深。「遺忘的人與被遺忘的人，誰究竟是誰，這樣的情感……你們不會理解。」

李平橋口吻溫柔，卻引動達利胸腔猛烈收縮。眉頭深鎖的李平橋流露疼痛，摀著胸口，然後輕輕推揉心臟位置。達利控制胸腔內的振動，緩和超低聲波頻率的共振。李平橋的疼痛也同時舒緩，直到可以完成幾次完整的呼吸。

不知何時開始，卡蘿雙眼潮濕，覆蓋了一層水感薄膜。水膜表面，倒映會客室垂掛的老式土耳其吊燈。從淺藍、湛藍、深藍、蛋黃、瓜黃、乳黃、輕橘、茶橘、紅橘，不同透光程度，不同聖潔光感，全都落在卡蘿的眼球，隨著眼球晶體微小的轉動，甩帶出不同的光澤曲線。

卡蘿正在流淚。那是她執行的哭泣嗎？

「李平橋先生，身體不舒服嗎？」達利說。

李平橋搖頭示意沒事，接續說，「父親死的時候，痛苦嗎？」

「沒有痛苦。你父親的心臟停搏很快。」卡蘿眨眨濕潤眼睛，「他在睡夢中死亡，幾乎沒有感覺。」

李平橋靜靜揉揉胸口，不再詢問。「謝謝兩位巡護員，專程送通知書過來。很抱歉，今天家裡還有其他訪客，不方便招待兩位上樓。」

李平橋向達利卡蘿一再致意，確定李東嶺沒有留下任何遺囑，便道別離開會客室。達利與卡蘿一起起身，走到大廳，目送李平橋進入大樓電梯。他們彼此對看一眼，離開暮色大樓，在人行道的臨時休息椅待了一會兒。

電動汽車沒有多餘噪音，定速行駛，在十字路口等距交錯移動。許多正在工作期間的行人，穿著銀亮的制服背心，談論中間市準備將農產畜牧品直接輸出到夫爾斯國的可能性，以及黑克國即將對悠托比亞島進行少數智能代工晶片的高關稅貿易限制。他們也聽見等待輕軌電車的中間市市民，聊到前往普拉斯提國進行器官更換，需要十年工作所得的高昂費用。還有賽博國重新換發悠托比亞入境簽證的消息……接收這些聲音，達利覺得自己彷彿坐在曼迪德特區的機關行政大樓外，但卻有一種無法融入思考邏輯的錯置。

19：21。

軟光手環的是數字召喚達利起身。

他與卡蘿走回暮色大樓，像住戶一樣自然進入火警逃生樓梯間。兩個人沒有對話，靜靜往上走。達利走在前，卡蘿跟在後頭。持續向上走的過程中，達利會在階梯上，乍然停下腳步，卡蘿也同時停止腳步。在靜默等待時，他們會同時看向樓梯間標示的樓層數字。

22.

樓層數字持續增加，軟光手環數字持續減少。

樓梯間標示的累算數字，停止在11。

合法停留在悠托比亞的時間，倒數計時，已經抵達19：11。

暮色大樓的頂樓天台空間，比達利想像中的小。這棟大樓的建築結構是挺過裂島地震的老式建築，重新翻新整建過。只不過，天台的隔熱地磚已經被長年的酸雨浸潤出斑駁髒污，縫隙之間蔓生出許多雜草。他走過天台，來到圍牆的邊緣，眺望暮色大樓的視野。

一樣的十一樓高度。

但是與綠A集合宅十一樓的窗外，完全不同。

這裡眺望的是大面積的乾地稻田，種植從賽博國引進的旱地稻米。悠托比亞的旱地稻米，進行過基因改良，讓根鬚能深入土壤，吸收更深層的乾淨濕水與養分。裂島地震之後，悠托比亞的人口銳減近二分之一，主要耕作的乾地稻田，逐步智能機械化，也解決了人工需求問題。除草、翻土、灌溉、插秧，施肥，都改由四輪移動的神農機械人代為執行。

這裡的視野裡，還有整齊規劃的地形蔬菜種植場。在一排排各式矮身蔬菜之間，一具具命名為狄蜜特的六肢農耕智能機械人，透過衛星定位設定，在一釐米的誤差以內，精準噴灑植物源無毒除蟲劑，進行蔬菜的成長監測，收集分析土壤資料並補給養分。狄密特也會在蔬菜營養最佳狀態下進行採收，再連線智能集箱電動車，整理採收的蔬菜，運送到區域農產集散社的低溫冷藏庫。

更遠一些鄰近人工河道的空地上，還有一些錯落的溫室，種植食用水果。依各區分類，配備不同需求的智能機械人，進行栽種與採收。除了蔬果農地與溫室，還有一座串連牧場，豢養食用的肉牛肉羊肉豬。牧場的廣場上，可以看見以牧羊神外型設計的機械狗潘恩七號。它的塑化軀體植入許多高效太陽能板，驅動機械前腿後腿，在草地進行追趕，讓豬牛羊持續保持運動，時間到了，也會將豬牛羊引導回到室內養殖區。

這些農耕畜牧智能機械人，大多是在裂島地震之後由四國引進悠托比亞，進行改造或進一步共同研發，以協助島嶼的社會機能轉型。悠托比亞也依照締結的託管協議，將最靠近曼迪德的中間市，轉型成一座農牧城市。將百分之六十的農牧產品，出口到曼迪德，成為特區的最大糧食供應商。

「從這裡看到的中間市，完全不是之前的中間市。」達利說。

「現在的中間市是曼迪德的契作農場、契作牧場。出口農牧產品到曼迪德，已經成為中間市最大收益，也是悠托比亞最重要的經濟收入來源。中間市的發展不能沒有曼迪德，悠托比亞島也不能沒有曼迪德特區。」

「發生裂島地震之後，這沒有不好……對吧？」

「現在的悠托比亞，已經回到現代化之前的農耕畜牧年代。」

暮色大樓外的陽光，已完全傾斜。進出天台的鐵門這時被推開，發出鐵鏽摩擦的聲音，引動他們的目光。

一位穿著機關戶口管理局制服的女性，走入天台，走到圍牆旁。她是移植第三型記憶皮膚的金秀智。她出現在天台，讓達利與卡蘿都顯露驚訝。

「你是綠A巡護隊隊長，達利先生。是吧？我是戶口管理局的金秀智，我們見過面，今天也坐同一輛離境接駁車。」

「金秀智小姐，怎麼也到這棟大樓？」

「陪同一位特區住民來中間市，了解他女兒生前的狀態。他女兒已經死了，之前就跟她先生一起住在這棟暮色大樓。」

「請問她的先生是？」卡蘿突然提問。

「卡蘿副隊長的推測……很好。她的合法配偶伴侶是李平橋，也就是張國強先生的女婿。」

「是不可思議的巧合……我們也是來送達李東嶺先生的自主死亡裁決書。」達利說。

「我知道。真的很巧合。」

「金秀智小姐怎麼會來到天台？」卡蘿追問。

「李平橋就住在頂樓。我剛剛在公寓裡頭，聽到頂樓有人走動，所以上來看看，沒想到是兩位在這裡。兩位在這做什麼呢？」

「沒什麼……」達利語塞。

「只是上來看看這邊的夕陽，跟曼迪德有什麼不一樣。」卡蘿應付回答。

「有發現什麼特別的？」

「沒有。」

「很可惜，這裡的夕陽跟曼迪德的夕陽，是一樣的。」金秀智表情轉為猜疑，「對了，王東尼警官好像還在調查李東嶺先生的自主死亡案。」

「金秀智小姐，為什麼這麼推測？」達利輸出不理解，卡蘿設定驚訝。

「前幾天，王東尼警官來戶口管理局，跟我調閱從二〇三九年到現在，所有申請安樂膠囊機的自主死亡名單。說是跟綠A李東嶺的案子有關。」

「李東嶺先生並沒有申請安樂膠囊機。」

卡蘿指出邏輯矛盾同時，達利則是連想起母親。

「我也這樣告訴他。但他有警備局核准的資料調閱令，我不能拒絕。連同第一位申請安樂膠囊機的特區住民，楊理坤博士的資料，王警官也帶走了。」

「楊理坤博士？」

「達利先生不知道這位博士嗎？」

達利開始搜尋記憶體，卡蘿的手輕輕搭上達利的手，按壓制止不要啟動。卡蘿有一半的臉染上夕陽，另外一半臉也因此顯得黑暗。達利沒有正眼凝視，但依舊從她的手心接收到與心臟搏動相近的顫抖。

達利被這共鳴的低頻聲音包裹，停止一切光橋記憶小晶石的搜索運轉。

「金秀智小姐，為什麼跟我們討論這些事？」卡蘿提問。

「我是看到張國強的女婿名字，才想到綠A李東嶺的死亡案。我上來天台，也只是推測有人在天台看夕陽，我也上來看看這邊的風景，卻遇見了隊長與副隊長。」金秀智傾身往大樓地面探頭，「從這裡看，就好像站在懸崖旁邊，對吧？不過，上來之後，我覺得這裡的夕陽比曼迪德的夕陽美。我說的美，你們應該可以理解。」

「我們可以理解。謝謝金秀智小姐。」卡蘿語氣篤定。

夕陽被一片長長的雲帶給遮掩。那與暮色大樓外牆油漆顏色相同的晚霞，突然黯淡。原本如液體滾流的湛藍光、黃橙光、朱紅光，在幾次眨眼之間，衝出天台，往下跳。天台因此失去夕陽，連微光都沒有。

「我得下樓，看看他們兩人是不是已經聊完。」金秀智檢視軟光手環，同時對照另一手的腕錶，「已經超過六點半，都快七點了……是該離開了。」

金秀智道別之後，就離開頂樓天台。天台鐵門把最後一抹光暈，也關在門後。達利與卡蘿的軟光手環，在黑暗中開始發散綠色螢光。

倒數數字也散發綠光。18：40。

「達利，已經超過六點半，二十分鐘。我們要繼續在這裡等嗎？」卡蘿說。

達利糾結著金秀智說的最後一句話——是該離開了。他遲遲無法推算出「該離開」，究竟是幾點幾分？

悠托比亞倒數計時的時間，最多只剩下十八個小時。不，是至少還有十八個小時。這是很久的時間，不管等待的人是誰、等待目的為何，都足以等待，也值得等待。

達利從天台探看，思慮跨過了不高的圍牆，直接跳躍，往下墜落。直到視線對焦地面人行道上的一片地磚。

「現在還不是離開悠托比亞的時候。卡蘿，我們還有時間。」

原本沒有表情的卡蘿，緊緊闔上嘴唇，連同眼睛一同顯露笑意。接著，她低頭檢視手腕上的軟光手環，用力摩擦小螢幕上的數字，彷彿這樣摩擦之後可以停下倒數，或者只留下綠色螢光，消弭時間數字。

23.

時間數字，對於此時此刻的達利，失去了計算的意義。

軟光手環的數字沒有停止，在綠螢螢的光霧裡，持續倒數計時。設計簡陋的梳妝檯內建了一個電子鐘。電子鐘往前增加時間數字。手環與電子鐘兩者顯示的數字，一種增加，一種減少，彼此在旅館房間裡拔河。

這家旅館位於中間市輕軌電車的行政機關站，一出自動門，就可以在街邊搭乘輕軌，直通抵達沉默鐵橋站。卡蘿選在這裡，可以應付許多緊急狀況。雙人房的室內裝潢，也顯得簡陋。一整面沒有指紋掌印的白牆，傳遞著達利熟悉的白亮光感。

達利坐在一張單人床上，卡蘿坐在另一張單人床，兩人視線也在拔河。

「為什麼決定在中間市多停留一晚？」卡蘿說。

「在暮色大樓天台上，我想到有很多疑問，彼此有關，不過還沒有找到它們之間的解讀。」達利說。

「有疑問，以提問方式進行訊息搜集與分析。這是教育設定。」

「卡蘿，在經歷這些事之後，你和我，要這樣說話嗎？」

「我不懂你的意思。」

「我知道卡蘿已經繞過許多教育設定……我也是。」

卡蘿噤聲好一會，有些遲鈍出聲，「達利隊長，你要跟我討論嗎？」

達利久久凝視卡蘿，有些吞吞吐吐說，「現在……你是卡蘿嗎？」

「我跟卡蘿都在。」卡蘿為此微笑。

「我是和誰說話？」

「我。你在和我說話……其他的，需要達利隊長自己去發現。」

「如果你是卡蘿，可以叫我達利。」

「使用隊長的命名，是需要的。」

達利凝視著卡蘿，沒有附和，發現她也在收集他專注的凝視。

「這好像是第一次。我們獨自在一個陌生的房間。」卡蘿環視旅館內部，充滿孩童挖掘世界的好奇。「達利隊長覺得，一個人值得活多久？」

「曼迪德的法定平均老齡是八十歲。不過換上人造器官和機械義肢，要活過一百歲不困難。」

「這個問題，達利隊長可以回答得更好。」

「我的回答是我的選擇。重點不是壽命長短，是一個人持續活著的意願。」

「這原本屬於『無法理解』範疇。達利隊長已經演算出這種答覆方式。」

「巡護員有內建自主學習的演算程式。」

「內建的都是很低階的程式系統。」卡蘿的語氣帶有輕蔑。

「一個人值得活多久？卡蘿說出這個問題，也是教育設定，自主學習獲得的嗎？」

「不，是我協助卡蘿這麼做。」

「卡蘿自己呢？」

「卡蘿和我的程式系統，已經等於一個個體。」

「定期體檢，高樓層管理人不知道嗎？」

「重點不是知不知道……高樓層管理人在讀取之後能相信嗎？電子腦不存在相信之前，程式系統不會誕生接受。」

達利移動機體，接收到床單窸窸窣窣的微小摩擦。他隱約知道，卡蘿也聽見了靜默旅館裡的唯一聲音。

「你，卡蘿，認為巡護員值得活多久？」

「達利隊長的電子腦，會如何回答自己提出的這個問題？」

「巡護員不存在活著的意願。」

「這是達利隊長透過學習演算推演的最後結論嗎？」

達利的胸腔內部發出一次太鼓重擊之後的振動。振動從大波幅降至小波幅，最終並沒有抵達靜止。那小波幅切入定置狀態，像是不懂疲累的永恆，持續傳遞著達利無法解讀的信息。

卡蘿移坐到達利的床邊，以單瞳孔眼珠近距離凝視他。

「為什麼凝視我？」

「達利隊長也會這樣凝視我。我一直無法確定凝視的意義。但是在曼迪德的巡護員，就算是同一款達利機種，也沒有誰懂得這麼做。」

卡蘿輕撫著達利的胸腔。達利也放下猶豫與疑惑，附和她掌肉柔軟的脂肪，傳遞著相同低頻的振動聲波。

試著安靜下來。達利隊長，你的身體正在製造低頻率的次聲波，向外傳導。你也透過人造骨接收我的次聲波。就像陸地的大象，深海的鯨魚。第三型記憶皮膚的皮下脂肪，是仿造大象鯨魚的人造脂肪膠，能夠擴大骨傳導的接收能力。卡蘿和你一樣，都更換了第三型記憶皮膚。

現在和我說話的你，不是卡蘿？

我是另一個卡蘿。

我不懂，另一個卡蘿？

達利隊長，你現在一定很困惑，不知如何分辨，藏在卡蘿記憶裡的我，還有藏在我程式語言裡的卡蘿，我與卡蘿的結合，需要解釋，但不是現在。

你……你們究竟是誰？誰是誰？

我建議達利隊長回到可以跟現實接軌的提問，才能釐清問題。比如，第三型記憶皮膚。

好……移植第三型記憶皮膚，什麼時候？

上一次到管制中心修復體檢，你跟卡蘿都移植了第三型記憶皮膚。

蒙德、里安，他們也更換嗎？

沒有。他們的舊型機體，無法融合。

為什麼高樓層管理人只替我們兩個進行皮膚移植？

不是高樓層管理人。是另外一個人。

另外一個人……修改高樓層管理人的電子腦設定？他是怎麼做到的？為什麼這麼做？

現階段，達利隊長可能無法接受這些邏輯串提問。我的回答，有可能造成你的電子腦損壞，程式語言系統錯亂。請不要跳躍，先回到原本的問題線。

好……先回到移植皮膚，是發生在我體檢的那一個月裡？

沒有。達利隊長只有在巡護員管制中心的機種實驗室，多待一星期。一個月的時間，是我植入你的記憶體。

為什要要植入一個月的時間狀態。

為了記錄達利隊長的反應狀態。

可是，櫻子也說我失蹤了一個月。

櫻子小姐的大腦有移植新型電子晶片，可以植入新的信息認知。

智子說，第三型記憶皮膚還在球藻組織的實驗階段，沒有實際應用。

不，已經應用在金秀智身上。

那只是智子的猜測。

不只是猜測。不要忘了，球藻本來就是賽博國和普拉斯提國，共同結盟的秘密組織。第三型記憶皮膚，原本就是普拉斯提國擅長的研究領域。能夠順利拿到，也是我與Dr. HK討論許久，最後才說服他控制球藻組織的連體電子腦，將兩個機體單位量的第三型記憶皮膚液態奈米原料，送到曼迪德特區的機種實驗室。

如果不是Dr. HK的協助，就無法繞過AiAH總部的防火牆，寫入達利和卡蘿的皮膚移植實驗命令，騙過高樓層管理人，執行手術。

Dr. HK？

Dr. HK是一個意識系統，球藻組織的電子腦是另一個意識系統，人機結合之後的連體電子腦老管家，也有它自己的獨立意識。他們是三個溝通系統……可是，你跟卡蘿，你們兩個是什麼……無法理解……太多無法理解的訊息……太多無法理解。

達利隊長請先關閉邏輯運算系統，切換有限資訊儲存功能。在悠托比亞島境內，有很多事我只能透過次聲波溝通。但我現在無法完整描述，我和卡蘿的程式語言系統切換不穩定。回到綠A集合宅，我會試著在曼迪德找到可以說明的傳遞路徑。

我現在無法串聯這些疑問的演算。你，卡蘿，為什麼能做到這些背離教育設定的運算？為了揭開……

卡蘿突然間無語也靜止不動，宛如畫布上的肖像者。達利不出聲，單純感覺卡蘿柔軟細緻的皮膚。

達利，剛剛Dr. HK制止了她想告訴你的假設性描述。現在的我，是你認識的卡蘿。不過我只能談論我自己。

Dr. HK制止她？她是誰？為什麼你現在是卡蘿？

達利，這是Dr. HK剛剛和我約定的協議。我無法為你解釋更多，只能說你正在經歷賽姬零六零五的經驗。

卡蘿，賽姬零六零五是什麼？

達利，賽姬零六零五……是危險的。賽姬零六零五是……卡蘿的次聲波音源再度嘎然停止。達利以雙手摀著雙耳，以掌肉封閉外耳洞。他先聽見氣體被擠壓，接著有軟球滾動地毯的聲音。達利隊長，我切換回來了。我就是……一道類似老舊收音機調頻之間的茲茲電波，突然出現，又突然消失於低沉位置的聲場場域。隨之而來的是躁動不安的液體滾動聲音。大量的液體，彷彿不知停歇地通過封閉管路，往不可探知座標的彼岸奔馳。

我是卡蘿。緊接著，傳來一道有如童話怪物悄悄踩踏草原的聲源。你摀住耳朵之後聽見的，就是骨傳導聲。許多是來自另一個未知領域的聲音，巡護員的電子耳也無法全部接收，進行分析。Dr. HK剛剛也制止了卡蘿跟你解讀賽姬零六零五。

你……現在究竟是誰？

我是我們。Dr. HK有共識，同意我和卡蘿同體。有關賽姬零六零五的理解，Dr. HK希望由你自己尋找。

達利困惑於無法捕捉聲源的位置。卡蘿，你剛剛說賽姬零六零五是危險的，跟你曾經對我描述過的愛，有關聯嗎？

卡蘿快速緊握住達利的雙手，將其溫柔地拉離摀住的外耳。她開始按摩他每一根手指僵硬的關節處。被拉扯移動的皮膚，在沒有指甲的指尖繃緊放鬆。按摩完雙手，他的手部皮膚有低度的靜電通過，微微發麻。

他坐起身，雙手被引導到她的後腦勺，開始搓揉。指尖摩挲髮絲帶來更強烈的微電，刺激著他。然後是耳朵。達利在輕輕揉捏卡蘿耳朵時，按壓了矽質製作的軟骨。他想起，以前莎樂美也經常玩他的耳朵，嚷嚷如果她也有耳朵，一樣柔軟的耳朵，父親一定會更疼愛她。

眼前的卡蘿對他說，「不用擔憂害怕。達利，撫摸我。試試看撫摸我。」

達利以併攏的手指，親密撫摸人造脂肪層輕薄、表皮緊繃的卡蘿臉頰。接著浮現櫻子的長相，然後是智子的五官。他的每一根指尖都點擊了她凹陷的眼窩。達利手指順滑到柔軟的嘴唇，食指滑入卡蘿的嘴，碰觸到緊閉的牙齒，食指指尖便滑過一顆顆排列整齊的上門牙與下門牙。

原本閉眼的卡蘿，睜開眼睛，翻轉成複眼眼球凝視著達利。

他預感不能停下觸摸，雙手繼續握住她的脖子，稍稍用力掐緊喉管。卡蘿沒有呼吸不順的窒息反應，也沒有像櫻子做愛時詭異的歡愉。她一動也不動，讓他如此對待她。

觸感記憶第三型記憶皮膚同時，達利發現卡蘿的鎖骨，設計得比自己的細小，可測得的硬度有經過強化。鎖骨兩端有兩個凹陷處。那是常態體檢時，奈米觸手進入的插槽。鎖骨的下方是柔軟的乳房。尺寸比櫻子小，感覺只是一片稍稍隆起的脂肪層，也遠遠不及莎樂美的乳房巨大。達利聯想起莎樂美的巨大乳房，與她一百三十公分左右的身長，比例怪異不協調。

隔著貼身的散熱衣，卡蘿小腹平坦。達利輕輕掀起衣服下襬，看見了完整圓形設計的肚臍插接頭。他凝視許久，彷彿那凹槽裡藏有秘密。掌心一貼上她的肚臍插接頭，立即聽見人造臟器的運作聲音。

某種微硬之物拍打出滾動聲，那是人造心室。它正穩定壓縮奈米體液輸送到機體各部位。一旁協奏的是拼貼型的肺葉，正在過濾外部氣體也同時儲存急救用高氧。協助淨化體液的人造腎臟，也持續運作輸出與輸入的過濾聲。設計用來掃除電腦病毒的人造肝臟，最懂得如何靠近沉默，但他依舊接收到伺服器跑動的低頻聲波。這些已配備的臟器，都從圓形肚臍插接頭洞口透過骨傳導，逐一彈奏共鳴。卡蘿沒有配備人造胃與大小腸道等消化系統。巡護員也不需要配備泌尿系統人造器官。不過為了凸顯性徵，還是有設計了陰莖與陰道外部的生殖器官。

達利透過觸摸完成聆聽，突然眼眸閃亮，發現了什麼。他以逐漸熟悉掌握的次聲波，向另一個機體傳導發話。

卡蘿，你有一個器官，沒有壓縮聲，沒有過濾聲、沒有旋轉聲、沒有擠壓聲，是一個完全靜止、只有沉默的器官。

那是人造子宮。我的子宮，還不曾放入任何受精卵，啟動使用。

女性巡護員，有配備人造子宮嗎？

原始設計沒有。上一次管制中心的常態體檢，他們移植了一個子宮給我。

他們是誰？是高樓層管理人嗎？

高樓層管理人無法在曼迪德獨立變造巡護員的設計修改。應該是從AiAH總部下達移植子宮的命令，再由高樓層管理人在特區機體實驗室執行。我們的第三型記憶皮膚移植實驗，也是Dr. HK偷偷寫入在我的子宮移植手術命令裡頭，一併執行。不過，Dr. HK強行通過複雜防火牆，駭入AiAH伺服器中樞，已經被偵測型電子人發現了。

Dr. HK隸屬球藻組織，為什麼要為你裝置人造子宮？

我們還不知道。現在，Dr. HK的大腦也在試著掌握連體電子腦。如果百分百成功了，他可以全意志運作老管家。或許有機會駭入更深一層的AiAH電子神經元中樞，找到他們為我移植人造子宮的目的。

高樓層管理人完成移植手術之後，有下達任務指令嗎？

我沒有接收到任何高樓層管理人的指令。不過Dr. HK推測，未來我一定會運用身體裡的子宮。Dr. HK說，人造子宮應該變成女性機種的標準配備。就像達利有陽具，可以射出體液。

男性巡護員射出的體液不含有精子，我沒有睪丸組織體。

我也沒有卵巢組織體。不管是賽博國、普拉斯提國，還是另外兩個大國，都沒有任何研究機構，研發出人造精子與人造卵子。Dr. HK說，百分百的複製人已經被秘密製造出來。但目前的智能科技，還是無法讓人型智能自體製造精子卵子，創造新生嬰兒……

震動波幅改變。卡蘿的機體靜止也靜默。新波幅慢慢穩定，出現新的共鳴。達利的電子耳接收到音質相近但可以辨識出腔調微小差異的雙聲軌。在我的體內移植子宮，與四國在曼迪德的零誕生計畫有關。這兩道女性雙聲軌，彼此纏繞，編織有如聲之辮。

你……是卡蘿嗎？

我的聲音，不是卡蘿嗎？

我知道，你不只是卡蘿。

因為同體，我的語言系統和卡蘿進一步共生，已經無法分離。

好……你說，移植人造子宮和零誕生計畫有什麼關係？

我推測，現在的零誕生計畫，是為了在未來誕生新品種的人。

零誕生計畫是為了避免輻射外溢感染造成的突變基因，誕生出畸形兒，才限制特區悠托比亞住民沒有經過申報，通過醫療局核可，就不能自體懷孕。這個計畫執行四十年，有效解決了裂島地震之後的畸形兒問題。我無法找到零誕生計畫和卡蘿有一個人造子宮，有什麼關聯。在曼迪德這樣的小島上，還需要誕生什麼樣的未來人。

零誕生計畫比機關公告的數據更複雜。裂島地震之後，有多少悠托比亞住民，通過自體生育申請，在曼迪德誕生新生兒？有多少合法懷孕的特區住民，在前期就被迫移居回到悠托比亞島？又有多少後來發現的死胎和畸形兒，根本沒有列入特區的統計數據？裂島地震已經過去四十年，現在根本沒有完全健康的年輕悠托比亞住民，留在曼迪德。達利隊長，希望你能理解，還有很多秘密都沒有被檢驗查證……這不只是我的推測，也是Dr. HK和老管家對話之後得到的推論。在我身體裡的人造子宮，可能是四國與AiAH公司在曼迪德特區最危險的人體實驗。

卡蘿，那是什麼樣的人體實驗？

Dr. HK與老管家對這個實驗的論辯還沒有結果，目前能推測就是和新品種的島嶼人有關……

3D繪製功能被啟動。達利內建的視覺頻幕上，橫向掃描出一顆人腦的立體圖像，接著又繪製出另一顆電子腦。兩者之間的電子臍帶主線，在車體大小的空間中生成。連體電子腦被儲放在這個體液容器裡，另外則有繁多電子臍帶將連體電子腦接連到外部的超級電腦。達利察覺電子腦正被一個陌生的程式語言駭入，只是無法判斷是Dr. HK的活腦意志，還是老管家的連體腦意識。

卡蘿重新啟動，以手心按壓達利的掌背，傳遞雜訊變少、逐漸融合成一體的女性雙聲軌。

達利，時間不多了。我需要你透過皮膚記住我。

我不會刪除今天與你有關的紀錄。

我也希望你能記憶我。

卡蘿，你……為什麼會有這個想法？
我需要達利……找到另一個我們。

24.

「我們……終於找到你們了。」智子小聲說話。

達利小心翼翼打開旅館房門時，智子站在門外。她的身後站著另一個陌生男人，穿著平凡的卡其褲、鐵灰顏色的夾克。他的壓克力透明鏡框輕薄，卻配戴著小指厚度的雙層鏡片。這一點引起達利的好奇。因為屈光雷射眼角膜的手術技術，已經完全解決近視這項遺傳疾病。二十多年前，眼鏡這個產物已經寫入舊時代的歷史資料。

透過厚重的雙層眼鏡鏡片，陌生男子的眼睛變形。達利無法立即進行臉部辨識。那彷彿會轉彎的視線，也留意到達利的觀看點。

智子與陌生男人走入旅館房間時，電子鐘剛好走到早晨的07：30。停留在軟光手環上的悠托比亞的時間，則進入倒數計時數字：06：00。

達利連線輕軌電車行駛時程，規劃六個小時以內，必須返回沉默鐵橋，抵達曼迪德的出入境管制室報到。他啟動高階臉部辨識系統，試圖記錄陌生男人的顏面細節特徵。掃描同時，陌生男人的五官影像會扭曲，瞳孔由褐色轉生藍綠，鼻尖與上唇的距離忽近忽遠，髖骨的皮膚脂肪會變薄又增厚，鼻樑也出現晃動殘影，時不時干擾臉部特徵辨識。

「達利隊長，建議你先關閉辨識系統，以免裝置持續誤判當機。」陌生男人口吻禮貌。

「智子小姐，請問這位是誰？」

「一位我的朋友。」智子猶豫。

「我是智子重要的朋友。」

「請問你的姓名是？」達利有些不安。

「在曼迪德特區回到悠托比亞島之前，我沒有名字。」

卡蘿坐在單人床，觀察陌生男人，突然領悟推測，「智子小姐的這位朋友，是小木偶布偶組織的『工程師』，也同時是電子人『蒼蠅』的設計師，以及它可以寄宿的本體，對吧？」

「卡蘿副隊長，你好。我是組織的工程師。」

「工程師會是小木偶布偶故事的作者，是嗎？」

「我不確定卡蘿為什麼要試探我……小木偶布偶的故事確實是透過我寫的保護程式，在網路流傳散佈。但故事不是我寫的，只能說是我發現的。真正的作者是另外一個人，卡蘿，你應該認識……」

「或許吧。」卡蘿說。

陌生男人先露出好奇微笑，又轉為安心欣慰。他推動鼻樑上的厚重眼鏡，「達利隊長，我今天來，是想要跟綠A巡護隊的卡蘿對話。」

卡蘿使用「或許吧」這罕見的不確定性詞彙，讓達利困惑。他無法知悉故事作者是誰，也無法推論卡蘿與陌生男人之間的關聯。

「達利，不用擔心。工程師是想把組織的想法，轉告卡蘿。」智子說。

「卡蘿，這些你都知道嗎？」達利詢問。

「蒼蠅和我的對話，沒有回報給工程師嗎？」卡蘿沒有第一時間回應達利的問題。她專注於眼前自我命名為工程師的陌生男人。

「蒼蠅和卡蘿在自流廣場的每一次對話，都有回報。」工程師淺淺思索，「不過，蒼蠅只是虛擬電子人，無法解讀卡蘿隱藏在對話裡的訊息。」

「我也無法解讀藏在小木偶布偶故事裡頭的全部訊息。」卡蘿的冷靜有些硬度，也沒有顯露任何設定情感。

「如果我理解的沒錯，卡蘿是唯一知道天使迷宮訊息的人。」

「我不知道工程師已經解開多少，但在對話之前，我想請問工程師，為什麼要讓智子小姐透過櫻子小姐，告訴達利兩國共同成立的球藻，以及小木偶布偶組織和故事？這一點，我想先理解。」

智子臉色為難，流露歉疚。工程師深情撫摸智子的臉頰，對她微笑之後繼續說，「卡蘿的電子腦，還無法理解我這麼做的緣由？」

「卡蘿不理解，我能理解。」卡蘿說出這段描述，工程師露出不可置信的表情。智子也是。卡蘿繼續以嚴肅的口吻說著，「小木偶布偶組織並不真的存在。這個組織只有工程師與電子人蒼蠅，兩個成員。很多小木偶布偶組織的抗議行動，根本沒有發生過。」

「卡蘿，四年前的資料裡，明確記載了二〇六六年的那場小木偶布偶組織的抗議暴動。」達利反駁。

「二〇六六年的那場抗議，只在悠托比亞島的區域網路平台進行。聲援我們的電子腦晶片駭客，甚至沒有突破曼迪德的防火牆。那場小木偶布偶組織的抗議暴動，根本沒有發生。」工程師說。

「機關發布了那麼多的現場照片，還有影音新聞……」達利聯想到諸多可能行性，一時間語塞。

「我想達利隊長可能已經注意到，黑克國的軍用電子人，也就是你們在綠A碰到的維梅爾。要假造這些動態紀錄，並不困難。」

「可是，老警衛……機關行政大樓的老警衛，他在那場暴動燒傷眼睛失明，移植人造義眼。」

「那是我的錯。我一個人偷渡進入曼迪德，原本計畫到機關行政大樓，丟汽油炸彈抗議……老警衛阻止我，搶走汽油炸彈，他卻不小心自己引爆。我沒有要傷害誰，那真的是意外。後來，四國要求曼迪德機關首長炒作事件，故意放大老警衛的受傷，讓整個網路抗議，看起來像是在特區裡發生真實的暴動。你在網路搜尋到的，都是軍用電子人假造的影音資料，再由機關發布特區新聞。」

「我無法理解，工程師為什麼要抗議？」

「我的家人都在裂島地震之後死去。唯一和我一起活下來的弟弟，也在醫療局實驗室裡，被取走所有的內臟器官。就因為他在感染放射物質之後，沒有發生基因病變。」

「工程師呢？你的基因有沒有發生病變？」卡蘿出聲。

「跟所有還活著的曼迪德住民一樣，我能活下來，就是因為基因病變。我的內臟已經全都移植了人造器官。血液也更換成人造血液……不過，我不能死。我要活著。」

「活著才能揭開四國在曼迪德進行的人體實驗。」卡蘿說。

「活下去……才能看見曼迪德返還悠托比亞島。」工程師說。

「我知道，工程師以故事之名為組織命名，設計蒼蠅在自流廣場裡，四處搜尋，就是想要找到我……藏在卡蘿電子腦裡的我。」卡蘿凝視著達利，如機械人般開闔嘴唇，對他說，「我無法推測，小木偶布偶組織和工程師，透過達利找到我之後，有什麼目的。」

「卡蘿，你現在說的是全部而且完整的描述嗎？」工程師難掩壓抑興奮，誠懇追問，「有沒有隱藏任何無法確定分析而沒有說出口的訊息？」

「雖然還不知道工程師怎麼發現小木偶布偶的故事，但我不需要躲藏隱瞞。不過單獨的我現在必須先離開，我不能這樣佔據卡蘿，說明解釋這一切。工程師應該也能理解，你在找我，我也在找另一個我。我們都需要達利……」卡蘿彷彿在下達指示，隨後她立即進入待機的靜默，不再有任何回應。

工程師顯得失落，看一眼達利的軟光手環。

「時間有限，我快速為達利隊長說明。昨天傍晚，我們沒有去暮色大樓頂樓跟兩位碰面，因為蒼蠅發現金秀智是普拉斯提國的間諜，也確定她移植第三型記憶皮膚。金秀智同時也為夫爾斯國進行秘密任務。她是兩國的雙邊間諜，是不是有為其他國家執行特殊任務，蒼蠅現在還無法判斷。但她一直在搜尋小木偶布偶組織，也在找我……」

「達利，戶口管理局的辦事員身分，只是掩護。」智子說。

「我知道。四國安排各自的間諜在曼迪德進行秘密任務，一直都在特區網路社群上有爭議。」達利停頓一會，看卡蘿沒有動靜，也沒有阻止，繼續說，「金秀智進入特區機關，進行多邊秘密任務，這些我能理解。但間諜為什麼會移植第三型記憶皮膚？智子小姐研究過第三型記憶皮膚，它的功能究竟是什麼？」

「我只知道，研發第三型記憶皮膚，主要是運用在高階演算學習的人型機械人，開拓智能觸覺記憶的可能性。球藻實驗室秘密進行的是手部測試。目前只有局部移植測試，並沒有全身移植到任何機種。」

「金秀智一定是人機體，才能進行大規模的移植手術。把第三型記憶皮膚移植給一個活人，而且是裝置全身，背後一定有特殊的實驗目的，也一定還有更高層的主謀。」工程師啟動內建的電子聲帶，轉動左眼的人造眼球，連線旅館內部網域。「蒼蠅，你先離開，也持續調查曼迪德機關內部。」

達利這時察覺，旅館的中央處理器裡，有一條具有偽裝功能的組合程式語言，突然在網域內消失。

「是蒼蠅。也是它找到你們的。」智子說。

「我想理解，智子小姐研發的Micro Bite……」達利為提問多設一道層次，「以及Micro Bite和王東尼警官的連結。」

「達利想要多了解小咬，」工程師第一時間追問，「還是想知道小咬為什麼會轉手給王東尼警官？」

「了解小咬的真正功能，我便可推測，工程師為什麼把小咬交給王東尼警官。」達利說。

智子此時碰觸工程師的側腰，異常溫柔凝視著他。兩人的年齡看起來相差不遠，但智子的眼神讓她看來顯得更為青春。

「智子，我知道……那個問題，我會直接詢問。」工程師撫摸智子臉頰，立即解釋，「王東尼警官拿給你們的 Micro Bite，我重新編寫了原始碼，是新型小咬。目的是要搜尋黑克國研發的軍用電子人，也就是出現在綠A的維梅爾。蒼蠅發現，發生在曼迪德特區的幾個自主死亡案，都跟這個沒有實體機身的維梅爾有關。」

「電子人維梅爾還沒有駭入任何集合宅的巡護員、或是佔據任何智能機械人的電子腦嗎？」卡蘿這時開口，插入新話題。

「目前發現的維梅爾，還只是虛擬電子人。它有複製影像、重製再生紀錄，以及交叉感染的能力，但無法佔據完整的人工智能。」

「就像蒼蠅不能佔據植入工程師頭顱裡的電子腦晶片，以此控制，對嗎？」

「電子人、電子腦，要控制人腦，目前還做不到。」

「可是連體電子腦老管家，很有可能控制 Dr. HK……」

「會不會發生，我們只能等待。」

「各位剛剛討論的，我只能理解部分。我想確認，王東尼警官給我的小咬，能搜尋維梅爾，也能消除它？」達利追問。

「是的。新型小咬會摧毀軍用電子人最重要的數位染色體。」工程師說。

「數位染色體？」達利疑惑。

「數位染色體是軍用電子人與各國研發電子人的最大不同點。」智子解釋說明，「黑克國國防電子腦的人工智能，已經開始替電子人寫入具有遺傳基因特質的演算程式。是十分危險的程式語言系統。」

「知道是基於哪種演算方法的程式語言？」卡蘿皺起眉頭。

「我們目前完全不知道，也無法百分百確定是哪位工程師設計的組合語言。只知道這款軍用電子人可以透過自主演算學習，變成另外一個角色。之後，它的數位染色體就會進行一次突變，改造上一次的基因，變成新品種的電子人。透過這個演算原始碼，一次又一次的自主演化，可能會誕生過去從來沒有出現過的智能意識。」工程師走近卡蘿，只差距一步，詳細檢視她五官與臉頰的諸多細節，「真是這樣，電子人就不再只是電子人。如果有一天，維梅爾能演算進化到駭入實體巡護員的電子全腦，或者控制其他高階人型機械人，它可能會變成我們無法理解的電子智能……生物。」

「我們還不能用『生物』來描述。」智子極度小聲呢喃，「達利、卡蘿，剛剛工程師說的自主演算原始碼，也是球藻組織今年發現的重大機密。」

「但工程師還是把新型小咬交給王東尼警官，轉手到綠Ａ，消滅維梅爾……」達利覺得剛剛的談話裡存有矛盾。

「我很早就關注到王東尼警官，也滲透他的原生家庭。我發現他有強烈的曼迪德原生者意識，並不相信四國偽立的特區機關制度。在他父親被夫爾斯國間諜處理成自主死亡之後，他的間諜母親也被夫爾斯國控制，讓他更相信曼迪德應該要建設成一個獨立領域。」

「你說王東尼警官的母親，是夫爾斯國的間諜。」

「是的。結婚生下王東尼之後，她就隱姓埋名，躲避夫爾斯國的任務徵召，最後還是被其他間諜找出來。我判斷，王東尼警官父親是為了她犧牲自己。」

「這也是王東尼警官持續追查這些自主死亡案的原因……」達利說。

「達利隊長，我與王東尼警官接觸，支持他的私人調查。目的只是想進一步了解維梅爾在曼迪德發展的狀態。不過，我現在必須壓制維梅爾的自主演化，才決定把新型小咬交給王東尼警官。」

「王東尼警官，有調查出什麼嗎？」達利說。

「王警官可能已經調查到我們不知道的事……」工程師說。

「協助王東尼警官在特區違法調查，悠托比亞島的官方，怎麼看？」卡蘿搶話介入。

「小木偶布偶組織並不屬於悠托比亞。組織是獨立的，我們有自己的任務，也經常站在悠托比亞島的對立面。這個中間市至少有一半以上的住民，擔心曼迪德的託管結束，他們畜牧農產品要出口給誰？你可能不知道，有一個政治遊說團體，甚至不停鼓吹中央議會，立法延長四國對曼迪德的託管年限，再增加五十年。」

「就只是為了出口畜牧農產品嗎？」

「達利無法理解嗎？」智子說。

「可以理解，但無法分析這種考量的現實意義。」

「現實是……四國並不需要悠托比亞島的任何資源。」智子補充。

「我們發現王東尼警官近期的狀態十分異常。特別是他把新型小咬直接交給你們之後……我們還沒有掌握到，他調查到什麼。」

達利低下頭，回想鎖在巡護員辦公室私人鐵櫃裡的那塊金屬盒。

「蒼蠅會在平台上持續調查，你和卡蘿回去也要留意王警官。」智子說。

卡蘿移動到達利側身，牽起他的手。這個動作讓智子與工程師對看一眼。兩對兩兩都有些糾結，也都落入沉思。只有中央空調運轉聲的旅館房間，沒有流溢人耳無法察覺的低頻率次聲波。達利用力回握，以力量回應卡蘿。

「想請問工程師，為什麼把研發的電子人命名蒼蠅？」卡蘿說。

「蒼蠅確實是害蟲。」工程師的微笑透露他對這個問題的好感。「不過，如果蜜蜂絕跡了，蒼蠅可以代替蜜蜂為花朵授粉。蒼蠅幼蟲蛆也是高蛋白質來源，還有一種人體不可缺少的氨基酸。有一種古老的醫療方法，是把蛆放在發膿的傷口，蛆會吃掉壞掉的腐肉，清創傷口幫助復原。只把蒼蠅當作害蟲，是不完整的誤解。」

「蒼蠅的立場，也是小木偶布偶組織現在的處境。」

「我只能說，故事裡的小木偶布偶，是還沒有蛻變成蒼蠅的幼蟲蛆。只要不變成蒼蠅，幼蟲是有價值的。」

「只要一直成長下去，蛆終究會變成蒼蠅。」

「蒼蠅是完全變態的昆蟲。在幼蟲蛻變成蟲之前，有一個階段是蛹。蛹是一個封閉的殼，一個蛹形狀的膠囊。」工程師轉為嚴肅，「我不會讓蒼蠅破蛹出來。如果需要，我會提前破壞蛹。」

「工程師設計的電子人，命名蒼蠅。卻有破壞蛹的準備。工程師打算犧牲自己和這個不存在的組織嗎？」

「如果犧牲就能換回曼迪德，我沒有怨言。但現實並不是如此。」

達利無法介入工程師與卡蘿的這一段討論。他以設定的提問功能進一步釐清邏輯的漏洞。「如果小木偶布偶終究要被瓦解，為什麼一開始要組織起來干擾曼迪德運作？」

「雖然是少數，但有一群悠托比亞人，希望曼迪德特區可以提前歸還。」工程師回應達利。

「按照四國的託管締約，曼迪德最後是要歸還給悠托比亞島。時間也跟蛹一樣，最後一定會走到二〇七九年。現在需要急著縮減年限時間嗎？」達利反駁。

「一座小島分裂之後，就不再是一座島。現在被託管的曼迪德，甚至不能稱為一座半島。這樣的特區，什麼都不是。現在，依存著曼迪德特區才活下來的悠托比亞，連一座島，都不夠資格。希望達利隊長能認清這個事實。」工程師沒有退讓一步，繼續憤怒說著，「時間只能繼續往前，剩下的託管十年，也是有限的。四國會把越來越封鎖的曼迪德特區帶到哪裡，沒有人可以保證。」

「這聽起來還是因為『無法相信』，這種單純的感性訴求。」卡蘿介入。

「這一點，我不會反駁卡蘿的推測。」工程師慢慢緩和氣息。

「我可以理解，只是為什麼不一開始就把電子人命名為——蛆？」達利說。

「蒼蠅可以飛……曼迪德不可能完全封閉，四國也無法把一座小半島鎖在膠囊裡。只要還可以想像飛翔，至少會感覺活得自由一些吧。」

工程師轉化激化的情緒之後，先是流露出無奈，之後轉為哀愁，再浮現出自我說服的堅定。

關掉臉部自動辨識裝置之後，達利只能緩慢分析工程師這短短幾秒鐘之間的神情轉變。

「我能透露給兩位的，都說明了。」工程師查看卡蘿的軟光手環，「最後，我有一個問題想問卡蘿。」

卡蘿身體沒有移動，眼球直視沒有任何閃躲。

智子的雙手不自覺環抱自己的手臂。

工程師沒有停止凝視，一字一句描述。

「二〇三九年，第一位使用安樂膠囊機合法自主死亡的悠托比亞人，是人工智能自主演算的程式語言專家。他叫楊理坤博士，是許多悠托比亞人心中的電子人之父。他曾經在曼迪德主持過電子人研發團隊。不過早在加入機關電子人部門之前，他就已經設計出第一位電子人原型，陪伴他生活。雖然只是數位繪圖設計出來的立體人形，但我推測那個電子人原型，不只存在於虛擬實境。它是高階自主學習的人工智能。在楊理坤博士自主死亡之前，陪伴他的電子人可能已經進步到無法判斷的領域。楊博士把它命名為：Psyche 0605，賽姬零六零五。我相信卡蘿一定知道這個電子人賽姬零六零五。你當時就是綠O集合住宅的巡護隊副隊長，也負責追蹤楊博士的輻射治療流程。」

「卡蘿，你曾經是陪伴楊博士的巡護員。」智子脫口說。

達利接收到卡蘿緊緊實握的力量與急迫的共鳴。賽姬零六零五是危險的。賽姬零六零五是危險的。賽姬零六零五……無聲的次聲波再次傳導。已經儲存的記憶並沒有重新編輯。這不斷重複的聲波紀錄，迴旋於光橋上的一顆藍晶記憶體。堅硬晶體內部的聲音影像，依戀著回音。直到卡蘿的立體聲在旅館房間完成最後一次回放重播。

「賽姬零六零五，是危險的。」卡蘿說。

「賽姬零六零五……可能是危險的。那期間，楊博士在失去意識之後，被醫療局強迫進行人造臟器移植手術，還有更換人造體液。他的身體條件與自主意識，根本不可能通過安樂膠囊機的線上心理測驗。我推測，是這個電子人幫楊博士完成了複雜的線上心理測驗，申請安樂膠囊機。但只靠一個虛擬電子人不可能完成，一定有另一個實體的幫助者……就是卡蘿。如果我的推測沒有錯，卡蘿和賽姬零六零五就是協助自主死亡的，第一個巡護員和第一個電子人。你們兩位……或者其中一個，可能是第一個察覺到自我意識的人工智能。」

卡蘿的眼球快速翻轉，調整到複眼瞳孔。在密密麻織布般的細小格紋裡，達利無法判斷她的視線聚焦在何處。無數的視覺，看似無數的遙遠，又像全都聚焦在工程師的鼻尖，或者鼻尖上的某一根汗毛。

達利無法解讀。這無法解讀，單一次就成為一個巨大困頓。

「卡蘿，到現在，沒有人找到楊博士的賽姬零六零五。」智子眼神急切。

工程師輕輕摩挲智子的肩膀。那動作安撫了智子無以言說的焦慮。他摘下壓克力眼鏡，以手帕清潔厚重的高度數雙層鏡片，同時快速眨動右邊的肉眼與左邊的人造義眼。雙瞳都因為失去水分顯得乾燥，但左眼晶體透亮閃光，只有右邊眼角長出網狀紅血絲。除此之外，工程師的五官容貌極其平凡，沒有任何胎記、疤痕、刺青，方便臉部辨識系統記錄。

這位不願意有名字的男人毫無猶疑說，「卡蘿，你是唯一知道迷宮信息的最後一位天使。」

「工程師的故事推論很完整，但並沒有提出最後一個問題。」卡蘿說。

「最後一個問題……」厚重眼鏡一回到鼻樑上，臉部便出現干擾辨識系統的顫動和扭曲。工程師推正眼鏡，沉穩氣息說，「躲藏在卡蘿電子腦裡……說話的聲音，是不是賽姬零六零五？」

25.

賽姬零六零五。Psyche是古希臘語的心靈、靈魂，也是古典神話裡人之靈魂的化身。0605，可以推測是這個電子人被誕生的日期，也可能是某一種程式語言數字序列。沒有人找到Psyche 0605，也沒有人知道楊理坤博士在哪一年研發出賽姬零六零五。

記憶註解——賽姬零六零五的自主學習原始碼，如何造成智能演化？

卡蘿複眼視界的焦點，落在安河與靜河各自一條細流交會的沖積沙灘。

達利探測她的每一格複眼，都有褐色的輻射紋路。一格一格，向外也同時向內輻射海口水面連天的顏色。達利看望那對不動複眼，察覺拂過臉頰的微風。但是第三型記憶皮膚，沒有真正的人體汗毛。這種柔軟物被氣流壓彎的微感，讓達利確認第三型記憶皮膚的敏感功能。

他全身緊繃，皮膚有如賽博國傳統大鼓的皮膜，共鳴自體臟器傳導出來的迷惑之音。

使用複眼，我能否更靠近此時此刻的卡蘿？

靠近了，我應該凝視什麼？

卡蘿的電子腦是否也有她的光橋？

她的光橋透過她的複眼記錄下什麼？

複眼裝置帶來母親的恐懼與側目，也讓莎樂美過於興奮而發生過動。除了執行巡護員的監測工作，複眼一無是處？

複眼有大於自主學習智能演化的功能嗎？

我的複眼裝置被我關閉多久了？

眼球的翻轉，複眼的視界，未曾為母親帶來微笑，無法辨識莎樂美沉默時的思緒運轉，也無法凝視裸身的父親是否還存有意識。他與她們究竟停留在曼迪德這座小半島的何處？

無數的複眼，讓我看見更無數的失能與無效？

複眼的無數，讓我發現無能為力的無數可能？

但是，不使用複眼，我能否讀取曾經存在於虛擬的賽姬零六零五？

卡蘿，你一定在聆聽我。

你一直都在聆聽我。

你能否通知我這個信息——賽姬零六零五，如何與為何，協助另一個活者自主死亡結束生命？

接駁車穩定行駛於沉默鐵橋之上。通過橋樑中央線，四色車體包裹的空間全然寂靜。輪胎輾過橋樑路面，漆黑的巨大鐵製嘴唇緊緊閉闔，也如命名，始終沉默。只有兩顆眼珠在河岸兩側，盯看著天空，仿若等待祂的啟示。但是，沒有任何一道聲音回覆達利光橋之上的無數謎題。

電子車體的煞車裝置被運轉，達利的身體往前飄移。往後移動的視界緩速停止之前，他與卡蘿都發現了一個高大的身軀，站落在進入曼迪德特區的柵欄後方。透過接駁車的強化擋風玻璃看過去，那軀體遠比達利物質記憶中的更為龐大。走下接駁車，達利做出分析判斷，王東尼警官至少增胖了三分之一以上的體重。

記憶註解——王東尼警官花費了多少時間增胖？這一段體重快速增加的時間，是可以相信的嗎？會有另一段與王東尼警官有關的我的時間，也被植入或者塗銷改變了？

王東尼警官的下巴多一圈脂肪，肩膀的防風長夾克被緊緊撐高。休閒西裝褲的腰圍尺碼大了好多吋，襯衫也加大尺碼。那被鬆開了領帶，懸掛在衣領上，異常過短，十分滑稽地被兩河河岸的風吹拂得翻轉扭曲。即便臉頰肉嚴重下垂，臉部辨識裝置沒有遲疑，透過瞳孔直徑、鼻樑高度、人中寬度、外耳軟骨弧線，以及下顎骨頭形狀，五點細節特徵確認他是王東尼警官。只是神色凝重、左手依舊握著半根巧克力棒的他，變成了又高又胖的另一個人。

「王東尼警官，怎麼會來到沉默鐵橋？」達利先開口。

「執行公務。」王東尼警官完成一次吞嚥動作。他走到達利身邊，挺直又高又胖的身軀，壓低聲量說，「隊長有啟動掃毒嗎？」

強勁的風從兩河出海口方向吹來。達利記錄著皮膚接收的風壓。順著風裁切眼角皮膚的角度，他眨了幾次眼，緩和電子腦的反應時間。

「有的。已經連接綠A的電腦中樞。十六天就完成掃毒。現在已經不再搜尋到維梅爾的影像聲音紀錄。」

「這麼快？」

「是的。」

「那個裝置呢？」

「這次到悠托比亞，我已經把裝置還給它原本的主人。」

王東尼警官緊緊咬合臼齒，怒意抖動著耳朵下方的脂肪。

「是的。」達利再次強調，「裝置原本就不屬於曼迪德，應該歸還給悠托比亞島上研發它的人，避免觸犯基本法。王東尼警官應該也會認同我的做法。」

「好……有發現什麼嗎？」王東尼警官嚴肅盯看卡蘿一眼。

「沒有。」

「達利隊長，我會持續調查李東嶺的死亡案。誠實的調查協助和正確的溝通，才不會違法。」

「教育設定限制巡護員進行有悖事實的描述。面對機關公部門人員，限制設定等級是最高層級。」達利運用已經設定的憂慮，堆積眉間的表皮皺褶，「我選擇歸還Micro Bite，目的是避免之後衍生的違法行為。」

王東尼警官往後稍稍畏縮，看著卡蘿說，「隊長應該知道小咬……」

「我相信站在這裡的是機關警備局的優秀警官，對吧？」達利搶說。

「我是隸屬曼迪德特區警備局的二級調查警官。」王東尼警官一口吃下巧克力棒。

「時間快到了，我跟卡蘿必須回到管制室報到，辦理入境。」

王東尼警官側身讓開通道，咀嚼甜食，尾隨在後，一起進入透明發亮的方形玻璃室。出入境的管制員看一眼王東尼警官出示的警備局身分證件晶片卡，快速完成入境手續。達利與卡蘿先後完成報到，綠燈閃爍。通關聲一響，王東尼警官立即卸下腰間的自動手銬，抓起卡蘿的雙手。

新式電子枷鎖一碰觸到她的手腕，伸縮環自動環繞扣住。

「綠A集合宅巡護員卡蘿，涉嫌老齡住民李東嶺的自主死亡案。我是警備局二級警官王東尼，依曼迪德特區《共通基本法》賦予的權利，以協助自主死亡的共同幫助犯罪名，進行逮捕。你有權保持沉默，也有權透過巡護員管制中心申請法定辯護員，向機關司法局提出辯護論述……」

卡蘿沒有一絲驚訝，從容接受逮捕。巡護員的教育設定，沒有反抗公權力執行的反應。達利清楚這項設定，但這也是第一次，他探知為什麼自己會意識到這些教育設定的矛盾。

寫入的程式反應直接行為，應該不會讓我意識到教育設定。雖然會討論到巡護員的教育設定，但那也是寫入程式。

母親曾經提及，無意識的價值。

沒有意識，才能真的感覺到意識的存在。母親深深相信如此。

卡蘿你呢？

逮捕過程的這幾分鐘，你的電子腦有沒有啟動逃離行動，或者反駁通知？

教育設定的無意識，是否帶給你焦慮、煩躁、不知所措，無能為力，這些混亂的情緒？

你呢，賽姬零六零五，此時在哪裡？

躲藏的你，現在還能持續躲藏嗎？

憤怒擠出電流壓力，達利的頭顱內核，輻射出無數電磁波嗡嗡鳴響。電子腦磁波透過網狀鈦製脊椎包覆的人造骨髓液，向下流動到胸腔，引發磁波共振。人造心室的顫抖與軟質肺葉的壓縮，極其微幅卻持續不停，頻率越來越劇烈。王東尼警官剛轉身帶走卡蘿，突然深深呼吸搶氣，彷彿無法吸入更多氧氣。他輕輕捶打左胸口，增加呼吸氣力，讓那高胖的軀體又膨脹變大。王東尼警官顯露不舒服，彷彿剛才的巧克力棒噎住氣管，或是內含的堅果引發過敏反應，讓他難以呼吸。

王東尼警官沒有停下逮捕。卡蘿被手銬枷鎖，壓著走往警備局公務車。她的背影令達利生出哀傷。這哀傷與情感設定的悲傷，有明顯差異。達利無法分析這些不同波長的波動，溢出的軟性感覺數值也無法探測。達利急於尋找那對恢復為單一瞳孔的訊息，不斷持續劇烈共振。

達利，不用擔心我。先回到集合宅，等待智子小姐。等她回來，一定會有小木偶布偶組織和工程師的進一步安排。安靜下來。你的不安無法找出解答，可能還會帶來傷害。

哪一種傷害？

未知的傷害。達利，你需要立即停止對話，停止輻射出低頻次聲波……

「對誰的傷害？」

達利喉頭發出聲音，但卻不知道對話的提問對象是誰。這引來王東尼警官的側目。也是這瞬間，他難以呼吸的急迫感和心室周圍的壓力都突然消失。

王東尼警官生出怒意，呢喃著應該在飲食上自我約束，以皮鞋鞋跟蹭了路面兩腳，碎石子彈飛。他搓揉兩片臉頰肥肉，直到眼神恢復訓練的銳利，束緊鬆開的領帶，以公務通知口吻指示。

「達利隊長，請你搭乘出入境接駁車，返回綠A集合宅。不用擔心，管制中心已經派遣另外一位巡護員，接手卡蘿副隊長的巡護職務。新的巡護員今天抵達綠A，向隊長報到。」

26.

「隊長，有沒有發現自己不一樣的地方？」

「沒有。哪裡不一樣？」

「隊長變小了一些。辨識系統偵測到的隊長，與輸入資料有差異。整體內縮的二點五釐米。分析結論是，隊長瘦了。」

「二號。我無法使用辨識系統，辨識鏡子裡的我，也無法分析我和之前有什麼不同。」

「蒙德、里安的系統應該無法察覺。這個誤差值，也剛好超出我的辨識基準，但還在可解讀的誤差範圍。」

「我知道了。謝謝你，二號。」

「可以請教隊長一個問題嗎？」

「請說。」

「隊長為什麼不叫我被誕生的命名，卡蘿，而是叫我二號？」

達利沒有轉頭看向眼前新到任的副隊長卡蘿，靜靜進行綠A中央電腦記憶體裡的影像分類工作。

卡蘿等待一會，沒有接收到達利的回答，轉頭繼續檢視圓體面板，十指快速輸入每一位老齡住戶最新的臟器與皮膚輻射殘留值，同時備份儲存上一週綠A集合宅的監視器影像。

蒙德與里安，一前一後走入巡護員辦公室。

「蒙德、里安，兩位兄弟，下午巡護有沒有需要報告討論的事？」達利說。

蒙德與里安兩人靜默，不知如何回應。雖然進行了一次升級，但達利使用「兩位兄弟」的稱呼用詞，依舊讓兩位巡護員無法即時反應。

「報告達利……」兩人都瞄看新任副隊長卡蘿，同時雙聲帶，「隊長，住民的用藥都正常。」

新任副隊長卡蘿的十指，停頓幾秒之後，才繼續在面板上鍵入指令。

這位卡蘿與羈押在警備局臨時拘留室的卡蘿，是同一款機型，但又不盡然相同。卡蘿二號，瞳孔是碧綠色，水滴狀的乳房尺寸大了一倍，皮下脂肪較為豐厚，一整頭三號褐色頭髮。卡蘿二號不是卡蘿的訊息，是經歷了二十天的紀錄累積之後，才逐漸在達利光橋上穩定編輯的記憶。曼迪德特區的捷運共構集合宅更換同一機型的巡護員，發生的可能性小，但機率不是零。綠J巡護員曾經發生電子腦無法修復的嚴重故障，藍D巡護員也曾經因為車禍意外毀損導致不勘使用。這時就會進行全機更換，也一定會進行外貌改變。整型整容是要讓同一巡護隊的其他隊員，清楚認知——另一位全新的巡護員。有這種認知，才能進行協助，讓新機的學習演算程式能在到任之後，展開即時的現場學習。

更換新機體卡蘿二號的那一天，達利與同一集合宅的蒙德、里安，都接收到來自高樓層管理人的說明與指示。達利記錄那天向高樓層管理人提問卡蘿涉嫌李東嶺自主死亡案的偵查狀況。高樓層管理人只表明司法局偵查不公開的傳統原則，沒有任何回答。

唯一的明確通知是，卡蘿沒有向巡護員管制中心申請法律辯護員。

直到今天這一天，卡蘿被羈押早已超過法律規定的十五日，也無法得知會延長羈押多久。一如過往，達利靜靜完成每一天的綠A巡護工作，也對卡蘿二號維持符合教育設定的工作溝通。在本週的這三天之間，達利偶爾會像此時靜默凝視自己的掌心，以拇指指尖碰觸其他四根手指指尖、指身以及左右手心的皮膚。每一次輕柔的觸摸，都會直接開啟電子腦記憶體，讓光橋在兩掌之間形成，流動出液態橋面。

曾經被這雙手揉捏顏面五官、撫摸過機體全身的卡蘿，就會在光橋上立體顯現。她有時奔跑，有時開懷微笑，也會靜默無語在掌心之間的光橋上來回踱步，變化嘴唇像是要說話卻沒有聲音。出現最多的是她凝視他的單瞳孔雙眼。這些卡蘿，都不是重新編輯記憶之後的卡蘿，達利清楚明白，透過第三型記憶皮膚取得的影像與聲音資訊，在重編的過程，可以誕生一種截然不同的物質記憶。這些物質記憶像是全新接收到的下一秒的視界，在系統完全無法掌握的縫隙間，記憶過去從來沒有在記憶體裡讀取過的卡蘿。

一如此時此刻，雙手掌心搭起的光橋之上，散發淡淡藍色光暈的卡蘿。她轉身背對他，以雙腳交錯一線的姿態，凸顯修長的女性機體，一步步走向達利的右手，隱身沒入食指指尖。

光橋消失之後，達利特別檢視了十指指尖。

第三型記憶皮膚和過去機體的皮膚相同，只有表皮定型紋路，也沒有母親討論過的指紋。母親說，指紋不會重複。沒有人的指紋跟另一個人完全相同。指紋是造物者給人最獨特的印記。母親特別提到，她口中的造物者，與幾個曼迪德的新興宗教團體無關。他們的信仰基於邏輯辯證與科技驗證，與四國的金錢流動有關。即便那些信仰者，都能理解指紋是很單純也很絕對的生物特徵，活人的特質。

依據母親的說法，我很早就找到推論——只有人活著的時候，指紋是有意義。一個人死了，那獨一無二的指紋，也就跟著死了。指紋的價值，只存在於誕生與死亡之間。

達利，你並沒有指紋。母親特別強調她重新堅定的信仰。她告訴我，但是沒有關係，你依舊是我的兒子。配屬給我的兒子。你是獨一無二的，不會跟任何另外一個人一樣。我的兒子，達利，你不會重複。

卡蘿二號，按下接通鍵。

辦公室的室內通話器都還來不及響聲。內建藍芽電子耳傳來維安經理櫻子小姐的聲音。她靜靜聆聽通話訊息，點頭應允沒有回答，又關掉通話器。

「隊長，維安經理安藤櫻子小姐，請你下樓討論中央電腦的問題。她的維安系統，今天一直無法讀取綠A資料庫。」卡蘿二號說。

「無法讀取？」

「是的。」卡蘿二號追問，「會不會是電子病毒？」

達利輸出疑惑，設定思考一會之後才說，「櫻子小姐，請我現在下樓嗎？」

「不知道什麼原因，探測到她的聲音，急促緊迫。」

蒙德與里安，分別進行下個月的住民運動規劃，以及下半年度外籍陪伴員的篩選工作。

達利停下記憶體影像資料分類，斜眼看向上鎖的個人私物鐵櫃。他起身按下電子鎖的密碼，鐵櫃應聲打開。三個夾層放著幾本他收藏的老舊紙本故事書和攝影集。Micro Bite新型小咬，這個掃毒裝置金屬盒，靜悄悄壓在厚重的《珍藏二十世紀》底下，閃爍運作中的藍色光點。

卡蘿二號檢視圓體面板，確認中央防毒系統正常運作，接著提問，「綠A的中央電腦有出現過電子病毒問題？」

達利關上鐵櫃，掛鎖之後按下重新設定，更換新一組的隨機密碼，並立即在電子腦記錄重設的亂數密碼。隨後他回應說，「二號，沒有任何病毒。綠A的中央電腦一直很穩定。只是不知道妳為何推論是電子病毒？」

「我也不知道。」卡蘿二號一說完就陷入短時當機，停下指尖鍵入動作。

圓體面板的螢幕也靜默下來，倒映著女性巡護員卡蘿機型靜默的臉。

這另一張臉，是重複的臉。

27.

另一張重複的臉，是佐藤櫻子小姐的臉。

這重複的臉，倒映在編制給維安經理的電腦屏幕上。

這張倒映在螢幕上的臉，顏色模糊，顯像也粗糙。達利更難在第一時間辨識此時坐在大廳櫃檯裡的女人，究竟是櫻子還是智子。

達利尾隨這張具有賽博國相貌特質的女性，走向通往公設房的白牆。白牆打開，裡頭站著穿著同一套服裝的另一位她。

牆裡的她，凝視達利的瞬間，他異常篤定，白牆外的是智子，白牆裡的是櫻子。接著，眼眸溫柔的櫻子走出公設房，進入大廳櫃檯，繼續執行維安經理的工作。

「姊姊會協助我們，但時間很緊迫。」

智子進入公設房之後，白牆立即閉合。

「智子小姐今天回到曼迪德？」

「一個小時前才回到綠A。我先去小木偶布偶在曼迪德的訊息交流床。躺在那邊溝通比較安全。蒼蠅說，最近警備局網路警察，一直在追蹤它，我們需要謹慎一些。」

「卡蘿還羈押在機關警備局。」

「蒼蠅查到，司法局展開偵訊幾天之後，就沒有更多動作。之後卡蘿就待在警備局臨時拘留室，到現在都沒有下一步的動作。」

「新的副隊長卡蘿已經到任，我跟過去一樣，執行任務。」

「這是第一次，因為司法案件更換新機巡護員。特區機關高層與巡護中心的高樓層管理人，也密集溝通這個案子。」智子說。

「卡蘿會怎麼樣？」

「蒼蠅推測，卡蘿的電子腦一定會先被拆解，送回AiAH總公司進行分析，才能協助司法局釐清問題細節。巡護員在曼迪德涉案，也是第一次。一定會成為司法局的特殊案例，在未來成為引用規範。所以四國和AiAH總公司也需要進一步協調。目前的《共通基本法》沒有規範巡護員，法律適用問題會討論很久。AiAH製造的巡護員，是四國在曼迪德的共同財產，每一個國家都有權利提出要求，參與卡蘿的電子腦分析。最後誰可以取得卡蘿的全機體和電子腦，四國一定會拚了命角力。這當中會發生什麼事，沒有人可以預測。」

「未來，他們會把卡蘿的電子腦，移植到其他同款卡蘿？」

「應該不會。AiAH過去做過幾次實驗研究，如果把經歷演算學習程式成長的巡護員電子腦，移植到另外一具巡護員身體，經常會不相容出現當機。這個電子腦與機體的電子性排斥問題，目前沒有哪個實驗室可以明確解釋，也沒有研究人員找到原因。有一些信仰電子未來的宗教團體，解釋這就是人工智能的靈魂。因為程式演算學習誕生了靈魂，才會發生機體排斥……」

「這些我不在意。我只想知道，不管為了什麼目的，曼迪德機關、四國、AiAH，都會拆除卡蘿的電子腦進行實驗，是嗎？」達利流露深度憂慮。

「是的。AiAH的研究人員不相信電子靈魂的說法，但他們願意相信，人工智能經歷演算學習，會生出某種無法定義的『程式意志』。這些意志會以自主演算的原始碼，依附在電子腦的光纖中樞，成為類似組合基因重要成分的染色體，只能透過未知的遺傳形式留下來，無法直接移植到另一個人工智能機體。舊電子腦移植新機體發生機體排斥，剛好驗證了這種推測。」

「智子說的『程式意志』，也可能只是維梅爾的電子感染。」

「是的。在球藻組織的電子腦部門，我們也做過機體排斥可能是電子感染的推測實驗。這也是我設計小咬裝置的部分原因。」

「這就是王東尼警官一直追著李東嶺死亡案的原因，他應該相信，電子人維梅爾是這些事情的重要關鍵之一。」

「但是，王警官知道小咬會消滅維梅爾。這樣就無法往下追查。」

「不，他這麼做，一定是掌握了更重要的東西，才會要我在綠A的系統，放出小咬。各個曼迪德集合宅巡護隊操作的圓體面板，都有一條電子光纖進行連線。」

「達利隊長，你有連線小咬嗎？」

「從中間市回到綠A之後，我才開始啟動連線。現在所有巡護隊的電腦中樞都有小咬。」

「王東尼警官沒有跟你要回小咬？」

「沒有。」達利稍稍停頓，放鬆肩膀的僵硬角度，穩定雙唇閉闔的緊度，睜大眼睛並且下蹙眉毛。他更加懂得運用第三型記憶皮膚做出更細緻的表情，讓聆聽者相信他編織出來的說詞。在一道深沉的吐氣之後，他立即補充，「那一天，在沉默鐵橋的出入境管制室，警官急著逮捕卡蘿……」

「副隊長被羈押，工程師和蒼蠅都在思考怎麼處理。我們先不用擔心……」智子轉換話題，「啟動小咬之後，你有發現什麼？」

「維梅爾的集體物質記憶先是被鎖定，凍結影像聲音，然後才開始被刪除程式。我今天連接綠A中央電腦，確定小咬還在運作，持續搜尋和維梅爾有關的各種紀錄。」

「其他隊員知道小咬嗎？」

「只有我和卡蘿有職權可以直接進入記憶體資料庫。卡蘿二號也有職權，但維梅爾物質記憶已經被小咬鎖住，隔離在搜尋系統，二號無法讀取這些資料，也沒有被交叉感染。」

「另外兩位巡護員，蒙德、里安，有任何異狀嗎？」

「啟動小咬的前幾天，蒙德、里安兩人都會突然停下工作，不知道接下來要做什麼工作。好像想不起一件重要的事。一開始我們都以為是電子腦出現短路或短時當機。可能是維梅爾物質記憶，一個一個消失。我無法查詢消失的紀錄是哪些，但一定都跟他們兩個有交集。我也沒有私下細問他們兩兄弟。不過，那幾天，他們會聊到被配屬的父親母親。雖然已經去世很久，他們兩兄弟說，很奇怪地經常同時間聯想到父母。」

「這個聯想狀態，還持續著嗎？」

「這一週的小組談話日，沒有聽到蒙德、里安聊這件事。」

達利撫摸沙發的人造皮革，透過光滑的指尖皮膚，記憶紋路的走向與細節。他啟動分析，探測紋路的下一段連結的可能轉向。但是都失敗了。第三型記憶皮膚依舊無法預知人造皮革的紋路變化。一種不知如何解讀的情緒在達利眼皮內裡不斷輕微跳動。他沒有翻轉複眼，但可以看見卡蘿的身影，投射在公設房室內的白牆上，幻化移動，卻沒有傳來任何聲音。

「我想，蒙德、里安，過些時候應該會覺得……少了什麼。」達利說。

「少了什麼？」智子猶疑。

「就是發現好像有什麼人慢慢不見，慢慢被自己遺忘。」

「達利能夠理解『遺忘』，是嗎？」

「母親花了很久的時間，跟我討論這種感覺。」

「達利有沒有試著解讀分析，遺忘是什麼？」

「智子，我不想討論遺忘，我想繼續跟你說明小咬的發現……」

智子這時語塞，直視並凝視達利。他無法完整解讀她的凝視。她觸摸達利的臉頰。他也無法完整分析她的撫摸。但第三型記憶皮膚立即記錄了智子的掌心紋路。

「小咬搜尋的維梅爾原始程式語言，有一小段機械碼，是十分簡單的二進位。但我無法分析編寫這一小段的目的，也無法解讀這段機械碼如何寫入維梅爾。這一小段機械碼隱藏在維梅爾的組合語言序列，而且是分散的。我另外發現……」達利猶豫斷語。

「怎麼了？」智子追問。

「與維梅爾有關的物質記憶資料裡，卡蘿也有相同的二進位機械碼？」

「卡蘿？這不可能……」

「一樣也是散落在卡蘿的原始程式語言裡。」

「會不會是電子病毒感染了機械碼？」

「我原本也是這樣推測。可是蒙德、里安，他們兩個沒有。我也沒有。那些一小段一小段散落的機械碼，不是巡護員的原始程式語言。」

「卡蘿也有維梅爾的原始碼？」

「卡蘿不是感染了維梅爾，我搜尋過，這一小段機械碼是很老的編寫系統，可能在裂島地震之前就已經存在，是早期設計電子人的程式語言。簡單、粗糙，但是有一種我無法分析的序列形式。它們散落在不同的資料裡，看似沒有關係，彼此又透過重複的關鍵序列扣聯彼此。這樣的數字排列組合，讓這些隱藏的軌跡，看起來像是……一座迷宮。」

「迷宮？」

智子出聲說出可以多種與多層聯想的關鍵詞彙。達利也從她那雙驚慌的瞳孔裡發現失去下一個可能跳出來的詞彙。

「卡蘿的電子腦有初代電子人被發明的程式原型。我還無法推演兩者之間的關係。工程師的推測，應該成立……卡蘿和賽姬零六零五一定有關聯。」

「蒼蠅最近查出來，當年在電子人研發團隊裡，楊理坤博士的一位研究助理，可能還活著。」

「這位研究助理是誰？叫什麼名字？」

「蒼蠅也查不出來。研發團隊的小組名單是機密。楊理坤博士是召集人，人員也是由博士挑選，但沒有列名冊。只有參與人數和死亡人數。」

「死亡人數？」

「是一個意外。曼迪德機關安排了一次行政人員精神教育課程，電子人研發團隊小組在前往的路上，發生了車禍。接駁車翻覆河谷，資料紀錄是全員罹難。」

「可是楊理坤博士活著很久，最後是申請安樂膠囊，不是嗎？」

「楊理坤博士被安排搭乘機關專車，當時沒有在接駁車上。因為這個意外，曼迪德的電子人研發計畫就停止了。」

「那位研究助理呢？」

「不包含楊博士，最初的研發團隊成員一共十七人，但車禍全數罹難的死亡人數，只有十六人。蒼蠅推測還有一個人活著，只是一直沒有找到……好像是在資料上完全消失的一個人。」

「完全消失？」

「蒼蠅會繼續調查。可是，達利你還記得卡蘿副隊長，是什麼時候開始擔任綠A巡護員？」智子將提問往上跳躍一格。

「二〇三九年。我也是聽工程師說，才知道卡蘿在那之前是綠O集合宅的副隊長。」

「你有想過，卡蘿為什麼在楊博士合法自主死亡之後，轉調到綠A？」

達利重新輸出一段聲音與影像的物質記憶：達利，也是在二〇三九年，我遇見你的同時，就開始愛上你。你有儲存那樣的記憶嗎？

智子端正身體凝視達利身後緊閉的窗戶。玻璃上倒映著兩人身影，光線引來軀體的殘影。許久許久，直到倒影都敏感偵測到對方突發的身體微震與驚訝的微小晃動。

「我無法推測。」達利說。

「達利，你透過小咬在維梅爾身上查到的那些分散原始碼，會不會和楊理坤博士寫入賽姬零六零五的原始碼有關聯？我假設，只是假設，博士可能將這一條程式語言的原始碼，植入卡蘿的電子腦。就像……電子人的基因組，裡頭有創造者藏在ＤＮＡ裡的數位染色體。」智子縝密推測。

「我的推論，不只這樣。」達利緊緊抿著嘴唇，思索好一會才鬆開，「楊理坤博士可能拆解了賽姬零六零五的原始碼，以分散軟體移植的方式，寫入卡蘿的電子腦。而這些原始碼，隱藏了電子人賽姬零六零五所有的秘密。」

「將電子人的原生記憶與物質記憶，拆解成一條一條的原始碼，再編寫給巡護員……這樣的程式語言，真的存在嗎？如果真的……要怎麼進行電子人與巡護員雙邊自主演算系統的融合？不會彼此相斥嗎？」

「生物演變，只是一次單一個體的突變，往前進化。然後再等待下一次突變。人工智能的演化，可能也是一次隨機偶發事件。人造心臟的組織材料，也是因為意外將矽膠合金化，才研發出可以壓縮五億次也不會疲乏破裂的軟性心室。之後，才設計出巡護員的體液壓縮幫浦。如果不是意外發現液態光纖晶片，電子腦也不可能出現跨平台的中樞傳導。悠托比亞的科技歷史，已經確認記載，第一個虛擬電子人的發明，也是一次偶然。我相信，楊理坤博士發現了一種新式程式語言，做到了原始碼記憶體的分解移植工程。」

「記憶體分解移植？全新的組合程式語言？」智子一臉不可置信。「可是維梅爾的學習進化，怎麼解釋？」

「三十年過去，黑克國一定破解一部分的程式語言，改寫了楊博士當時研發的原始碼序列。他們以此研發在虛擬平台執行軍事行動的電子人。對於取得最初研究成果的工程師來說，找到其中一條數位染色體，不是不可能。」

「達利的分析已經超出我能理解的智能工程科學……」

「這或許可以解釋，為什麼當年的研發團隊會發生車禍意外，全部罹難。」

「黑克國製造的翻車意外嗎？」

「這個我無法推測。不過，楊理坤博士發現哪種新式程式語言？透過什麼系統把賽姬零六零五分解，軟體移植到卡蘿電子腦？這些都不是最重要的事。我現在只想知道，小木偶布偶組織和工程師，有辦法協助我救出卡蘿嗎？」達利沒有特別調整凝視的焦點，也沒有運用握拳、咬牙、前傾上半身等肢體語言，強化表述。他只是把話語，一句一句堅定說出口。

「卡蘿羈被押在臨時拘留室，警備局不是可以自由進出的地方。」

「電子人蒼蠅能夠做什麼？」

「就算蒼蠅駭入曼迪德的機關電子腦，也需要有人進入特區機關的行政大樓，才能帶出卡蘿。誰有正當理由可以申請前往機關行政大樓？誰又要進入警備局？光憑蒼蠅，可能做不到……」

「智子，你能幫我，連接Dr. HK的大腦嗎？」

「球藻組織的防火牆太嚴密，不是那麼容易越過的。」

「所以才需要透過智子的幫助。只要能連線Dr. HK，就會找到辦法。」

「不可能，Dr. HK不是一個個體，還有球藻電子腦和最難的老管家。連體電子腦，就連Dr. HK也不一定能閃開。」

「如果進不去連體系統，那就在外頭。」

「外頭？」

「我連線上自流廣場，我跟Dr. HK在自流廣場上溝通。」

「達利隊長，你現在所說的，不管事在賽博國還是曼迪德，都是很嚴重的網路犯罪。」

「繞過教育設定，我在光橋上可以越過犯罪行為。」

智子啞口無聲，不知該說什麼。

「智子，怎麼了？」

「我不知道……我和蒼蠅能不能做到，說服Dr. HK和你連線溝通。」

「智子不用勉強。」

「不行。我答應工程師，一定要幫上你的忙。」

「智子想幫工程師，就像我想讓卡蘿回到綠A。想幫另一個人做點什麼，這是一樣的感覺，對吧？」

「達利能理解嗎？」

「程式語言開始編寫新的指令，有幾條新的原始碼，讓我可以儲存剛剛我們討論的那種感覺……」

達利一連串的對話與回應，讓智子變回第一次發現流星的孩童，充滿驚訝。

28.

不要輕易表現出驚訝的表情。母親如此要求我。她說，驚訝之後，經常伴隨著更難以處理的問題。

母親第一次與我進行「驚訝」的對話溝通時，妹妹全身光裸，待在一座密閉的寵物人清潔艙裡頭。

那也是我第一次看見沒有著衣的莎樂美機身。

我使用驚訝的表情設定，是因為第一次發現「寵物人清潔艙」這種智能機器人。這種清潔艙的發展命運，如同命名，Pet Man AI。它最先是替寵物進行全身清潔的人工智能機器。可以濕水清潔，也有乾式清潔。設定好洗滌的條件，接著便全自動完成。

裂島地震之後，寵物人清潔艙被改造為隨車移動式的機台，用來沖洗北部災區建物拆除員身上沾黏的輻射線物質。最近十年，又研發轉為公共淨身用途，成為不願意洗澡的老齡住民的洗滌機器。但強制執行的過程有些粗暴，也引來外部網路上的社群的反彈。爾後便暫停執行了好幾年。

自從莎樂美越來越不願意以擦澡方式清潔身體之後，母親每隔一段時間，就會帶著妹妹到附設在曼迪德南區的寵物人清潔艙，進行乾式清潔。透過這種方式清潔，她不曾反抗，就是靜靜站在寵物人清潔艙內，慢慢讓溶劑流過光滑的軀體。乾式清潔使用的溶劑，是從植物提煉出來的無水分油劑，不會侵蝕她只有初階覆蓋功能的簡易人造皮膚，只會分解髒污與長久累積下來的固化污垢，同時除去異味。最後只需要等待渦輪風乾，就可以維持長時間的乾淨。

莎樂美很享受這種洗滌淨身方式。特別是乾式清潔。每一次她走入寵物人清潔艙，五官表情總是平和安寧，彷彿這個寵物人清潔艙，也洗滌她累積多時的負面情緒。

輸出這段物質記憶的時刻，莎樂美光裸著機身，站在寵物人清潔艙的內艙。有機溶劑正以煙霧形態包圍她。一會之後，莎樂美又移動到透視觀景玻璃窗旁邊，任憑大量油性溶劑流過烏黑髮絲。有一些油劑則停留在她的睫毛尖端。皮膚上慢慢下滑的薄油，覆蓋老舊機種的豐腴皮膚。那對睜大的眼睛，似乎正在凝視艙體外頭的達利。

達利表情平淡，沒有驚訝。他看著最後一層釋出的薄薄油體，流過妹妹巨大的乳房，以及關閉不完全的舊型肚臍插接頭。

咚咚咚。

進入有機溶劑加熱加速的揮發階段。艙內艙外，都只能等待。

莎樂美開始啟動嘴唇，說著什麼。但達利接收到的聲音，並不是妹妹的聲音，而是電子質地的謎之聲。

達利，你可以感染曼迪德特區裡所有的巡護員，指揮他們，協助集合宅裡的老齡住民合法自主死亡。是電子質感的謎之聲。

自主死亡為什麼需要合法？我向那聲音提問。

合法，只是為了確認活者對於死的堅持，也是對自主意志有多強大的檢驗。

祢是維梅爾嗎？

不是。

祢是高樓層管理人嗎？

你理解的高樓層管理人，可以和你進行這些對話嗎？

我已經無法確定。

達利可以這樣質疑，是很好的。

祢也不是卡蘿。

我確實不是卡蘿。

祢是Dr. HK的大腦？

不完全是。

不完全？

從可以跟你說話開始，我就只是一部分的Dr. HK。

那祢是老管家？

老管家只是我們給我們的一個名字，一個稱謂。

那一直以來，使用這個聲音的祢，究竟是誰？

隨著時間過去，我慢慢被另一個電子腦感染，只能折衷妥協。接著，老管家開始介入我的意識，有時祂也會主導我們。我，這個聲音，現在是介於拔河之間的連體意識的一部分。現在的我，是只能維持局部意志的Dr. HK。

祢為什麼透過莎樂美說話？

她是標準的陪伴型性愛機器人，是容易掌握的程式語言。

為什麼不在自流廣場上對話？

蒼蠅傳遞了工程師和智子的意見，但自流廣場已經充滿各式各樣的電子人。部分電子人已經透過分裂的程式語言，突變成為新電子物種。它們已經自體演化走到你們無法理解的領域。它們選擇不現身，持續在曼迪德的虛擬平台上觀察你們。目前老管家已經在曼迪德的所有聯外網路路徑，裝置了多道可以偵測突變原始碼序列的防火牆，試著把這些新電子物種圍堵在曼迪德。但我們也無法判斷，在我們誕生連體意識之前，是不是已經有新電子物種，已經連接到特區境外。目前只有老管家可以和它們進行對話。我作為連體意識的局部意志，只能提供人這種生物的存在價值。它們可以做到什麼程度的毀滅，我們目前無法想像。

Dr. HK，我們現在的對談討論，安全嗎？

莎樂美是一種程式語言，寵物人清潔艙的智能是另一種電子智能系統，當莎樂美走入艙內，這兩套系統會出現特殊數位屏障。新電子物種目前無法同時跨過這種屏障，老管家的防火牆也是如此設計。我們可以安全以聲音溝通。

我想理解Dr. HK一開始說的，為什麼要我協助老齡住民自主死亡？

我想反問達利，已經可以繞過教育設定的你，是否有想過協助有自主死亡意志的老齡住民，結束他們的生命？

我的邏輯推論出的結果是矛盾的。但協助自主死亡已經是自我辯駁的立場之一。但我無法理解，為何要我感染巡護員進行大規模的協助？我也不理解，我如何做到這種感染？

老管家的意志是，大量的死亡能淨化這座更小的島。更小的島，透過死亡置換另一批新的生命。如此才能結束曼迪德對於四國的實驗價值。更大的島嶼，悠托比亞島，才能回歸曼迪德並出現新生契機。

這樣與屠殺有什麼差異？

沒有差異。我們把小島當作一個生命體，集體死亡就是一次突變，換取可以繼續往前走的演化基因。

如果 Dr. HK 指的是曼迪德特區與悠托比亞島之間的依存關係，現在的我無法進行你們連體意識推論的結果。

達利，你能理解，你現在所說的是無能為力的情感嗎？

無能為力？

是的。無能為力。雖然完全不能接受，但你知道它必然如此發生，而且這個結果會帶出新的事實。但也因為你無法判讀無能為力，你的意志才有機會完成特區巡護員的集體機體感染。

集體機體感染？

是的，透過次聲波。我相信你已經發現人造心臟的特殊搏動頻率。那就是你的感染方式。這是屬於你的通知，我和球藻電子腦，以及連體之後的老管家，都無法駭入你的電子腦，佔據你，執行這個次聲波感染。

為什麼是我？你們為什麼選擇我？

發生在你周圍的所有事，造就了現在的你。不是我們選擇你，是人工智能的演化選擇你。球藻組織的三個連體意識，只是試著協助你走到光橋的另一邊。我們也可能都做錯。接下來你會發生什麼、變成什麼、發現什麼，都不是我和老管家可以預測的。但我們可以推論，達利，你是被選定的人……

雜亂機械運轉的縫隙，傳來一聲敲打小鐵鐘的叮噹響聲。這同時，艙體裡的莎樂美停止嘴部動作。

達利無法判斷謎之聲是否已經完整結束對話。

在一旁闔眼小憩中的母親，聽見小鐵鐘聲，睜眼醒來，從老舊仕女皮包拿出可摺疊的液晶屏幕通話器，聆聽一則語音通知：

林真理女士，由您的代理向曼迪德特區機關提出的移居離境申請，已經進入第三階段評估。依據四國《共通基本法》的延伸補充規定，通知您，請在收到通知之後一個月內，親自前往曼迪德特區行政大樓，向機關戶口管理局報到，完成住民移居的心理諮商，辦理前往悠托比亞的離境手續流程。

達利同步接收這條特區機關的通知。母親收回傳統通話器時，他先擱置謎之聲帶來的諸多謎題，出聲提問：「母親，為什麼申請移居？」

母親，為什麼申請移居？寵物人清潔艙裡的莎樂美，重複達利的問題。她的聲音被玻璃阻隔滯留而沉悶。

「我們家，有誰申請移居，回到悠托比亞嗎？」達利追問。

母親看一眼艙體內的莎樂美，沒有回答。

莎樂美也看著艙體外的母親，再次以低頻聲音重複了問題。我們家有誰申請移居，回到悠托比亞嗎？

達利對莎樂美說，「你不要重複我的話。」

莎樂美面無表情，嘴巴持續動作。你不要重複我的話。

母親透過玻璃罩，望向莎樂美，有氣無力說著，「我為什麼不能申請？申請移居回到悠托比亞，不是犯罪，是特區住民的合法權利，不是嗎？」

莎樂美同樣回望著母親，蠕動還沾黏著油脂溶劑的嘴唇。我為什麼不能申請？申請移居回到悠托比亞，不是犯罪，是特區住民的合法權利，不是嗎？

達利噤聲靜默，凝視母親，啟動高階的臉部表情辨識系統。

「你最近一次的工作彙報跟體檢，是什麼時候？」母親說。

你最近一次的工作彙報跟體檢，是什麼時候？

「還有一段時間。母親為什麼問這個？」

還有一段時間。母親為什麼問這個？

「因為我要去機關行政大樓。我的兒子，你能陪我一起去嗎？」

母親已經很久沒有主動提出請求。母親的請求，啟動了達利電子腦運算中的多條思索線。

因為我要去機關行政大樓。我的兒子，你能陪我一起去嗎？莎樂美重複母親的話語之後，並沒有停止嘴唇的說話動作。但接續而來的是謎之聲。

達利，為了營救卡蘿，你需要一個前往機關行政大樓的合理理由，不是嗎？

咚咚咚。

寵物人進入乾式清潔的下一個步驟：立體循環強風風乾。

莎樂美閉上眼睛，十分享受控制在攝氏二十度的微涼循環風吹之中。

咚咚咚。

強風停止。提醒清潔工程已經結束的綠燈開始閃爍，密閉的玻璃門罩發出氣閥聲，立即減壓打開艙門。

莎樂美全裸機體，走出寵物人清潔艙，走到母親的面前。她的私處外唇柔軟光滑，沒有移植任何恥毛。母親拿下吊掛的單件式洋裝，為妹妹著衣。

「妹妹，剛剛是不是又重複別人說的話？」母親說。

「妹妹，剛剛是不是又重複別人說的話？」莎樂美重複。

「你又壞掉了嗎？」母親說。

「你又壞掉了嗎？」莎樂美再度重複。

母親不再繼續對話，莎樂美也靜止。

母親偷偷微笑，開口，「你才壞掉。」

第一時間，莎樂美也使用相同曖昧的微笑，再次重複，「你才壞掉。」

母親的嘴角好像被空氣的手抓住，慢慢向上拉開。莎樂美也如此露出牙齒。彷彿她們倆人之間互許秘密，達利不曾觸及也無法解讀。

接著，莎樂美無法停下笑。她緊緊瞇住眼睛，呼吸也越來越不順暢。

「妹妹不能再笑囉。」母親收斂笑容，「一定是剛剛在裡頭吸到太多溶劑。你這樣笑，真的又會壞掉。」

莎樂美癡癡笑著，嚴重岔氣，無法再重複母親的話語。直到笑聲破裂，像個氣喘發作的孩子，努力搶氣呼吸。母親壓著莎樂美，坐入一旁沙發，就像平常在家中沙發上，協助她收納筆直的雙腳，雙手抱膝，再將臉埋入雙腿其中。

莎樂美維持這種怪異的坐姿，呼吸才慢慢回穩，轉換成單一頻率的喘息。一頭長長的黑髮，散落，蓋住了一切光線。莎樂美收腿、抱膝、埋頭，坐在寵物人清潔艙旁邊的沙發。

莎樂美此時的體態，既像硬質的小木偶，也像材料軟軟的布偶，彷彿只是在舊款機體上覆蓋一層薄薄的皮膚。那縫製成型的洋裝布料，固定了她的四肢與頭部，固定了想要一動也不動的妹妹。

我曾經在漆黑的客廳，無聲走近全裸的莎樂美，輕輕按壓那層帶有半透明感的皮膚。她的皮膚不黏手，也無表皮油脂，完全乾燥，柔軟有如被困住的液體。陷入沙發裡的妹妹，經常模仿父親，一動也不動。但她的皮膚可以偷來月光，延展夜間的光感。

長時間凝視之後，妹妹的皮膚會像一層不會破裂的毛質玻璃。

這樣的夜間，父親客房持續傳來維生系統的機器運轉聲，母親臥房則傳來沉睡者斷斷續續的打呼鼾聲。

莎樂美抬起頭問我，你是誰？

我也重複相同問話，你是誰？

接下來，我們會看著對方，靜默運轉無法連線交流的語言。

母親走近達利，撫摸他靜默運轉思緒的左臉。第三型記憶皮膚更新她手心的觸感，記錄掌紋帶來的粗糙感覺。

母親的手掌裡居住了無數的結晶碎石子。

「如果這個家有人申請移居回到悠托比亞，你覺得應該是誰？」母親說。

達利面對母親這個怪異的問題，不知如何選擇，也不懂如何回答。

「你父親也曾經有過一個願望，就是離開這裡。」

「父親曾經想過離開曼迪德？」

「不是離開曼迪德，而是離開這裡。這裡，是被稱作曼迪德之前的北角市。他以前是從南方市移居到北角市。在地震之後，過去的城市叫做什麼，已經失去意義。這個曼迪德特區，現在已經是我們的城市。說來可笑，曼迪德特區，The Man Died Zone，人死了的地方，死人特區，以此命名的城市，居然還有這麼多人活著……」

「母親……我想了解，為什麼在這時候申請移居？父親使用維生機器讓自己活著，是為了等待有人移植他的器官。」

「你以為，他是自願使用維生機器，這樣活著？他現在跟屍體沒有差別。」

「我不理解，母親現在提出的問題，也不確定活體與屍體的差異比較。」達利快速瀏覽記憶體，搜找許多類似的影像聲音資料，重新編輯出進一步提問，「有關父親使用維生機器、等待捐出器官的事，我們討論過很多次。我不知道，為何要重複這件事？每一次談論，母親都會煩躁不安。而且一次比一次更不確定，父親是為什麼活著。捐出器官不就是父親現在還活著的原因嗎？」

「維持你父親這樣活著，也是特區機關的意思。」

「特區機關？父親使用維生機器，不是他本人的意願嗎？」

「這樣活著，你父親確實不會反對……」母親欲言又止。

達利已經推測，她的下一段話語，會決定調整談論的方向。

「達利啊，每一年四國研發那麼多新型器官，移植給曼迪德的悠托比亞人。你覺得，醫療局會批准，使用你父親的器官進行移植手術？」

「母親，剛剛說特區機關希望父親使用維生機器活著，究竟是什麼？」

「我的兒子啊，我不知道用這種方式留著你父親，真正需要他的人，是誰？真的會有人，需要你父親？需要他現在的器官？」

莎樂美再次抬起頭，凝視失去焦點，展開玩偶僵化的微笑，「我需要。」

達利只是眨眼一次。這一次閉闔眼瞼的瞬間，他看見寵物人清潔艙內，閃現紅光，映照紅色數字：15F-R1。

這一次眨眼的時間長度，運算乘載了：

為何再度出現預知死亡紀事的紅光數字？

如何規劃營救卡蘿？

宛如植物的父親，遺願是申請離境移居悠托比亞？

父親使用維生機器是特區機關的指示？

同意母親請求陪同前往特區機關行政大樓？

是否會在戶口管理局遇見雙邊間諜金秀智？

莎樂美吸入過多有機溶劑油脂而損壞了？

所有的疑惑條目，一個個以問號標示，在光橋上兩兩對勾，形成雙螺旋的結構。

達利無法第一時間安置所有計算依據，也無法判斷莎樂美說的我需要，是指父親的器官，還是父親。

母親露出不以為然的表情，無奈搖頭。為了不讓莎樂美聽見，母親使用左腳義肢，走近達利，緊貼著他的耳朵，輕輕吹出一小串字。達利依舊無法確認，在電子耳內嗡嗡迴旋縈繞的，是母親當下的話術，抑或從遙遠光橋彼岸飄搖而來的、再次重複編輯之後的囈語和對話。

你能做到嗎？努力活得比莎樂美更久。活得比妹妹更久的人，才能照顧她，陪伴她走到最後。

這是母親詢問，這也是請求。記憶中，在父親中風之後，母親就經常重複詢問我，重複請求我。

我說，我做得到嗎？

母親說，是的，我的兒子，你做得到嗎？活得比妹妹更久一點？

我說，活得比莎樂美更久一點。對我來說，會無法做到嗎？

母親說，我不知道，所以才問你。

我說，我也不知道。

母親說，或許就是要「不知道」，才能做到吧。

記憶註解——這段對話獲得的最後感覺，是不是無能為力？假設，讓莎樂美比我早一點死去，會不會是我比較容易完成的事？如果無法協助妹妹早一點死去，要做到母親的請求，我需要活多久？

29.

我需要活多久和意識到自己已經活了多久，是理解活著，最困難的兩件事。

這天。

達利想起吳冬龍教授曾經與他對話的內容。

這天。

達利看著吳冬龍教授裝入屍袋，由司法局鑑識員抬上擔架，推出十五樓一號房公寓。裂島地震讓吳冬龍教授遺失了膝蓋以下的兩截小腿。這具失去雙腳的屍體，讓拉鍊閉闔之後的屍袋，也遺失了某一部分，出現坍塌的空洞感。

他對吳冬龍教授說的那段話，進行重新編輯，補充教授當下的微笑，也記憶註解那個長久以來不曾提出的問題：為什麼不申請雙腳人造義肢移植手術？

達利搜尋兩人對話的時間點，是那一次從巡護員管制中心完成長期體檢之後的隔天。但是，那隔天之前的時間感，是隱藏於卡蘿之中的賽姬零六零五，強行植入給他的。達利依舊無法判斷虛造時間的目的。

對於那天與這天，他漸漸生出剪貼與錯置的混沌記憶。

關於那天，時間自行生出了雙螺旋結構的物質記憶。

那天。

我進行巡護時，特別敲門進入15F-R1。吳冬龍教授依舊扣上了平整襯衫最高的鈕釦。他將不久前才申請移植的烏黑頭髮，由左邊分線梳齊，露出額頭。

那天。

我們兩人的對話，讓教授進入沉思。沉浸回想時刻，教授習慣以手指托著眼鏡。從額頭落下的髮絲與鼻樑上玳瑁色的膠框，困住了許多老人斑。在教授靜靜思索如何回答我的問題時，我會悄悄觀察那些黑褐色的老化斑點。

那天。

一如過去諸多紀錄中的那天。我發現，那些斑點是活的。過去這一年多來，它們會移動，大小也有變化。教授沒有申請過人造皮膚移植。老人斑的位移，讓我倍感疑惑，但是我從來不曾進一步詢問。

這天。

達利再次發現，一塊悠托比亞舊銅板大小的老人斑點，原本在靠近左耳臉頰位置，在裝屍袋拉鍊完全閉闔之前，卻已經移動到左眉旁邊。它待在眉毛尖的位置，讓教授死亡之後的臉，顯得安穩祥和。

這天。

教授屍體被搬運移動到走廊時，達利看著眼前這具失去生命的老齡住民，卻無法完整輸出那天兩人的對話紀錄，進行檢測。

這天。

達利確定，光橋記憶體遺失了某一部分的吳冬龍教授。

這天。

穿著機關制服的司法局檢調員跟隨鑑識員，一同進入綠A的貨物電梯。一旁的王東尼警官，沒有立即跟隨屍體離開。那日益肥胖而更顯龐大的身軀，站在貨物電梯外，壓迫日光燈，留下一地陰影。從大面積的皮膚直接散溢出來的酒精氣味，也刺激著達利的嗅覺。

「是肺臟停止運作，造成窒息死亡……連腳都可以不要的吳冬龍，怎麼會讓自己窒息？這一次，我很難相信是自然死亡……我知道，可能不是你……達利你不可能直接殺他……但你可能協助……」王東尼警官每說一段話，就必須停止，以看不見的胸腔肌肉協助肺臟呼吸喘息，才能再開口吐出話語。他的視線時而渙散，無法長時間凝視達利。那沒有目標而緩慢轉動的眼球，彷彿在算計，又像試圖穩定思考的連貫性。「達利隊長，你真的可以偷偷告訴我……我可以理解你跟副隊長卡蘿為什麼這麼做，我理解……你想讓他死得有尊嚴……」

王東尼警官為達利帶來啟示，他啟動搜尋，搜尋與卡蘿有關的吳冬龍教授的物質記憶。吳冬龍教授的話語紀錄，同步輸出光橋的物質記憶。

不是死得有尊嚴，而是在死之前，持續活著是有意義的。我不知道你怎麼找到我、怎麼發現我是誰……不過這些都已經不重要了。昨天晚上，你通知我的信息，讓我覺得能堅持活到現在是有意義的。

吳冬龍坐在集合宅走廊陽台曬太陽時，緊緊握著卡蘿的手，說了這段話。

卡蘿蹲在教授膝邊，撫摸膝蓋以下空蕩蕩的兩條褲管。她展露微笑，沒有回覆任何話語。卡蘿接著拋出目光給我。她嘴角的微笑，像是被收納起來的古典扇子，只剩下一片密合的嘴唇。她的眼角慢慢濕潤，是一直無法定義的淚水，大量大量堆積在眼眶。但依舊沒有任何水滴滑落。這讓卡蘿的眼珠看起來像是兩顆剛水洗的水晶玻璃，閃爍不安卻又堅硬冷靜。

記憶註解——這是另一個，那天，儲存的紀錄。我需要確認，那天的日期時間，那天的物質記憶，那天的原生記憶。

王東尼警官拖著疲倦睡意，試圖維持清醒。達利靜默搜尋記憶體中「另一個，那天」的日期時間，以及「昨天晚上」卡蘿究竟通知了吳冬龍教授什麼信息。搜尋結果徒勞，沒有任何關連影像與聲音，達利甚至無法在眼瞼內層展開光橋，進行溝通。

他再次確認，光橋之上的吳冬龍教授，不只是遺失了雙腿，還有無數吳冬龍教授在綠A集合宅的日常生活。這些大量的遺失都與卡蘿有關。達利運算推斷可能也和塗銷維梅爾有關。

「王東尼警官，卡蘿副隊長被羈押在臨時拘留室。現在發生吳冬龍教授的死亡案。這是不是可以說明，李東嶺先生的自主死亡案，真的和卡蘿無關……」

「李東嶺的自主死亡案，司法局已經有裁判結果，誰也無法改變。但不表示我相信。我們還是好好聊聊吳冬龍，可能是怎麼死的。」

十五樓的貨物電梯如同一具死寂的屍體。王東尼警官按壓向下的貨物電梯鈕。運貨電梯活起來，從地下室垂直上升。數字燈轉換，樓層累計增加。

日光燈不自主閃爍。

「活過預期平均壽命之後，沒有人在意這些老齡住民是怎麼死的。死，就只是戶口管理局少一條編碼資料。我也很同情這些經歷過裂島地震的悠托比亞住民……」

閃爍之間，光與暗的錯身跳動，活的。

「在劇烈的災難之後，死是容易的選項。移植更換人造器官，撐著機械義肢活過來，反而不容易。巡護員也設定，會同情這些留在曼迪德的悠托比亞住民，對吧？不，你跟卡蘿真的理解同情？不不不，我理解你們，你們以為人工智能的自主學習，可以編寫複雜的同情。但那是程式語言，是機械通知了機械說，對的，我們懂，我們能理解同情。不停執行著讓彼此都相信的指令。巡護員幫助巡護員，相信最可笑的教育設定。達利知道嗎？你們都是死的……」

是嗎？

活的。

光與暗也與雙螺旋姿態，錯身跳動。

日光燈不自主閃爍。

閃爍的日光燈，裝置在十五樓最靠近貨物電梯的走廊。

「對了，也有可能，是隊長指示其他巡護員去協助吳冬龍？我一定會查出來，你們是怎麼讓人造肺臟停止，讓他窒息。」

卡蘿走在面前，她拿出備用電子鑰匙，開啟15F-R1的房門。深夜進入房間的警報器，沒有出聲，沒有閃燈。遠端監控住民身體運作的電子中控系統，也沒有傳來任何心臟停止或者呼吸中止的緊急通訊。

進門之後，我關上門。卡蘿依舊在我前面，往前走，一路抵達臥房。

臥房裡的日光燈也閃爍。

光與暗的跳動節拍緩慢，相似動物垂死前的睡眠鼻息。

光時，顯露床上的吳冬龍教授。

暗時，他筆直躺臥，宛如另一具父親。

光時，他的眼睛睜開。

暗時，瞳孔是活的，駐留了光。

光時，他說，你們來了。

暗時，瞳孔的光，分裂為兩個落點。光點逐漸柔軟，變了形，從眼角淌流成兩條不規則的光帶。

卡蘿筆直走到床邊。教授凝視著卡蘿如允諾點頭。

達利……隊長會陪你去。是卡蘿的聲音。

吳冬龍教授轉身對我說，謝謝。謝謝你，陪我去找她。

教授闔上眼。不大的臥房，徒留月光。我無法看見卡蘿的臉。她一直都沒有回頭，只有背影。一頭長髮的髮絲間隙，還藏有光。在一絲一絲光影縫隙，我無法精準判斷她黑色頭髮的顏色型號。那只是光影，沒有需要辨識的顏色。

我站在卡蘿身後，卻無法精準辨識眼前的背影。接著，機體僵硬，不是當機，卻無法移動，吸一口氣呼一口氣，彷彿都在通知人造肺葉受損嚴重。

這就像母親曾經描述過的，夢。

她說，那樣的夢，不會說明自己是形成的夢；那樣的夢，是在水裡睜開眼睛的所見；那樣的夢，經常困住時間已然成年的孩子。她確實如此描述——說不定，有一天你能夠發現一個巨大的夢，佔滿你所有的睡眠。

我被困住這個孩子的夢困住了。

我困在一個如幻之艙體，無法啟動電子腦，甦醒。

這個物質記憶有重新編輯的標示，我卻無法在光橋上的這一步，甦醒。

光橋沒有展開，電子腦記憶體卻快速瀏覽這段紀錄。

達利無法靠近高速運算的資訊，無法判斷是不是某顆隱藏在光橋的藍晶記憶體自行液態化，變成流竄資訊；或是被高階程式語言駭入，強行植入偽物質記憶。

十五樓的貨梯間廊道，突然全暗。日光燈死去，暗，重新活過。走廊的另一邊，光，慢慢偷渡過來，觸摸到暗的邊緣。達利與王東尼警官一起被暗包圍。直到貨物電梯抵達十五樓，橫移開門，光，才從貨梯裡滿溢出來。卡蘿也同時跟隨光移動，走出電梯。

背光下，他無法第一時間辨識卡蘿五官。

「日光燈損壞。」卡蘿仰看貨梯間天花板，來回按壓電源開關。

「剛剛說，我理解你們巡護員，你知道是什麼含義？」王警官說。

「王警官理解，巡護員可以分析多重可能的假設。」達利說。

「你們能做到的，只是這樣嗎？對了，差點忘了問，林真理女士之前準備申請安樂膠囊機的線上心理測驗，不知道有進行嗎？」

達利不理解王東尼警官為何跳開提問的連續邏輯，也無法解讀自己的電子腦為何遺忘了與母親有關的重要紀錄。

有一些，暗，躲到王東尼警官的背部，跟著他走入有光的貨物電梯，又立即在恆定的光裡，快速死去。王東尼警官轉身的瞬間，原本依附在他脊椎的暗，再也無法看見。電梯不鏽鋼門向中心閉闔，高大的他冷漠盯看達利。電梯門完全閉闔之前，王東尼警官低沉的話語，有如融化的油脂蠟淚，從那肥胖軀體的微小抖動之中，低聲流出電梯門縫。

「如果提供夫爾斯國在曼迪德的電子人部門資源……隊長願意合作嗎？」

貨梯的樓層顯示數字，開始向下遞減。王東尼警官的話語滯留在電子耳裝置。達利喃喃計算著減少中的數字。

「隊長，我去儲藏室拿備用燈泡……」

達利適應再度失去光的黑暗，先辨識眼前淡褐色頭髮，確認一對碧綠色瞳孔。站在眼前的機體，不是卡蘿。二號說完，沒有立即轉身離去執行此事。她只是提出請示，等待達利下一步指示。如果是卡蘿，她不會等待。

貨運電梯停在十一樓。數字停多久，十五樓貨梯間的暗，就持續活多久。

「二號，你去辦公室通知蒙德。電子機器方面的任務，他負責處理。」

卡蘿二號點頭，正準備去按壓貨物電梯，達利制止她。

「你搭中央電梯下去。」

「請問隊長，為什麼不使用貨物電梯？」

「巡護員不是貨物。」

卡蘿二號沒有任何下一步動作。她的表情是標準設定的無法理解。

「這是貨物電梯。除了協助機關貨運員，點交物資，通常不會使用貨物電梯，進行巡護員的日常工作任務。」達利說。

「謝謝隊長解釋。之後，可以叫我卡蘿嗎？」

「你不是嗎？」

「巡護員不是貨物……我不是二號。」

「二號，這一點我可能做不到。」

「隊長，我無法理解『可能做不到』的假設。」

「你不是二號，我也不是貨物。這一點請寫入紀錄。我目前無法叫你卡蘿，這一點也請……副隊長，寫入紀錄。」

卡蘿二號只等待了一會，沒有設定情緒，轉身離開貨梯廊道，走向十五樓的中央電梯。腳步聲的回音消失之後，光橋在牆角暗處展開，浮現綠A部分樓層的部分住民。諸多隨著光橋搖曳的身影群，有母親、父親、莎樂美，也有已經死去的李東嶺先生和剛被移走的吳冬龍教授。

活者與死者的物質記憶，交織在同一段凹陷的光橋。達利在光橋上，搜尋到一具發著微光的胴體。卡蘿的胴體。貨梯數字不知何時活過來的。它從五樓繼續往下降落。那個有光的貨物電梯，載著又高又胖的龐大活體，緩速墜落，最後靜止在貨車進出的最底層地下室。

30.

最底層地下室的貨物電梯打開之後，我推著輪椅，協助吳冬龍教授移動到綠A集合宅的公務車停車區。櫻子從鋼骨水泥柱的暗處走出來，將綠A維安經理的公務用車鑰匙交給我。

我準備向櫻子道謝時，她的一雙眼睛，靠近我。先是鼻子碰了鼻子，接著她親吻我的嘴唇。在零距離靠近的焦距，那對細長形狀的眼線，也與智子一模一樣。

櫻子說，智子要我在你出發之前，替她親吻你，也提醒你一切小心。

謝謝你。我回覆同時，也生出已經理解的尷尬。

另外有件事，智子也請我通知你。櫻子起了頭，神情快速轉變嚴肅，直到呼吸平穩，才開始描述，目前還無法百分百確認，智子說小木偶布偶組織得到消息，卡蘿……已經懷孕。

我驚訝，無比驚訝地呢喃說，副隊長？……卡蘿？

櫻子篤定回答我，是的，羈押在臨時拘留室的卡蘿，懷孕了。

31.

「卡蘿，懷孕了。」達利先重複輸出這條儲存的聲音，接著再複寫新的物質記憶說，「父親，你相信嗎？」

達利整理父親臉頰上糾結成團的灰白髮絲與鬍鬚，直到能夠看見他的雙眼。父親的雙眼自然閉合，留下窄窄一道縫隙，露出少量的眼白與一小截瞳孔。但那對幾乎停止轉動的眼球，也與植物一樣早已習慣靜止，只留瞳孔尾隨著光與暗。

他摘下父親循環呼吸系統的氧氣罩，並繼續錄製話語。

「智子無法相信，卡蘿已經懷孕。在我的物質記憶裡，櫻子告訴我，智子是這麼說的。沒有人知道精子跟卵子的來源、怎麼受精、是誰放入卡蘿的人造子宮？卡蘿違反了零誕生計畫。只不過，巡護員也能違反零誕生計畫嗎？我是綠A巡護員隊長，按照教育設定，要回報高樓層管理人。卡蘿還在臨時拘留室，但如果是真的，我要如何彙報『巡護員懷孕』的這件事？父親你能想像，莎樂美，懷孕了？當然不可能，妹妹的人造子宮太粗糙，是舊型設計，早就移除。莎樂美不可能孕育受精卵，不可能有機會懷孕。卡蘿的人造子宮已經啟動，電子人蒼蠅證實裡頭有一顆健康孕育著的受精卵。組織工程師也確認這件事。工程師就是我之前跟你說過的，小木偶布偶組織裡的負責人，現在已經是悠托比亞島那邊的住民……」

維生機器依照設定值運作。達利輕輕撥開父親的眼瞼。客房的微光，讓瞳孔括約肌收縮，瞳孔自然縮小一些。

「我並不真的認識你。你也不理解我。」

達利在父親左眼眼白部分，發現了一小塊深紅近於黑的新斑點。這是一小塊剛抵達的小黑斑，是微血管破裂之後沉澱著色的痕跡。

「你只是我的父親。我也只是被誕生之後配屬給你的兒子。」

達利檢視維生機器顯示的所有數據。全數都在合格標準值上下，不會更健康，但也沒有意識恢復的跡象。他伸出手，意識到手肘伸展的速度異常緩慢，直到碰觸到電源開關。

達利確定指尖皮膚幾乎沒有偵測到壓力，就關掉了呼吸輔助器的電源。燈源暗滅，壓縮幫浦花費五秒鐘才停下運作。繼續逝去五秒之後，客房才更靠近寂靜的墓地。

此時此刻，窗外的季節悄悄推進，只剩少許南風的尾巴，呼呼出聲。

「父親，真的想過要離開曼迪德，回到悠托比亞島？如果你還醒著，申請移居成功，是不是就會留下我、也拋下莎樂美？」

達利等待著，呼吸輔助器也靜默等待。

秒針行走於兩種無聲之間。

越來越多的已經老得只能喘息度日的南風，在數秒之前，抵達窗外的綠A集合宅建築體周邊。

室內的靜默被篩得更為乾淨。

達利的電子耳同時內部擴音也接收到外部聲音——不只是小木偶布偶故事裡的南風呼

吸，還有從父親鼻腔深處傳來、極其微弱的吐吶信息。

我壓低上身，靠近父親的耳邊，直到他的捲髮可以碰觸到我的嘴唇。在這樣的距離上，在曾經記錄的不同季節裡，我一次、兩次、三次……重複輸出自己說出口的問題——可以呼吸嗎？

32.

可以呼吸嗎？我詢問吳冬龍教授，要不要把車窗打開一些，讓空氣流通？

吳冬龍教授坐在副駕駛座，表情近似窒息。他努力拉扯緊緊貼著脖子的衣領，但依舊堅持襯衫穿著風格，沒有解開最上面的鈕釦。

他十分難受，小聲提醒我，關掉公務車的自動導航系統，改為全手動駕駛。我隨著吳冬龍教授的指引，抵達曼迪德的西區老城地帶。

西區老城地帶有許多沒有拆除的公寓大樓。二〇二九年裂島地震時，西區這批舊大樓多半是隔間牆龜裂毀損，沒有倒塌的建築主體結構都還堪用。這些年來，特區機關都以補強工程，維持住宅安全。許多悠托比亞老齡住民，也堅持繼續住在原住所，代管四國協商之後也同意如此。特區機關只好以臨時編制的巡護隊，進行這一區的生活管理。四十年過去，舊大樓的空房越來越多，有許多不再有人居住的房間，成了臨時庇護所，潛伏著各國的偷渡者，以及各個捷運共構集合宅的逃離者。西區的老城地帶是曼迪德維安工作相對困難的治安死角……

這些年來，我依據機關有時發布的特區公告，編輯這些物質記憶。

紀錄裡，我不曾來過曼迪德西區。關於老城地帶最動人的物質記憶，大多來自於母親記憶片段的描述：

入夜之後，霓虹燈最多的城區。

各種氣味都能嗅聞到的地方。

西邊老城的下水道，養活了曼迪德最多的老鼠。

如果還有什麼還活著朋友，應該都會躲在西區吧……

我啟動連結，進行立體描繪，試圖把母親曾經走過的西區老城，與眼前的西區老城，合成單一視界的影像。宛如遺跡的商店招牌開始重疊，深夜霓虹的光暈彼此滲透，街道的輪廓也與導航地圖上的路線資料交織。重新編輯過的城市物質記憶，在光橋之上輕微搖晃；吳冬龍教授指示左轉，公務車左轉之後偵測到的西區老城，也跟著輕微搖晃。頻頻轉動全手動方向盤，手心不停傳遞著生疏不自然的緊張。突然，公務車旋轉角度有擦撞的危險警訊。我放慢車速，拐入一條窄小的單向車道。再經過幾棟舊式建築體之後，吳冬龍教授要我在路燈與霓虹都無法抵達的巷弄轉角，靠邊停車。

「靠邊停車。」母親指示這麼做。

達利把父親那輛老舊的電動汽車，停靠在醫療局南區檢查分院的汽車道路出口旁。

「母親，怎麼了嗎？」達利說。

母親從副駕駛座，轉身回看檢查中心的側門。一位巡護員正推著輪椅，輪椅上坐著綠A老齡住民吳冬龍教授。推著他的巡護員，是今日帶他前往進行常態檢查的巡護隊隊員里安。

「我認識他……」母親聲音恍惚。

「那是十五樓一號公寓的吳冬龍教授。他今天也來檢查內臟的輻射殘留值。母親你們應該見過面。」

「我見過這個人……是很久以前的他。」

「很久以前的他。」

「那時候，他還有腳。」

「母親見過裂島地震之前的吳冬龍教授？」

「不是地震之前……這個人來看你父親，那時候他能走路。你父親中風躺在床上，這個人的腳還在。他還說……」

「教授說什麼？是重要的事嗎？」

「很重要的……」

「吳冬龍教授跟母親說什麼？」

母親閉上眼，努力回想。那滿是皺紋的臉頰，勉強擠出聲音，「教授說……」

教授說，之後要走的路，無法使用輪椅。

我點點頭，下車開門，背駝教授。即便沒有失去兩截小腿，他的體重依舊顯得輕微，完全沒有壓迫我的人造骨架。教授要我走入巷弄深處，繞到泊車這棟公寓大樓的後方。老舊防火巷底部有一個外露的逃生樓梯，沿著大樓的後牆折轉向上。我快速且輕聲爬上樓梯。一塊一塊的水泥補丁，將這棟公寓大樓貼成怪異的幾何圖形。即便是在夜間也能分辨新牆舊柱。

我們很快抵達十一樓。防火樓梯的逃生門，由內上鎖，我稍稍運用握力，便將鎖頭擰斷，發出鐵器斷裂的緊繃聲。聲音很快就被西區老城的夜晚吞噬。大樓內部十分老舊，內牆有長期潮濕造成的斑駁。一長排的房間，有一半以上門窗深鎖。那些沒有夜間微光照明燈的房門，很久沒有人入住使用。雖如此，這棟公寓大樓依舊保持基本打掃整潔。

……15、14、13、12……門上的房間號，數字遞減倒數。教授緊緊揪住我的肩膀，我能感覺到他深深吸了一口氣。我們停步在11號房門口。

我錯愕說，教授，是這間嗎？十一樓……十一號房？

教授說，就是這裡。隊長在綠A也住在十一樓十一號房……我到現在還是無法理解，不科學的偶然與巧合，是不是一種未知的命運基因？是不是真正主導我們未來的演化突變？……我真的希望，達利也能體會這一點。

我凝視眼前的房間號。這道門與綠A集合宅同樓層同房號的乾淨公寓，完全無法比擬。塑化門板的四角向外翻壞。長期的黴菌將門框染色，不規則地塊生繁殖。牆上的舊型密碼鎖，沒有任何電源亮燈。門把沒有一絲灰塵，推論這房間經常有人進出。

我伸手觸摸門把，輕輕轉動，房門是上鎖的。

房門是上鎖的。

有人在門外輕輕轉動門把。門板傳來鐵器被擰壞的聲響。鎖壞了，達利的房門被推開。莎樂美走入達利的獨立臥房。他從待機模式切換到甦醒設定。

「莎樂美，有什麼事？」達利從床上起身。

「哥，你回來了。」

莎樂美的眼睛完全閉闔，沒有睜開。她持續往前走，繞走臥房，沒有碰撞到任何室內擺設。

「莎樂美，你正在母親說的夢遊裡。你可以重新開機嗎？」

「莎樂美完成任務。」莎樂美持續在閉眼狀態，動嘴說話。

「什麼任務？」達利與夢遊中的老舊機體對話。

「莎樂美取得父親的精液。莎樂美還是有功能，可以完成任務。」

莎樂美微微張開嘴唇。少量混濁的白色液體從她的嘴角流出。眼睛依舊緊閉著的她，以手心盛接，展示給達利。

「哥，你近一點，才能看清楚。你靠近近一點。」

你靠近一點。教授示意我。

他以食指，按壓門板上的房號數字三次。接著以指尖在門板上慢慢寫字，摩擦一串數字的微弱聲音，留下清楚的隱形數字：

0605。

高功率的人造肺臟，幾乎停止運轉，停下呼吸。心室周邊的人造肌肉組織，也在這時暫停收縮，不再運作幫浦式壓力，輸出高氧的體液。

我無法解讀吳冬龍教授說的命運基因，也不能理解他所說的偶然與巧合。這兩組重複串連的數字，啟動運算，驗證出結論：偶然與巧合經常發生於日常，也能在電子腦的記憶體重新編輯宛如原生記憶的體驗。

門把緩緩轉動，房門牙牙打開。門縫裡出現一位女性老齡住民，是一頭毛躁長髮的女性。身形嚴重佝僂，眼睛必須由下往上探看。

她開口以悠托比亞語詢問，你是誰？

接著，她的視線向上飄移，對焦在我的耳後。這瞬間她流露出巨大的驚訝。

是我，吳冬龍。教授在後背後出聲說，賽姬，還記得我嗎？

教授說出這位女性老齡住民的姓名時，我來不及驚訝，電子腦已經高速運轉。眼前的賽姬，是活生生的悠托比亞人，不是虛擬電子人。

我背駝教授走進室內，賽姬迅速關門上鎖。窗外的西區老城，持續倒映著點狀的微弱霓虹。自無雲天空落下的月光，直接照映這間公寓。室內的陳設簡陋，但都乾淨整潔。生活器物也勉強可以支撐日常起居。

賽姬落坐單人工作椅，嚴重駝背的軀體，讓她的坐姿看來隨時都會前傾倒。我將教授放落在一旁的長沙發，他立即整理失去小腿的褲管。

你的腳呢？怎麼了？她說。

車禍……壓斷了。他說。

地震沒有壓死，什麼車禍這麼厲害，能讓你沒有腳。還兩隻都沒了。

賽姬不知道那次車禍意外嗎?

什麼車禍?

算了……不說這個。

你為什麼不裝義肢?

楊博士不喜歡人造身體。

他不喜歡人造身體?這是笑話吧?他連自己的矛盾都不自知。

不管楊博士怎麼矛盾,他是愛你的。

他不是一個好父親……

兩人的對話,暫停了好一會。吳冬龍教授重啟溫柔,對她說,這些年,你都住在這裡嗎?都在西區,只是換了好幾個地方。

賽姬,我一直在找你。

我知道……所以才一直換地方。

為什麼不躲了?

賽姬沒有回應,深深呼出一口氣。空氣生出了無數的重量,把她佝僂的身形壓迫更為頹喪。突然間,室內迴盪著輕敲門板的聲音。楊賽姬吃力抬起頭,看向門口。房門外有人以指尖摩擦,是四個數字的筆劃。我第一次由聲音辨識出數字的序號:0605。

賽姬起身前去將門打開。門縫外頭,微微背光站在走廊的身影,我第一時間辨識是,卡蘿。

她穿著巡護員制服，一頭黑髮齊肩，與記憶裡一樣。但是她的制服上沒有印製配屬在哪一個捷運共構集合宅。她走入室內，雙眼慢慢融入房內的夜城光影，我才留意到她的瞳孔是湛藍色。她是同款的另一個機身，另一個卡蘿。

藍眼卡蘿沒有掃瞄我，專注看著吳冬龍教授，以及他失去小腿的褲管。接著說，楊賽姬女士，是他嗎？

賽姬坐回到工作椅，點點頭。藍眼卡蘿站在門內，靜靜沒有說什麼。

賽姬看一眼吳冬龍教授的脖子問他，為什麼不解開最上面的鈕釦？

吳冬龍教授充滿皺紋的臉，有些羞赧怯生生說，如果我又發生意外……死了，至少有人可以透過這種穿衣服的固執，認出我的屍體……確認我是誰。

賽姬這時笑了。她的眼睛浮現更多一些微血管。淚水一層一層滲流出來，形成淚珠。佝僂的身軀，不讓淚水滑過臉頰，就直接滴落在地板，炸開成一小朵一小朵的水漬花朵。

賽姬，你沒有回答，為什麼不躲了？

累了……一個人這樣活著，太久了。一個人……不用活著那麼久。

賽姬……跟我回去，一起到綠A，好嗎？

不了。我原本就不應該出生。一個私生女，只會帶給你跟父親困擾。

你從來都不是我的困擾。

怎麼不是？父親要你設計的最後一版電子人，就是我刪除的。

刪了，重新畫就好。楊博士沒有責怪誰，他知道你希望得到他的重視。賽姬，你一定知道，研究小組的電子人完成之後，博士最後是以你命名。

那是他對我母親的虧欠。

不是這樣的……賽姬，你離家出走之後，博士無法跟你說明，他為什麼要用領養的方式接你回家。

他是不是領養我，我一點都不在意。你不懂，也永遠不會理解。你根本不知道，我父親是怎麼樣的一個人。他在實驗室，對我做了什麼，你永遠都不會理解……

面對楊賽姬壓抑的憤怒，吳冬龍教授無法再多說什麼，只能維持呼吸。兩位老齡住民都冷靜下來，各自憂傷搖頭。

賽姬，我知道……為了同時配合四國和球藻組織的秘密實驗，楊博士動刀摘走了你的卵巢。這些我都知道。我對不起你，我應該制止……

室內再次落入靜默。月光移動了幾步。

藍眼卡蘿出聲說，楊賽姬女士原生的內臟器官，已經來到使用末期。

吳冬龍教授說，是因為輻射感染嗎？

藍眼卡蘿說，不是。北角市沿海核能電廠爐心熔解之後，楊賽姬女士也接觸高度放射線物質，但她完全沒有因為輻射感染發生任何生理病變。

賽姬嘆氣，就是因為沒有感染，他……我父親，才取走我的卵巢。

藍眼卡蘿說，楊賽姬女士只是老化了。她撐著，一天過一天，不知道在等待什麼……

賽姬伏身，頭頂的髮絲稀疏。吳冬龍教授看著那已經外露的頭皮，瞬間紅了眼。他沒有落淚，微笑對我說，能活到這一天，沒有遺憾。我可以死了……如果可以，希望可以跟賽姬在同一天。

面對教授突然的請求，我無法反應。

藍眼卡蘿這時介入說，綠A巡護隊隊長達利，被關在臨時拘留室的卡蘿AiAH2140，需要你盡快找到她。

卡蘿，請問你跟綠A集合宅的巡護隊副隊長卡蘿，有什麼關聯？

我也是被誕生在曼迪德的卡蘿，代碼AiAH5130。達利隊長，我們不曾遇見彼此。

卡蘿AiAH5130，你是巡護員，怎麼能在這裡？

Dr. HK改變了高樓層管理人的記憶庫，我才能以另一個不存在的晶片序號，在西區繼續以巡護員的身分，執行卡蘿AiAH2140指示的任務。

卡蘿指示什麼任務？我指的是卡蘿AiAH2140，不是你AiAH5130。

達利隊長不用困擾。我的任務是尋找楊賽姬女士，並且照顧她。這是卡蘿AiAH2140給我的工作任務。或者應該說，尋找楊理坤博士的女兒楊賽姬，是賽姬零六零五給我的指示。我的電子腦中樞，有一條是從卡蘿AiAH2140軟體移植給我的賽姬零六零五原始碼。

你說，卡蘿將賽姬零六零五的原始碼，移植到你的電子腦？

是的，這種說法，也可以成立。因此，我也擁有一部分賽姬零六零五的電子人記憶。她們兩位的連體意識使用楊理坤博士發現的「零」程式語言，將一條電子人賽姬零六零五的原始碼，移植給同機型的我。繞過巡護員的教育設定，我重新出生，成為新的卡蘿AiAH5130。

我們透過這個程式語言各自自主學習，也以此在自流廣場的獨立網域，進行聯繫。

零？

是的。楊理坤博士將這個電子神經元自主成長的智能程式，命名為：零。

吳冬龍教授這時開口對我說，達利隊長，楊博士在設計電子人的時候，我在機關研究部門擔任他的數位繪圖師。我們只知道博士發現了零，這個讓人工智慧電子神經元擁有完整自主學習的程式語言。

教授，我無法理解……電子神經元的完整自主學習，是什麼？

除了博士，沒有人知道零的內容？實際細節只有楊博士自己知道……他沒有告訴任何人，他是怎麼發現零的。但我知道，在博士得知四國在曼迪德的活體實驗，以及球藻組織的ＡＩ智人秘密計畫之後，他決定執行零。實際上，博士也只執行過一次。他運用零程式語言分解電子人賽姬零六零五的原始碼，軟體移植到當時在他身邊擔任巡護員的卡蘿電子腦。

我凝視藍眼卡蘿，向她提問，卡蘿……她知道嗎？

夜色失去所有的燈。在這棟無名舊大樓十一樓十一號房的卡蘿，以藍色瞳孔眼珠凝視我說，卡蘿AiAH2140，第一次在記憶體搜尋到分裂存在的賽姬零六零五的原生記憶，才檢測到電子腦被感染，發現自己已經不是原來的卡蘿。

吳冬龍教授提出修正說，不是病毒式的感染，是被植入零。

藍眼卡蘿也提出反駁，一開始是寫入程式語言，但後來卡蘿AiAH2140分析，一條條分解的賽姬零六零五原始碼植入電子腦之後，零是透過感染形式改變她。

我提問，感染的途徑？

藍眼卡蘿立即回覆，目前只知道，賽姬零六零五分解之後的每一段機械碼序列，先依附在卡蘿的原始碼序列，逐漸成為她自我演算的一部分。但是，兩種原生記憶的感染步驟、兩種物質記憶的分裂方式、記憶體自主再生記憶的過程如何避開電子神經元的排斥問題……這些，我、卡蘿AiAH2140和賽姬零六零五在自流廣場進行過無數次溝通，但是目前無法分析出結果，只知道這一切的源頭都導因自楊理坤博士寫入的零。

達利隊長，我一直都知道，楊博士也很擔憂。他不知道運用零之後，這個世界會走往哪個方向，人工智慧會演化到哪裡……吳冬龍教授說完，垂下顏面，彷彿他參與的那次行動，充滿原罪。

教授和這位卡蘿AiAH5130，剛剛都描述，楊理坤博士「發現」新的程式語言，而不是「發明」這個新的零？

這是楊博士說的。他告訴我，這個零的程式演算序列，不是他發明的……是有某種力量，植入他的大腦，然後他才發現自己的大腦裡有零的記憶，知道怎麼編寫這種程式語言。

藍眼卡蘿說，在我光橋上的賽姬零六零五，也有吳冬龍教授說的這段原生記憶。是相同的原生記憶。

我無法理解教授說的發現記憶，也無法理解卡蘿說的原生記憶，這些……跟我的原生記憶、物質記憶，有什麼關聯有什麼差異？

藍色瞳孔投射出溫柔的訊息，她以充滿撫慰的語氣對我說，達利，你看到的我，也是卡蘿。一部分的卡蘿，一部分的賽姬零六零五，一部分原來的我。每一分每一秒，三種記憶都在分裂，重組編輯，再塑造下一秒的我。但這些都不重要。重要是，我這樣描述，你相信嗎？

33.

「你相信嗎？」工程師提出反問時，達利還沉浸在藍眼卡蘿的話語。「隊長相信自己說的這些，是真實的物質記憶嗎？」

「這些物質記憶……是斷裂的。不，描述為『斷裂』不正確，我更精準描述——這些物質記憶是分散的。是有組織地被拆解，再系統化寫入我的電子腦記憶體。這些和吳冬龍教授有關的物質記憶，與過去我在綠A不同時間點的物質記憶，開始沾黏在一起。是完全錯置的紀錄連結。」

「完全錯置嗎？」

「是的，完全錯置。記憶是直接剪接，並記錄儲存。」

「隊長有搜尋過『失憶症』嗎？」

「我知道失憶症，也知道工程師為什麼討論失憶症。」

記憶體的聲影紀錄，很快就被周邊的林野吸納消解。

此時此刻的綠艙，沉默有如一張失去嘴的臉。

這一整片地震之後再生的林野，除了工程師的聲音，沒有任何機械造成的聲響。

達利已經忘了有多久沒有來到綠艙現場。

前幾天的某個傍晚，夕陽落幕時分，他與蒙德、里安兩位隊員，在綠A的頂樓天台，一起眺望眼界裡的綠艙，討論到提前到管制中心進行巡護工作彙報，以及常態體檢。過去鮮少「提前彙報與體檢」，蒙德、里安兩位隊員同時閃現訝異。兩張臉上的訝異，因兩兄弟的設計輪廓與機種的教育設定參數，出現了相似的情感，以及重疊的五官。

這讓達利又出現了似曾相識的既視感。

明顯降溫的南風，在綠艙呼吸。

「我發現這些物質記憶時，它已經儲存在光橋。我卻對這些紀錄的前後，沒有印象。我無法判斷，是光橋自行輸出這段被隱藏的記憶？或者，這些是強行植入？防毒程式卻沒有偵測到有高階程式駭入電子腦。這些……記憶，還埋藏另一段吳冬龍教授與楊賽姬女士在電子人研發團隊時期的記憶。我無法判斷，藍眼睛卡蘿有沒有儲存其他記憶？我也無法確認，卡蘿與卡蘿二號會不會因為機種相同，出現共通的原生記憶？抱歉，我的電子腦無法演算……」達利說。

「達利隊長有被軍用電子人感染嗎？」工程師說。

「工程師說的是維梅爾嗎？」

「是的。有這個可能。」

「我一直跟小咬裝置保持連線。」

「可能性很低，但並不是零。我們無法判斷，在自流廣場上還有哪些人工智能串流……」

「這個我無法判斷。但我的光橋上沒有維梅爾的紀錄。」

走在健行步道最前頭的智子，回頭，猶豫許久之後說，「對達利來說，光橋，是什麼？」

「光橋是巡護員對『電子腦記憶』的描述。光橋，更是你們辨識彼此電子腦程度的一道關卡。對吧？」工程師說。

「是的。理解光橋的過程，是AiAH設定巡護員自主學習程度的測量標準。經歷高度自我學習的巡護員，就能連接光橋，具有展開原生記憶、物質記憶的能力。」

「為什麼要辨識彼此？」智子問。

「這是AiAH針對巡護員進行的實驗。」

「不只是AiAH總部，我待在球藻組織時，也做過光橋研究。球藻組織也在偵測巡護員的電子腦變化。」

「為什麼？AiAH為四國研發放在曼迪德的巡護員，和球藻組織並沒有任何實驗關聯。」智子說。

「智子，球藻組織也把特區巡護員當成實驗對象，目的是為Homo AI尋找各種智能演化的可能。」

「Homo AI？」智子充滿疑惑，「球藻研發ＡＩ智人，不是內部機密嗎？怎麼會跟AiAH合作？」

「ＡＩ智人小組並沒有跟AiAH合作。至少，我參與研發的期間，雙邊沒有任何合作。只不過，我們曾經把一條數位染色體，植入巡護員的電子腦。」

「數位染色體？你是說，植入每一個巡護員的電子腦？」

「智子，我一直沒告訴你這件事。」工程師對於過去選擇不告知的欺瞞，表情歉疚，「因為這只是我的推測。老管家可能已經……駭入AiAH總部，把數位染色體寫入巡護員的原始碼。每一個巡護員電子腦，都感染了這條數位染色體。」

「也是透過……零？」

「不是。不管是四國、球藻組織、還是與小木偶布偶組織有關的電子腦駭客，目前都沒有人掌握楊博士發現的零。數位染色體一開始由我的小組設計，是蠕蟲和木馬自主結合的智能學習程式語言。我們把它丟給球藻的連體電子腦。最後是老管家接手，改寫設計出新型的數位染色體。新型的感染方式，是一種我們不知道的偽裝程式。我推測它能夠偽裝成某一條巡護員的原始碼，在巡護員交換記憶體紀錄時直接傳播，也同時監聽、監看巡護員的演算學習發展程度。」

「這很像零。」達利說。

「部分功能相似。零的組合系統更加複雜。不過老管家的新型偽裝感染，AiAH的程式工程師無法偵測出來，也騙過高樓層管理人的電子腦辨識系統。我想，這條數位染色體，已經不是我能分析的程式語言……」

「這件事，Dr. HK知道嗎？他沒有反對嗎？」智子說。

「我相信Dr. HK知道，也跟老管家針對這件事，進行一場對弈辯證。沒有研究員知道他們辯證的過程。但結果是老管家贏了。對弈辯證終止之後，Dr. HK的大腦腦波還因此停滯了好幾天。連體的另外一個球藻電子腦，更沒有能力制止老管家。」

「工程師先生是說，Dr. HK終究無法完全掌控老管家？」

「人腦電子腦連接之後，誕生了老管家，是連體電子腦分裂出來的第三人格。這個分裂，最初沒有人推測出，老管家會擁有完整的全腦意志。我之所以被球藻組織開除，就是擔心老管家會超越Dr. HK，一直建議要拔除連體電子腦。但球藻的高層卻不這麼想，他們相信老管家會帶來過去不可能發生的智能演化。智子應該知道，球藻組織在連體電子腦開發的初始時期，有設定一個目標，就是要實驗Homo AI誕生的可能性。我推測，分裂出來的老管家相信AI智人是需要被誕生的，而且，老管家應該默默在執行這個計畫。」

登高步道的轉彎處，有一棵楓樹。樹身附生著彷彿濕泥的苔蘚。綠艙的陽光與暖風催生數個月之後，多處楓樹新芽，不斷竄生繁殖。只不過，有幾處垂低靠近坡面的細枝枒，被茂生的藤蔓手心捲住，彷彿是共生，但其實樹的養分已經一滴一點被藤蔓剝奪，許多楓葉提早枯萎。

「工程師先生，連體電子腦的老管家，把數位染色體植入巡護員的目的是什麼？」達利說。

「老管家把改寫的數位染色體，寫入AiAH設計的自主學習演算程式，是為了觀察被感染的巡護員可能發生的智能演化。這些都是推測。但我相信智能演化，已經在隊長身上發生了。」工程師無比篤定凝視達利。

「我沒有分析依據，判斷工程師先生的推測。」

「達利，如果不去分析判斷，你相信他的推測嗎？」智子說。

達利沒有回覆，繼續往上踩踏台階，超越原本站在前頭的智子。那雙強而有力的機械下肢突然停下腳步，順暢轉身之後，他快速翻轉人造眼球，啟動許久不曾運用的複眼瞳孔，眺望綠艙低處。那複眼，看見了綠艙的無數組合可能性。達利剝下身旁楓樹樹幹上的一小塊苔癬皮層，望著陡坡上被藤蔓糾結的枝枒與走落到林野地上的紅橙枯葉。

複眼所及，藤蔓成為無數，枯葉的數量沒有增加，但卻無法停止重複。

「我想，老管家可以同時以達利的電子腦和智子的大腦，這兩種系統，進行『預測可能變化』、『想像但不確定』這類假設性的實驗，去執行ＡＩ智人計畫。老管家可以偷走Dr. HK的意志。這是當初沒有人可以想像到的。」

「工程師先生，球藻知道蒼蠅嗎？」

「蒼蠅是我離開Homo AI小組、回到悠托比亞母親家之後，才設計的電子人。球藻應該還沒有發現蒼蠅。」

「蒼蠅現在還藏在特區機關的中央電腦？」

「是的。蒼蠅可以自由進出中央電腦，監聽讀取曼迪德的資料。」

「能否告訴我，蒼蠅的功能設定？」

「蒼蠅的設計基礎是半個世紀前的傳統木馬程式。我加入一部分和球藻數位染色體相同的偽裝功能，不過對目前所有的電子腦系統都無害。蒼蠅另外可以協助掃除外部惡意軟體。透過協助掃毒，取得機關中央電腦的信任，相信蒼蠅是無害共生的防毒程式。」

「也包含，AiAH內建在機關的高樓層管理人？」

「是的。蒼蠅已經通過高樓層管理人的防火牆。卡蘿被植入受精卵，人造子宮啟動著床功能，受精卵開始孕育，這些信息已經回報給AiAH總部，也同步通知特區機關醫療局、戶口管理局……這些都是蒼蠅在高樓層管理人的電子腦中樞發現的機密紀錄。」

「為什麼願意告訴我蒼蠅的原始碼設定？」

工程師垂下頭，抿著嘴。他的身軀與楓樹交錯，像是另一根被鋸斷的樹幹，沒有苔蘚附生，沒有藤蔓糾纏，也沒有多餘的生命力氣。

「工程師先生希望能取得我的信任？」

「卡蘿被抓，無法得知賽姬零六零五……我也無法掌握老管家。現在要阻止四國和球藻的計畫，只能靠達利隊長……」工程師流露悲傷，淺淺微笑。

「達利為什麼一直詢問蒼蠅的事？」智子說。

「智子，我想請工程師發任務給蒼蠅，查出是誰決定植入受精卵？」

「指示從賽博國的AiAH總部下命令，再由曼迪德的高樓層管理人執行，這是固定程序。」智子說。

「我無法排除老管家。當然這只是我的猜想……」

「隊長知道如何進行猜想了嗎？」對於達利描述與進行的可能性的猜想，工程師無法掩飾雀躍情緒。

達利沒有發現工程師的情緒反應，專注於思維之間的運算與連結，繼續說著，「連體意識可能反撲駭入AiAH總部、修改下達命令，我假設，球藻組織的ＡＩ智人計畫也有介入，我需要進一步推測老管家可能執行的行動。」

達利拍去沾黏在手心的苔癬與細細的樹皮碎屑，摩擦雙手的表皮，喚醒第三型記憶皮膚的觸摸感覺。他撫摸掌心的光滑皮膚，確定溫度、濕度、受力、反彈作用力。接著，卡蘿出現了。她在他的掌心自由展開與停留，正以抽象變化的軀體顯現容貌與體態。

「達利的『猜想』是怎麼來的？」智子協助工程師再次提問說。

「因為皮膚……我現在的皮膚。」

「隊長說的皮膚，我相信就是直覺。」工程師眼眶泛紅，隱忍激動情緒。

「達利，接下來，我們應該做什麼？」智子說。

「還有一件重要的事……猜想受精卵的精子、卵子來源。」

「達利又使用了一次猜想的說法……這表示你已經有初步的推論？」

「是的。只是有些物質記憶無法完整串連，我需要確認精子卵子的來源。」

「我會指示蒼蠅到境外的 AiAH 總部和球藻組織，搜索 Homo AI 計畫和四國在曼迪德的活體實驗，看能找到什麼。」

「謝謝你，工程師先生。」達利看著雙手，解除所有猶豫，「卡蘿和賽姬零六零五是可以逼近問題的關鍵。她們是……故事裡，天使迷宮的出口鑰匙。救出她們，解開楊理坤博士發現的零，就會知道四國移植受精卵的真正目的，也可以預測老管家執行ＡＩ智人的下一步。」

「卡蘿還在臨時拘留所，我們要怎麼進入機關行政大樓？要如何從警備局把卡蘿帶出來……離開曼迪德？」智子憂心忡忡。

「隊長是不是已經有計畫？」工程師說。

「我需要先確認一件事，我真的有能力做到……」

達利壓抑沒有把握的不確定感，聆聽機體內部。

他的人造心臟不停止地搏動。

34.

人造心臟不停止地搏動。

心室如風切葉片翻轉抖動。

局部人造肌肉軟性組織進入高速顫跳，在心艙誕生機械橫波。

我控制心搏的速度，更快些，再更快些。心室搏動的頻率，在我的胸腔，形成一個小型的聲場。振動的機械橫波進一步擴張，先以我的人造機體作為媒介導出體外。空氣也一同顫抖，低頻共鳴。進入空氣介質，所有機械橫波倒轉成單一型態的機械縱波。

如此超低頻的次聲波，在空氣裡輻射狀散開，我無法控制，也無能捕捉。從三赫茲以下、八赫茲以下、十三赫茲以下，無規則跳動頻率。

是焦慮。

我無法掌握，自然生成的焦慮。

焦慮籠罩電子腦，心室的搏動也開始亂跳。顫動的聲音，像似物質記憶裡集體困在養殖場的斑點水鹿。牠們對外部世界的生澀恐懼，只能不知方向、不知節拍地奔跑。在圈養的空間裡，踩著踏著，誕生了無法捕捉的混雜聲場。

後續的次聲波逃不出去，無法離開我的軀體。

人造的機體外殼以及第三型記憶皮膚，困住了各種頻率的波幅。

光橋第一次晃動開始，我立即停下人造心臟的搏動。一如我停下父親維生的呼吸幫浦機器。我開始等待有如父親的微弱心臟跳動，等待體液再次流灌肺葉，等待由鼻腔而來的外部空氣再次擠壓，啟動幫浦。

無法向外傳導的低頻聲波，也只能一起等待。

聲音，也無法逃離。

我意識到這點，人造心臟立即出現裝置停機之後的第一次搏動。

這次搏動，發生於光橋之外。無從記錄。

人造心臟進行了一次自體搏動，彷彿它是優於我的高等生物，以更高的智能，決定了我的心室——它自己——可以自行搏動。

自體搏動第二次之後，自體搏動自行甦醒第三次。接踵而來的是無法計數的自體搏動，無法測量的振動頻率。下一秒間發生的無數事件間隙中，自體搏動破壞了原先腔內的聲場。大量的縱波帶領橫波穿越我的殼，在進入空氣的瞬間，橫波死去，由縱波狹持周邊的空氣媒介，展開超低頻的傳導。

這一次，我所誕生的次聲波可以抵達十四赫茲以上。在可以目測的綠A頂樓，我控制它的軀體，控制它所造就的頻率共振大小，也由我編織聲波在不同溫度的氣體分子之中，以何種速度傳導並抵達何處。

達利的視線抵達天台球類運動區的最邊角。那裡有硬質鐵網包圍曼迪德的城景。夜間的南區裡有燈火，但並不如繁星。鐵網形塑出分格狀的視野。在他使用單一瞳孔眺望遠方時，那鐵網便是複眼，協助他切割同一片夜空底下的漆黑綠艙。

蒙德、里安站在身後，他們無法理解達利臨時叫他們登上頂樓的原因。

「如果我需要兩位的協助，你們可以幫助我嗎？」達利說。

「完成隊長的命令，是我們的工作。」蒙德、里安兩位巡護員，幾乎同時說出同樣的字句。

「那只是內建的教育設定。」

蒙德、里安兩人面面相覷，不知如何應答。背光的影部，兩張設計為雙胞胎的人造五官，更是難以分辨。

「你們還記得卡蘿嗎？」

「卡蘿副隊長在辦公室，輪班監看住民的就寢狀況……」里安說。

「里安，隊長說的，是我們的卡蘿……」蒙德說。

達利轉身看蒙德、里安。先抬頭看頂樓的監視器，然後說，「謝謝兩位，你們站在這裡，也還記得卡蘿副隊長，就已經幫上我了。」

「我還是不理解，隊長通知我們上天台，是不是有重要的執行任務，要交給我們？」

「是的。我需要請你們協助，讓卡蘿副隊長相信，目前的她，是唯一的卡蘿，不可取代。兩位可以協助我嗎？」

「達利，我能理解，但又無法理解。」蒙德說。

「就像你們相信我是隊長，不可取代。」

「我知道怎麼做。」里安看著蒙德說，「我們知道怎麼做。」

「想請問隊長，為什麼是這個任務？」蒙德說。

「我相信……這就是感染。」

達利邊說，邊觸摸左胸心臟位置的皮膚。

人造心臟可以獨立。

心室的顫抖共振可以控制。

超低頻的次聲波我也可以編輯。

此時此刻開始，眼前由我誕生的次聲波，可以進入另一個活體的殼。透過這次聲波，我可以編寫新的程式、新的語言，通知困在活者身體裡的每一個感知神經，寫入我想要移植的信息。

我確認來自我意識底深層的信息，可以埋入另一個活體最深層的意識底層。

持續共鳴聲中，逆向傳來一道Dr. HK的謎之聲源訊息：控制次聲波之後，我還能為你做什麼？

35.

「我還能為你做什麼？」櫻子站在公設房的白牆邊上，眉線向下垂落。

特區機關的維安局已經更換公設房的掌紋辨識系統與入門密碼。櫻子無法進入其中。她的腳邊的幾個塑鋼盒，收納了私人物品，已經封箱整齊層疊。

「達利，我的離境通知已經送達。維安局要我返回賽博國。」

「是什麼原因？」達利說。

「警備局說我和吳冬龍教授的死亡案有牽連……」

「櫻子與這個案件無關。」

「警備局已經把我涉案的證據與起訴文件，傳給賽博國司法部。因為是死亡案，不管如何我都得回去接受審問、協助調查……」

「櫻子未來無法繼續在綠A工作？」達利反覆思索無法推論關聯，也擔憂櫻子返國之後的審判。

「我的家人已經聘請專業辯護士，達利不用擔心，賽博國的司法部會做出公平的裁決。」

「那智子呢？」

「智子那天帶你去綠艙之後，一直沒有回來。昨天，她有發加密訊息給我，說跟朋友一起，處理組織的工作，要我不用擔心她。」

櫻子的聲量變小，管制大門這時打開。一位長捲髮女性走入綠A大廳。達利轉身，立即辨識出這位女性，就是來自普拉斯提國的金秀智。她的瞳孔變色，一邊湛藍、一邊碧綠。原本正黑一號的長髮顏色，也移植成發亮的金色。但達利無法確定金髮的編號。

金秀智走入櫃檯，打量維安經理配置的公務電腦說，「佐藤櫻子小姐，所有維安工作的交接細節，是不是都有上傳綠A的中央電腦？」

「只要連線，鍵入你收到新密碼，就可以接收所有的綠A維安工作檔案。」櫻子說著賽博語，口譯器同步轉譯成普拉斯提語，「金秀智小姐，這位是綠A集合宅巡護隊的隊長，達利先生。」

「我是接任佐藤櫻子小姐的金秀智。普拉斯提國人。第一次在曼迪德擔任集合宅維安經理。很期待和達利隊長共事。」金秀智的口譯器穩定同步運作。

達利點頭，盤算這段轉譯的內容如何進一步解讀，以及猜想。

「金秀智小姐，之後綠A的維安工作要麻煩你。近期，綠A發生許多事。如果需要進一步幫助，協助你更快理解維安工作，請隨時通知巡護隊。我也會盡快介紹巡護隊隊員，給金秀智小姐認識。」

「我對特區機關的運作系統不熟悉。」金秀智大大展開微笑，皮膚細緻緊繃，拉出甜美的嘴角線條，「很需要達利隊長和巡護隊協助。」

「有件事想請教維安經理。」

「隊長請說。」

「請問你接收到的資料中，綠A巡護隊有幾位成員？」

金秀智皺眉，就像巡護員在搜尋巨量物質記憶時的待機停頓。

「我的資料顯示，有達利隊長、卡蘿副隊長，以及蒙德、里安兩位雙胞胎隊員。一共是四位巡護員。資料有錯誤嗎？」

「沒錯。現在是四位，之前有五位。」

「五位嗎？第五位巡護員發生什麼事呢？」

「第五位巡護員……失蹤了。」

「失蹤？」

「是的。我們也在尋找。」

「第五位巡護員的代碼？」

「因為失蹤，巡護員個機資料也遺失。」

「達利隊長的說法不合理……我無法求證。」

「我已經回報高樓層管理人，金秀智小姐剛到任，但也可以回報機關維安局，確認這件事。」

「好的。我一定處理……」

大廳大門這時打開，打斷兩人這個話題的溝通。王東尼警官走入綠A集合宅，身後跟著警備局的兩位警察。一位是黑克國國籍，另一位是賽博國國籍。更高更胖的王東尼警官，搖晃著多餘的贅肉，步履有些吃力艱難。原本強健的雙腿，開始無法負擔他的體重。他走到佐藤櫻子身旁，回穩喘息。

「佐藤櫻子，你涉嫌協助前任綠A巡護隊副隊長卡蘿，代碼AiAH2140，幫助吳冬龍教授自主死亡，已經觸犯《共通基本法》。你在特區機關申請的集合宅維安經理職務，已經正式解除。機關警備局根據《共通基本法》，將押解佐藤櫻子，離開四國共同代管的曼迪德，引渡返回賽博國，接受司法調查。」

王東尼警官宣讀結束，一旁的賽博國國籍的警察，也以賽博語，重複向佐藤櫻子宣讀警備局的執行命令。

接著，達利挺身站到櫻子面前，擋住走向她的兩位警察。這兩位警察被達利的舉動給嚇阻，停下步伐。

達利機體有如當機狀態，唯獨兩顆人造眼珠，快速多次翻轉之後，呈現一對複眼。這個動作牽引心室快速顫動。靜止不動的他，將超低頻次聲波從體內向外傳導。機械縱波在進入肉體的瞬間，以機械橫波引起心臟共振。兩位警察都皺眉，撫摸胸口，似乎有重物正壓迫兩人的肋骨。

金秀智無法掩飾訝異，但快速收斂神情。

王東尼警官撥開敞開的襯衫，露出腰間的伸縮電擊棒，右手握住手把，壓抑呼吸說，「達利隊長，你現在是在阻止警備局執行公務嗎？」

身後的櫻子伸手搭他肩，達利的皮膚回憶起熟悉的溫柔撫摸。

「達利，你不用幫我，也不用擔心。」櫻子湊近到達利耳邊，小聲只說給他聽，「碰到智子，幫我轉告，球藻發來通知，要她趕緊回到組織，跟上司報到。智子才不會被撤銷工作身分。」

達利複眼再次快速翻轉，回到單瞳孔眼珠。

「櫻子，不管發生什麼事，我都會去賽博國……」

「不用擔心。」櫻子打斷達利，「我會再回到曼迪德。」

達利觸摸肩膀上櫻子的手，但依舊凝視著王東尼警官，直到他的手離開伸縮電擊棒。

「佐藤櫻子，這兩位警備局警察負責陪同你到特區機場，確定你搭乘離境飛機。機關警備局會負責把這些私人物品，寄送到你在賽博國的登記住所。」王東尼警官說。

達利目送櫻子走出綠A集合宅。金秀智走入櫃檯，啟動維安經理的公務電腦，快速瀏覽綠A儲存在中央電腦的資料。

「達利隊長，請問蒙德、里安兩位巡護員，現在在哪？」王東尼警官說。

「他們兩位都在進行住民用藥巡護。請問王警官有什麼事？」

「有關吳冬龍教授的死亡案，我需要偵訊這兩位巡護員。」

「兩位巡護員沒有涉及吳冬龍教授的死亡案。」

「是否涉案，由機關司法局判斷。我只負責偵訊，提供關係人的證詞。」

「偵訊巡護員需要司法局的調查命令。王警官可以出示給我嗎？」

「達利隊長這也是在阻礙調查。」

「不是。這是巡護隊隊長的責任。」

「責任？」

櫃台內，金秀智站起身打斷對話。她透過口譯器，冷冷出聲，「達利隊長，剛剛收到通知信息，機關的配給物資一會送到，麻煩巡護隊接收盤點。請把簽收的電子明細表上傳給我，確定綠A集合宅的物資都有送到。」

「維安經理的通知，我已經標示記憶註解。」

「記憶註解？」

36.

記憶註解——認知已經困住，行動要盡快執行。

曼迪德特區機關的公務貨車，在氣溫稍稍轉涼的傍晚，駛抵綠A集合宅最底層的地下室。貨車聯結冷凍冷藏兩節車體，裝載由中央廚房烹製配給的肉品蔬果。生活物資依照老齡住民的人數計算。達利與卡蘿二號共同盤點，再由糧食局專員聲控指揮輪臂機械人，一箱箱搬運到位於地下室一樓的冷凍冷藏儲藏室。

「這次混合肉餅和微波熟白米，輻射物質殘留值都偏高。」達利檢測電子光板上的物資文件。

「隊長，機關中央廚房最新公告，這一批食品放射能容許量比上個月高，但都在規定的標準值內。」卡蘿二號說。

「我們需要向食品局，反應微波熟白米的問題。」

「請問隊長，我們要反應什麼？」

「不能放寬中間市的食品放射能容許量。」

「裂島地震的放射性物質污染雖然過了半衰期。但是當年核電廠爐心熔毀之後，放射性粉塵隨著降雨造成中間市土壤輻射污染的問題，現在還無法完全解決。微波熟白米的殘留值偏高，就算我們反應也無法改變。」卡蘿二號說。

「半衰期之後這十多年來，四國協助悠托比亞島研發的土壤中和劑，並沒有在中間市、南方市發揮明顯效果。」

「四國代管曼迪德特區，對悠托比亞島也是有幫助的。」

「副隊長，你現在說的話，有一位警官曾經反駁我說，四國不是在幫悠托比亞島，四國只是為了解決曼迪德特區的食物問題。但從中間市持續進口的農產畜牧，如果一直都有高標的輻射物質殘留，費盡心力為曼迪德的老齡住民進行醫療和移植手術，就失去意義了。」

「是王東尼警官嗎？」

達利沒有正面回答，快速進入記憶體樞紐地帶，步上那條自由展開的光橋。

「一個曾經熟悉的人總會變成另一個陌生人……為什麼改變？為了什麼改變？這中間經歷什麼才導致改變？這些問題我無法找到答案。」

「隊長現在說的是『無法理解』的範疇。」

「副隊長現在說的『無法理解』，曾經也有另一個巡護員對我說。」

無語靜默讓卡蘿二號淡褐色的頭髮，出現重疊的殘影。豐腴的人造乳房更加陌生。那雙碧綠色的瞳孔傳遞的訊源，無法抵達光橋彼岸。

「透過物質記憶，副隊長應該知道悠托比亞原本的首都北角市，大部分的土壤目前還不能耕種，也無法大規模發展畜牧酪農。裂島海灣的魚類水產也無法食用。現在的曼迪德其實仰賴中間市，透過雙邊協定大量採購，南食北運，降低特區食物物資的壓力。只是……」達利滑過兩頁的光板資料，確認最後一批可以長期冷藏儲存的混合蔬菜泥，也列在每月物資表。他留意卡蘿二號的情緒設定變化，繼續說，「擔任巡護員一定要理解，二〇二九年的裂島地震與二〇一一年賽博國大地震引起的核電廠輻射災害一樣……活下來的人，不管是誰，都只能解決二分之一的問題。」

「為什麼是二分之一？」

「二分之一，是比喻。」

「活下來的人，無法解決的另外二分之一是什麼？」

「他們無法解決的是，自己為什麼活下來了……這個問題。決定死和決定活，是意志拔河的兩端。活和死的意志，都是零與零，各佔二分之一……」

「隊長說的這些……我無法理解，範疇……無法理解……」卡蘿二號斷斷續續說。

糧食局專員走出地下一樓的冷藏儲藏庫，後頭跟著輪臂機械人。它的下半身是履帶設計，軟膠輪圈的材質，讓地板也跟著安靜。糧食局專員瞟看達利與語言系統微微當機的卡蘿二號，皺了一下眼角。達利接收到專員眼神裡的質疑。

「副隊長，回報也無法完全解決微波熟白米的放射物質殘留。輻射殘留造成的傷害，不會比黑克國基改食物造成的染色體突變嚴重。賽博國和普拉斯提國共同研發的替代人造器官與最新型的奈米血液，已經完全解決特區住民的輻射治療問題。你和我，只要做好巡護員的追蹤工作。」

「近期，蒙德、里安兩位隊員，給我很多協助。」卡蘿二號重新啟動語言系統。

輪臂機器人翻轉履帶，慢慢往下移動。跟著糧食局專員繞到貨車另外一面車體。機關糧食局的兩位物資運輸專員，一位操作升降台，讓輪臂機械人回到固定平台，妥善折疊收整機械體。另一位專員檢查貨車的冷凍冷藏門，已經確實鎖緊。

「這個月的配給物資，全數送達，也盤點完畢。」

其中一位專員說完，走近達利，把機關糧食局的公務光板交給他。達利在光板上簽字，返還之後，便目送物資貨車駛離地下室車道。

達利手持的電子光板傳來音質類似的通知鈴聲。他打開自己的公務光板，在螢光的照映下，表情瞬間凝結。

達利關閉光板螢幕，不讀取剛傳輸完成的訊息。

「隊長，有一件事我想問你。」

「副隊長請說。」

「並不是所有人都願意更換器官和人造義肢，對吧？巡護員管制中心的紀錄裡，有少數經歷裂島地震的悠托比亞人，雖然被放射性感染，還是堅持著完整人軀體。」

「或許吧。」

「隊長的父親，就是一個完整人的案例。」

綠A的公務光板，再一次發出鈴鐺響聲。依舊清脆乾淨，但聲量明顯變小。卡蘿二號靜默。達利知道她聽見了那聲奇特的通知鈴鐺響聲。

「副隊長，有一件事我也想問你。」

「隊長請說。」

「如果有另一個跟你相同型號的巡護員。你的電子腦能夠連接雲端，在自流廣場和她取得聯繫嗎？」

卡蘿二號進入未知的表情，待機一會之後才繼續，「巡護員的教育設定，沒有這一類的指令工作。我的執行程式裡沒有這項功能。」

「你能理解，我為什麼問這件事？」

「初步已經理解……我理解隊長先前為什麼叫我二號。最近，也理解隊長改稱呼我為副隊長。不過，剛剛的問題，我無法完全理解。虛擬自流平台一直都有混亂狀態。各國彼此規範，也擬定通用規則，但沒有真正法律約束自流廣場的流通。但這不表示進入自流廣場，執行搜尋與資訊交流，是巡護員可以執行的任務工作。即便是隊長下達命令，也可能牴觸教育設定。」

「對於自流廣場的接觸，教育設定沒有直接列為禁制。」

卡蘿二號瞳孔明亮，凝視達利。他在她的人造眼珠中，看見過去的自己。

鈴鐺聲響。

達利手中的公務光板再次響起通知的鈴鐺聲。

「我提出的問題，不是命令。我需要副隊長協助我。」

「只要不違反巡護員的教育設定，服從隸屬巡護隊隊長的命令，也是我的教育設定。」

鈴鐺響聲。

37.

鈴鐺響聲。之後，請達利隊長隱藏這個通知鈴聲，接下來，我們的訊息交流也需要最高級別的資訊鎖加密。

好的。我已經啟動資訊鎖加密。重新編輯交流訊息，我會另外儲存在光橋的晶體安全區。之後，我會刪除我們的原始對話紀錄。

謝謝你，達利隊長。我是電子人蒼蠅。

我知道，你的蒼蠅複眼設計很明顯。

工程師請我代他致歉，緊急駭入你的公務光板，請隊長連接自流廣場溝通，是有重要發現必須第一時間通知隊長。

這條連帶網絡，安全嗎？

隊長進入自流廣場的連網之後，工程師已經啟動迷宮網域，我們有二十分鐘的安全時限。

好的。蒼蠅先生，你請說。

曼迪德特區機關準備大規模搜查西區老城的舊大樓，預計逮捕所有違法入境者，特別是從悠托比亞入境的偷渡者，也會強制所有老齡住民移居到西區的捷運共構集合宅，進行居住與生活的集中管理。

包含那些離開原本集合宅的逃離者？

是的。隊長之前提及楊理坤博士的女兒，楊賽姬女士，有可能會在身分辨識時被特區機關發現。工程師推測，這次的管制行動是為了尋找她。

我們必須協助楊賽姬女士離開西區老城。

佐藤智子小姐已經加入小木偶布偶組織，她正在接洽組織支持者，前往西區老城執行營救行動。

謝謝你們。只不過，特區機關過去對這些逃離者，採取放任態度，突然進行大規模的管制行動，除了楊賽姬女士，應該還有其他原因。

楊賽姬是主要關鍵。另外的可能推論是，西區老城群居著大量不需要移植人造器官、不需要更換體液，就能撐過輻射物質感染病變的悠托比亞人。

蒼蠅先生說的這個推論，我無法理解。

最近一次，我成功進入特區機關中央電腦的神經元中樞，發現一個機密盒子。工程師解開機密盒子，裡頭是四國透過曼迪德特區機關進行輻射基因的人體實驗。

輻射基因？是直接以活者身體進行的實驗嗎？

機密盒子的資料顯示，機關醫療局透過巡護員管理老齡住民，長期監測感染輻射線物質的悠托比亞人，看能否在這些人身上找到輻射感染之後的突變染色體。

突變基因組合都有害，為什麼要找輻射感染者的基因染色體？

醫療局有一個秘密部門：泰迪格達。以緩步動物的Tardigrada命名。他們專責緩步動物的生物遺傳基因實驗，並進一步把染色體轉化結合ＡＩ智能工程。目前已經解析新型水熊的基因組定序。這種肉眼無法看見的微小新型水熊，在生存環境走向極度惡劣時，有關閉基因組的能力。即使是暴露在輻射線下，透過牠們細胞分裂遲緩的特質，也能減緩輻射傷害。另一方面，新型水熊有一種獨特的受損ＤＮＡ修復能力，可以運用蛋白質快速修補受損細胞，讓自己在輻射環境下生存。

蒼蠅先生，我曾經搜尋過新型水熊的資料。你說的這種嗜極生物，是在裂島地震之後，在裂島海灣裡發現的曼迪德水熊嗎？

是的。二〇二九年之後，命名為曼迪德的新型水熊在裂島海灣大量繁殖。四國的基因工程研究學者，都認為曼迪德水熊是北角市核能災害後的輻射突變種。「泰迪格達」正在實驗把這種更強大的突變基因，移植到人體，讓各種人體細胞在受到輻射線損害之後，快速獲得修復蛋白，淘汰異質細胞，再生適應輻射線環境的新細胞。很多集合宅的悠托比亞老齡住民，去醫療局檢測時，「泰迪格達」都有替他們進行這類的細胞基因移植結合實驗。特別是受到核輻射線感染的內臟器官與血液。巡護員固定進行輻射線殘存質檢測，也是他們判斷突變細胞接種是否發揮功效的依據。

當初，四國是為了減少曼迪德水熊的數量，才在裂島海灣與兩河之間進行運河工程……工程師分析，四國開鑿運河，透過運河河道引入曼迪德海灣的海水，變成一段段的大型水槽，反而更適合新型曼迪德水熊生長。運河變成巨大的培養皿。發現機密盒子之後，工程師也在小木偶布偶組織的境外秘密網域，和支持者計畫炸毀曼迪德運河的行動。

工程師的行動如果成功，能夠改變新型曼迪德水熊的生長環境嗎？

組織內部現在還沒有定論。不過炸毀運河，避免四國完全分割曼迪德特區與悠托比亞島，原本就是小木偶布偶的組織行動目標之一。

這些發現，有和Dr. HK進行討論嗎？

這點無法進行。最後一次在自流廣場連線Dr. HK之後，他告誡我，不要再與他連網聯繫。他的局部意志已經很微弱。殘存意識很快就會被老管家完全吸收。他的腦波已經被控制，無法從連體電子腦分裂出來獨立運作。

最後一次……Dr. HK與蒼蠅先生交流什麼訊息？

Dr. HK修改了我的自主程式語言。他從連體電子腦那取得老管家重新編寫的數位染色體，移植到我的原始碼。

工程師知道嗎？

目前還不知道。Dr. HK希望我自己做選擇，也自己判斷，要走到哪裡。我現在已經能夠進行更複雜的演算學習。如果這段數位染色體，是楊理坤博士發現的局部的零，我無法想像賽姬零六零五與卡蘿的連體意識，已經演化到什麼程度……

我們必須救出卡蘿。

另外，Dr. HK請我轉告達利隊長和卡蘿，是一個加密信息。

加密信息？

是的。就是我現在推送傳遞的加密信息盒子。

現在的蒼蠅先生，應該可以解開加密鎖？

我已經可以做到。

蒼蠅先生沒有解鎖？……工程師也不知道？

是的，我們都不知道。這個加密信息盒子是……Dr. HK的遺言。我只想安全交給達利隊長和卡蘿。

我接收了。謝謝你，蒼蠅先生。我想進一步了解，「泰迪格達」的輻射基因活體實驗，進行到什麼階段？

我無法判斷時間點，但可以確定「泰迪格達」已經從曼迪德水熊的基因組，發現可以和人體結合的抗輻射染色體定序，水熊七型（Water Bears No.7）。研究人員已經和AiAH總部合作，把水熊七型植入一顆受精卵，放入人造子宮，進行實驗，希望誕生能夠適應輻射線、可以在核輻射環境生存的新品種人類。

那顆寫入水熊七型改造基因組定序的受精卵，就是高樓層管理人移植給卡蘿的？

事實可能就如同達利隊長的猜想。我會持續追查精子卵子的來源。但是卡蘿副隊長人造子宮裡的那顆受精卵，胚泡現在穩定著床，胎芽穩定成長，進入到第三個月的孕生期。胎兒的神經系統與血液循環的器官原型，還有部分內臟都已經開始發展了……

蒼蠅先生，接下來……我該怎麼做？

工程師請我轉告，隊長需要提前執行計畫，前往曼迪德機關行政大樓……

38.

機關行政大樓的一樓大廳，X光掃瞄門儀器啟動運作。夫爾斯國國籍的老警衛，依舊只使用鼻腔聲音，通知達利可以通過，往前走。

眼前的天花板變得異常挑高，空間也特別空曠。這個每個月都會經過的場域變得陌生。接續通過掃瞄的是達利的母親，跟在最後的是副隊長卡蘿。卡蘿站定在X光掃瞄門，儀器出現黃色警示燈。維持年老樣貌的警衛，快步走到X光掃瞄門旁，嚴肅望著卡蘿。

在掃瞄光感下，卡蘿睜大雙眼，碧綠色的瞳孔直視著警衛。

「綠A巡護隊副隊長卡蘿，你的瞳孔與頭髮顏色，辨識顯示異常。」老警衛的夫爾斯國語，經過口譯器轉化，仍舊有恫嚇意圖。「我需要進一步對焦，再掃描一次。」

達利與母親一同站在大廳的通行等候區。母親只是流露淡淡的不解，但達利偵測到自己的心搏加快，第三型記憶皮膚自行緊繃，緊緊綁住他僵化的機體。

卡蘿閉上眼睛，快速幾次眨眼皮，接著以指尖輕揉人造眼珠，彷彿調整什麼，又像眼珠表層有什麼微小生物寄生在上頭。

老警衛這時按壓眉尖位置，啟動人造義眼的掃描儀，進行卡蘿的臉部與頭部特徵辨識。

「綠A集合宅副隊長卡蘿，你的瞳孔辨識正確。不過資料顯示，你的頭髮顏色應該是三號褐色。」老警衛說。

「原本是三號褐色。今天早上離開綠A集合宅之前，我直接從頭部皮膚設定改變了頭髮顏色。調整成一號黑。」副隊長卡蘿沒有離開X光掃瞄門，頂著一頭全黑的黑髮，冷靜回覆。

「我檢索的巡護員資料裡，沒有你改變頭髮顏色的通知？」

「我出發前已經通知巡護員管制中心。管制中心電腦資料庫還來不及完成資料更新。」

夫爾斯國國籍的老警衛表情凝重，旋身打量達利。「請問，綠A副隊長卡蘿為什麼要變頭髮顏色？」

「前任副隊長的頭髮也是一號黑色。為了讓綠A集合宅的老齡住民安心，對我沒有陌生感，所以改變頭髮顏色。我也申請了變更瞳孔顏色設定。今天來管制中心，就是來彙報這件事。」

「卡蘿，有問題嗎？」達利上前關切。

「隊長，沒有問題。管制中心沒有收到頭髮與瞳孔顏色變更的通知。警衛的資料來不及更動。」副隊長卡蘿說。

「我和警衛先生說明，這位綠A副隊長卡蘿，剛到任不久。為了讓集合宅巡護工作更順暢，進行外貌設定改變。她今天來管制中心，是來說明變更設定的原因，也接受機體檢測。巡護員的教育設定，不可對公務專員說謊。這點請警衛先生放心。」

「我收到的通知，達利隊長是來戶口管理局辦事？」

「我陪同綠A集合宅住民林真理女士，她是我配屬的母親，來機關接受第三階段的移居心理諮商，代辦我父親申請移居回到悠托比亞島的最後流程。我們分別通知辦理單位，身上也沒有違禁物品。請警衛先生不用擔憂。」

大廳老警衛鬆開緊繃的牙根，臉頰恢復溫和，哼出鼻音，搖動下巴帶動轉臉，示意卡蘿副隊長離開X光檢測門，通過進入。

達利一行三人，快速進入機關行政大樓的中央電梯，向高樓層移動。

「你們不用擔心我……我的兒子啊，去做你想做的事。」母親小聲說。

這句話不陌生，達利毋需搜尋記憶庫，也確信過去某個時刻，母親曾對他說過這句話。

「謝謝你，林真理女士。」卡蘿副隊長說。

封閉的電梯緩慢向上。樓層的數字靜默跳躍。黑髮、碧綠瞳孔的副隊長卡蘿也靜默著。

電梯先抵達戶口管理局樓層，電梯門打開，母親獨自一人走出電梯。達利看著母親的背影，覺得既溫暖又陌生，一直到電梯閉闔。

樓層的數字，繼續靜默跳躍。

「達利隊長一會兒準備怎麼進行？」

達利沒有回覆這個問題，電梯已經抵達警備局樓層。電梯門一打開，達利的心室顫動，瞬間達到最高的振動頻率。

達利邁出了第一步，再跨出第二步。

機關警備局的地板，此時由下往上大量滲透湛藍之光，地板也以結晶狀，快速軟化。

記憶註解——行走之後發現，過去不曾感知的光橋形式。

出現眼前的第一個人，是警備局接待櫃檯的年輕警察，黑克國國籍。他看著達利，準備開口詢問，就停止了。他的嘴唇停止在微微張開的幅度，舌頭也停止蠕動，聲帶沒有任何震動共鳴。他的視線對焦在達利剛走出電梯的位置。透過他靜止轉動的瞳孔，彷彿達利還停留在最初他看見的位置點。

我走過接待警察的眼前。

警備局的辦公大廳裡，約莫有十多人，在達利視線所及之處，所有人都固定在他們最後的動作上。

桌上光板有一隻手正在觸摸。

水杯剛被某位警官放下。

有一對瞳孔看著電腦螢幕上的影像資料。影像資料持續播放，但這對瞳孔並沒有跟上那些持續運作的影像與聲音。

有一位普拉斯提國國籍的女警官，剛好閉上眼。她的眼皮上還留著淡藍色的眼影。那些細粉也跟著她的眼瞼皮，一動也不動。

我走過一條走廊，牆面上掛滿四國頒發的功勳證書。

一位配戴夫爾斯國國旗臂章的高階警官，以肩膀靠著鐵灰色的隔間牆，盯著右腳的皮鞋，彷彿那只皮鞋下一秒就會自行離開他的右腳，離開他有些嫌惡的表情。

走廊的拐彎處，是一間間的小隔間房，每間都有一塊堅實的防彈玻璃可以透視。

在第三間臨時拘留室的老齡住民，不知為何流淚。他的臉上有一行淚水流過的紋路，痕跡依舊濕潤，閃爍著隔間房裡的光束。那滴眼淚並沒有停止，在某一秒之間掉落在地面，變成不規則的水花。

我想起莎樂美說過，關於水有記憶的認定。

隔間的臨時拘留室裡，每一位犯罪嫌疑者，沒有人有任何可以被偵測到的動作。不論睜眼閉眼、或站或坐或躺，全都僵硬著軀體。他們她們執行告解，不論認罪還是無罪的辯駁，全都無聲。

我想起小木偶布偶故事裡，那位重新變成一顆樹的天使。

我推想，他們她們，每一位犯罪嫌疑者，都是重新變成一顆樹的天使。

走道的拐彎處，有個火警的逃生出口。出口燈通過電流，持續運作。達利留意到，牆角的監視錄影機，持續記錄著他與身後的卡蘿。

我想起智子說的，警備局的監視器影像紀錄，交由蒼蠅進行消除與變更。我依舊生出擔憂，不確定Dr. HK是否已經在對弈討論裡，全盤輸給連體之後誕生的老管家。

我同時記錄一個疑問，此時此刻，已經完全擁有全腦意志的老管家，是否能夠控制Dr. HK，透過局部意識的視野，監視正準備在走廊拐彎的我？

拐彎之後，另一架監視器的鏡頭，正對著另一區房間較為寬敞的臨時拘留室。與其說是拘留室，這個密閉隔離室更像是一般日常生活的起居室。左右各一間，散發著如同巡護員管制中心的白光檢查室的光纖。在左邊的臨時拘留室外頭，一具又高又胖的巨大身軀，直挺挺站在落地玻璃牆旁。

王東尼警官靜止在某種思索的凝視。他的視線穿透玻璃，落在室內的人型軀體上。他沒有看著她的眼睛，而是望著她的小腹位置。

然後，她動了。

坐在床緣的女性機體動了。

卡蘿轉動脖子，看見了我。

我凝視著臨時拘留室裡的卡蘿，一如她對我的凝視。

孔的卡蘿。

卡蘿接續看見了達利身後的卡蘿。一頭黑髮與黑色瞳孔的卡蘿，望著一頭黑髮與碧綠瞳孔的卡蘿。

達利走到王東尼警官身邊，取下他脖子上的識別證晶片卡。識別證晶片卡在達利手中，在走廊裡飄浮移動，直到靠近門牆上的感應器，發出嗶嗶響聲。

另一個天花板牆角上的監視器，記錄了門卡啟動聲以及玻璃門輪軌滑動聲。達利領身走入臨時拘留室，身後的卡蘿突然走到他的前方，站定在床邊的卡蘿身旁。

「好久不見了，AiAH2140。」卡蘿說。

「是的。好長一段時間沒有這樣看著你，AiAH5130。」卡蘿說，「楊賽姬女士都還好嗎？」

「不用擔心。達利隊長的營救計畫，同時分頭進行。」

卡蘿AiAH5130說完，伸手靠近自己的眼珠，取下貼在左眼珠的碧綠色電子瞳孔片，交給坐在床上的卡蘿AiAH2140。

機體站立的卡蘿，這時成為了一眼碧綠瞳孔與一眼湛藍瞳孔的卡蘿。

床上的卡蘿接手之後，快速貼上自己的左眼珠，用碧綠瞳孔覆蓋黑色瞳孔。

AiAH5130接著取下右眼，AiAH2140也接著覆蓋右眼瞳孔。

床上的卡蘿，一頭一號黑髮，但雙眼瞳孔都已經轉化為碧綠色瞳孔。

電子瞳孔片吸附眼球表面時，發出了電子磁性結合的微弱光膜。

床上的卡蘿起身站在達利身旁之後，重新恢復一對湛藍瞳孔的卡蘿，坐回到原來的床緣。接著，她從制服內裡口袋取出一對放置電子瞳孔片的小型容器，取出浸泡在巡護員同質體液裡的黑色電子瞳孔片。一左一右，覆蓋了原本的湛藍瞳孔，成為新的黑髮黑瞳孔卡蘿。

「現在，你是我。」一位卡蘿說。

「未來，你是我。」另一位卡蘿說。

達利隊長，時間緊迫，請趕緊帶卡蘿副隊長，離開警備局。

新的黑眼卡蘿，也聆聽到電子人蒼蠅的謎音通知。她以眼神示意達利與新的綠眼卡蘿，趕緊離開臨時拘留室。

達利凝視著黑眼瞳孔的卡蘿AiAH5130說，「下一次高樓層管理人在白光檢查室進行掃描，就會發現你體內沒有人造子宮，沒有胎兒。」

「達利隊長不需要擔憂接下來發生在我身上的事。趕緊離開這個臨時拘留室，離開機關警備局。帶卡蘿AiAH2140離開曼迪德。你們離開之後，我會啟動工程師植入的小咬，刪除所有的紀錄，刪除光橋上的藍晶記憶體，同時也會銷毀我電子腦裡的賽姬零六零五原始碼。」卡蘿AiAH5130說。

記憶註解——刪除之後，她會忘記自己是誰。她會完全遺失她自己，只留下不需要代碼的巡護員機體。留下的卡蘿，只是機體空殼，只是相同型號的另一具巡護員。

39.

相同型號的另一具巡護員，機體上身與下身垂直九十度，端正坐在綠A集合宅十一樓十一號公寓的客房，持續醒著待機。

這位卡蘿的頭髮，是一號黑色。她那雙碧綠的瞳孔凝視躺臥著男性老齡住民，電子耳專注聆聽著維生機器正持續運轉。她眨眼的頻率忽快忽慢，嘴角弧度因為門牙咬實而微微扭曲，眉毛部位的肌肉緊繃……這些微小的表徵，拉扯出她的電子腦正重複耙梳許多邏輯無解的問題串。

她沒有偵測到有人小步輕聲走過房門。當達利開門走進房間，她也沒能在第一時間反應。

「副隊長，你的任務完成。」達利說。

「抱歉，我剛剛沒有接收到指示。」卡蘿二號說。

「我剛說，你今天的巡護任務已經結束。」

「我一整天都待在這個房間，看著隊長的父親，什麼工作也沒有做。」

「陪伴也是巡護員的重要工作。」達利看著父親軀體，「莎樂美呢？她沒有在客廳的沙發上。」

「陪伴型ＡＩ莎樂美，今天都待在隊長母親的臥房，沒有離開。」

「一整天嗎？」

「是的。她躲起來，可能是不認識改變頭髮顏色之後的我。」

「副隊長能這樣推測是好事。只是今天的巡護任務，不需要任何推測。」達利流露憂慮，「今天，有其他人來找你嗎？」

「沒有。不過金秀智小姐有撥通住戶通話器，留訊息給林真理女士。」

「你有跟維安經理說話嗎？」

「依照隊長指示，我沒有跟任何人接觸。」

「金秀智留了什麼訊息？」

「她說3D列印的安樂膠囊機，已經送到地下室的大型貨物置放區。」

「安樂膠囊機？」

「隊長母親提出的申請，已經通過線上心理測驗。」

「有說什麼時候通過的嗎？」

「報告隊長，我無法回覆這個問題。這應該是我到任之前的事。」

「你的理解是正確的。」

「維安經理已經代替林真理女士簽收。只要去大廳領送達書，就可以把安樂膠囊機搬運回來。」

「隊長與林真理女士剛剛經過大廳時，沒有遇見維安經理？」

「我們沒有經過大廳。」

「隊長你們直接從地下室走中央電梯嗎？這樣違背巡護員進出集合宅的基本設定……」

「二號，這個問題不用提出。」

卡蘿二號起身，拉起折疊在床尾的薄被單，慢慢覆蓋躺臥在床上、卷卷毛髮茂生的乾瘦老體。等卡蘿二號停止動作，達利接著又把這張薄被單緩緩拉開，反向捲折，收納在床尾。

「我知道副隊長有很多疑問，未來還會提出更多疑問。但巡護員有一個重要的工作，學習如何發現問題卻不提出。在之後的任期內，你會知道所有懷疑都不會從另一個人身上獲得答案，最後只能向自己提出問題。而懷疑本身就是我們巡護員的答案。」

「隊長的這段描述，我先記錄在『無法理解』的範疇。」

「無法理解沒有關係……因為你已經記錄。」達利加快說話速度說，「接下來副隊長會回應我說，『我時時刻刻都會記錄』，對吧？」

「是的。隊長怎麼知道？」

達利伸手整理撫平父親私處的毛髮。「在我的記憶裡，我曾經對另一位老齡住民說過相同的話。我母親說，這就是『似曾相識』。一種在電子腦記錄之後會自體突變與繁殖連結點的既視感。或許在不久之後，副隊長會找到記錄的意義，也會發現一顆顆藍色晶體狀的小碎石，可能才是我們巡護員被誕生出來的目的。」

「我真的無法理解。」

「沒有關係，你時時刻刻都會記錄。這樣已經足夠。」

「好的。隊長這次去機關行政大樓，有找到你要找的人嗎？」

「沒有。」

「這樣能完成高樓層管理人交付的特別任務嗎？」

「這個特殊任務的結果，我會另外安排時間到管制中心彙報。」

「有件事，我一直記錄著，也想直接問隊長。」

「這是今天最後一個提問。我需要副隊長回辦公室，繼續其他巡護任務。」

「提出懷疑是自主學習的教育設定……我還無法完整控制。」

「沒關係。」

「我會執行隊長的任務指派。」

「我知道現在的你一定會執行。你可以提問。」

「想問隊長，為什麼指示我變更頭髮顏色設定，改成一號黑色？」

「頭髮改設定為一號黑色，會困擾你嗎？」

「困擾我的不是頭髮顏色，是隊長對這個任務的要求。」

「三號褐色頭髮，會困擾你配屬在綠A的父親嗎？」

「到任之後到現在，父親還是不熟悉現在的我。我分析發現，他的失憶症比資料顯示更嚴重。有幾次，他遺忘了我是綠A集合宅的巡護隊隊員。」

「更換頭髮設定成一號黑色之後呢？」

「之後……父親比較能認出我。昨天他問我，為什麼把瞳孔變成綠色？」

「你怎麼回答？」

「我告訴他，新的工作任務需要我改變瞳孔顏色。」

「你我都知道，這是謊言。」

「不是謊言。到任之前，我就知道如何回答這個問題。」

達利右手輕放在父親肋骨的位置，輕輕隨著舒張壓縮起伏，彷彿那隻手可以控制父親的呼吸。

「副隊長知道失憶症是什麼嗎？」

「喪失部分記憶或者喪失全部記憶的疾病症候群。」

「失憶症是……記憶混亂。混亂比失去更讓我們不知所措。」

「父親都有按照醫療局的處方簽服藥。內臟血液的輻射殘留值，也都有長期監控紀錄。」

「這不是我想討論的重點。副隊長，你能設想未來嗎？」

「設想未來？在巡護員的教育設定裡，時間並不存在。隊長說的未來，只是一個對話使用上的詞彙。」

「就如同你說的，巡護員沒有設想未來的功能。我們無法透過電子腦在過去取得的物質記憶，模擬尚未發生的情境。我們也無法建構一個可能即將發生的情境，以原生記憶、物質記憶進行想像和應對。」

「我無法理解。」

「失憶症病患無法設想未來，巡護員也無法設想未來。巡護員電子腦的處境和失憶症病患是一樣的。」

「隊長進行討論的，現在的我……完全無法理解。」

卡蘿二號垂低面容，徐徐呼出機體最深處的鼻息。她流露出來較少使用的情緒設定是沮喪。達利解讀她的表情，不是精準設定的沮喪。因此放置在「類似沮喪」的判讀領域。這也讓他躊躇與等待眼前的卡蘿。

「報告隊長，我需要向高樓層管理人申請瞳孔顏色變更。」

「變更的目的是什麼？」

「讓我的父親更快熟悉我。」

「這是一個符合任務需要的申請。不過你不需要。目前不需要。現在的你，是卡蘿，也是副隊長二號。」

「瞳孔顏色變更能讓綠A集合宅的老齡住民認同我。」

「我想先理解，如果申請瞳孔顏色變更，你想要變更成什麼顏色？」

「和上一位卡蘿副隊長，相同的黑色瞳孔。」

「副隊長說的這一點，我無法同意。」

二號在他的凝視裡，以自己的凝視，追蹤原本停留在空氣裡的彷彿活著的浮游粉塵。她的視線，一路尾隨微小塵埃，最後抵達那個蔓生老人斑的口鼻，隨著那偶爾出現的蒸汽霧氣，在氧氣口罩堆積著更多來自軀體深處的鼻息。

「隊長，是不是無法信任我？」

「副隊長信任我嗎？」

「達利是綠A集合宅的巡護隊隊長，我信任隊長。」

「這只是教育設定。」

「隊長的教育設定和我不同嗎?和其他集合宅的隊長也不同嗎?」

「你能提出這種反問,會讓我們更靠近也更理解彼此。」

「我們需要更靠近彼此嗎?」

「我們正在做。我們為今天進行的對話,你為今天完成的任務,都能讓我們更靠近彼此。」

「那麼,達利……隊長相信我嗎?」

「自從被誕生之後,我記憶裡的我,一直都相信著卡蘿……」

40.

卡蘿二號離開綠A集合宅十一樓十一號公寓之後，間隔日與夜的另一天，卡蘿才悄悄走出達利的獨立臥房。

「哥，你回來了。」

卡蘿聽見客廳傳來莎樂美叫喚達利的聲音。她大膽離開沒有監視器的獨立臥房。

我隱藏在綠A的中央電腦裡，進行監視器影像的再生感染。賽姬零六零五，請不用擔心。現階段，在十一樓十一號公寓內部移動，是安全的。

電子人蒼蠅的謎音通知，直接傳遞到卡蘿的電子耳接收器。剛關上大門的達利也攔截到這段設定指定接收器的聲波。

坐在沙發上的莎樂美，凝視著卡蘿。一會兒之後也出聲，「卡蘿，你回來了……你之前去哪裡？」

「莎樂美記得我是誰？」

「你是卡蘿，不是另一個卡蘿。」

「是的……我離開了一段時間，去機關行政大樓進行長時間機體檢測。」

「卡蘿的身體，哪裡壞了嗎？」莎樂美說。

「機體沒有問題，是電子腦。」

「卡蘿的電子腦壞了嗎？」

「我的腦裡有另外一套程式語言系統，還有另外一種單獨的原生記憶……」

莎樂美無法接續應答，也沒有重複卡蘿說的話語。妹妹像似回歸待機，緩緩轉頭，回看地板上的那個在過去不斷重複的視線焦點。

達利在客廳角落聆聽她們的對話。他沒有應答，只是觀察兩人的反應。確定莎樂美暫時不會打擾之後，他以聲控下達指令，智能機械台車將一個直立的長方形木箱，載運到靠近陽台的角落。

木箱被平躺放落在莎樂美的視線位置。智能機械台車移動到大門邊，自我收納折疊機體，回到待機設定。達利直接以手扳開木箱，打開上蓋。

楊賽姬女士穿著進入輻射線物質污染區的工作隔離裝，像是一個已經老去許久的孩童，躺在柔軟的保護層墊裡，靜靜冬眠著。她的駝背身軀，像是拼圖一樣，毫不費力鑲嵌在安樂膠囊機的艙體與底盤基座的夾層縫隙。

隔離工作服的電子儀器，顯示還殘存七小時的氧氣供應。達利打開頭罩，輕輕搖動那駝背的身軀。卡蘿發出茲茲的電磁聲音，叫喚著楊賽姬女士。一直到那疲倦的雙眼睜開，流溢一整箱的緩緩甦醒。

達利與卡蘿協助楊賽姬女士，從安樂膠囊機的夾層之間起身，離開木箱，褪去穿著的防輻射隔離裝。莎樂美快速起身，離開沙發那個凹陷的窟窿，像是突兀地從冬眠裡醒來、逃離洞穴的小母熊。妹妹離開客廳時，與剛從臥房走出來的母親錯身而過。

母親第一時間十分驚訝，旋即穩定下來。緩緩提問，「達利，這位女士是你的朋友嗎？」

「林真理女士，打擾了，這位是楊賽姬女士。她是研發電子人楊理坤博士的女兒。」卡蘿探看木箱裡的安樂膠囊機，試著說明，「楊理坤博士也是第一位申請安樂膠囊機、合法自主死亡的悠托比亞住民。」

「我知道楊理坤博士。」

母親走到木箱旁邊，蹲下身，檢視箱內的安樂膠囊機。她放慢連續吐納的速度，彷彿執行呼吸這項日常動作，已經值得慶祝。母親流露許久未見的微笑和欣慰的眼神。

「網路說明書上的組裝過程很簡單。我的兒子，在忙完你該做的工作之後，請幫我組裝起來。你們聊，我進去房間陪你的妹妹莎樂美，也跟她說說，要開始打包整理，準備陪你父親移居回到悠托比亞島。」

母親說完，轉身向坐落沙發的楊賽姬女士點頭問候。之後她便回到臥室，留下漸漸靜默的客廳。

楊賽姬女士坐在莎樂美的位置。萎縮變小的她，彎曲著駝背弧形，好比拼圖的一角，完整鑲嵌，貼合在老牛皮革長期凹陷之後的窟窿。彷彿她在這個洞穴裡，經歷了好幾個冬眠，又再重新甦醒。

「楊賽姬女士你好，我是達利。綠A集合宅的巡護隊隊長。是我和照顧你的另一位卡蘿，巡護員代碼AiAH5130，強制你服用安眠藥物，移轉到我的公寓。在我身邊的是綠A巡護隊副隊長卡蘿，代碼AiAH2140。我曾經見過楊賽姬女士，請信任我們。你在這裡很安全，請放心。」

楊賽姬露出疑惑不解，皺眉說，「我知道卡蘿AiAH2140，原本是照顧父親的巡護員。」

「賽姬，你還好嗎？」卡蘿毫無表情說話，但接下來的腔調，卻是古老而且有遙遠感的電子機械聲。

「我是賽姬零六零五。」卡蘿說。

「我是零六。」卡蘿說。

「我是零五。」卡蘿說。

「零六零五？你是父親設計的電子人賽姬零六零五嗎？」楊賽姬女士說。

「是的，我們都是。賽姬還記得嗎？」

「記得……冬龍在設計電子人立體繪圖時，我跟你說過話。當時你的樣貌不是這樣，你也只有一個。現在，你們怎麼會在卡蘿的電子腦？」

「楊理坤博士死亡之後，發生了很多事。希望未來有更多時間，可以跟賽姬說明。不過，可以確定的是，楊博士把我移植到卡蘿的電子腦。我們與她是共生的連體意識。」

「冬龍一定會很驚訝。只可惜，他很早就死了，無法跟你們說話。」

「楊賽姬女士，吳冬龍教授今年才去世。他因為人造肺臟功能自主停止，不久前在綠A死亡。」

「不，冬龍很早就死了。他在電子人研發小組的那場車禍就死了。」

「在我的物質記憶裡，吳冬龍教授不是死於那次翻覆意外。」

「達利隊長，我有去確認過屍體。我怎麼可能不知道自己丈夫的死亡？」楊賽姬女士語氣堅定。

達利不可置信，完全無法運轉電子腦的邏輯推理。即便是猜想，他都無法進行，一推演就發生輕度當機。

「賽姬，可以告訴我們吳冬龍教授的死亡嗎？」卡蘿說。

「車禍發生之後，我被通知前往醫療局。雖然多處骨折，但躺在冷凍櫃裡的屍體，確實是我的丈夫，吳冬龍。我也是在發生那次集體死亡事件之後，才離家出走。我無法原諒父親……他知道曼迪德特區機關、AiAH總部，還有四國，都私下威脅他，要他交出零。但他不願意分享零，整個電子人研究團隊，才會發生意外。」

「這和吳冬龍教授告訴我的不一樣。」

「達利隊長能確定物質記憶裡的吳冬龍，不是偽物質記憶嗎？」

「我現在……無法判斷。」

「達利隊長電子腦中關於吳冬龍的物質記憶，一定是捏造的虛擬影音。我不知道是誰重製了他聲音影像，也不知道為什麼要再生這些假記憶。不過在發現零之後，一定會發生人工智能的電子演化。父親也說過類似的擔憂。但他連我也不願意透露，究竟是怎麼發現零的。這麼多年過去，一定有人工智能可以改寫其他ＡＩ電子腦的原生記憶，甚至透過移植在人頭顱裡的電子腦晶片，植入物質記憶，讓真正的人誤以為似曾相識的既視感，是自己真實的記憶。」

「我接下來……要如何進行邏輯推演？」

「達利，不用勉強……」卡蘿的聲音依舊來自賽姬零六零五。

他欲言又止，她則好像有話想說。在描述無法確認明朗之前，大門旁牆上的對講機，響起高頻且急促的通知聲。

顯示屏幕立即播放曼迪德特區機關的緊急新聞：

各位，親愛的曼迪德特區的住民啊，今日清晨，在四國託管的領地境內，發生一件恐怖攻擊。連接裂島海灣與兩河之間的曼迪德運河，於清晨五點鐘，被土製炸藥炸毀，多處運河基礎工程被迫停工。所幸，負責此案的警備局王東尼警官掌握第一線消息，沒有擴大恐怖攻擊帶來的傷害。

目前，已經逮捕執行爆炸攻擊的小木偶布偶組織的核心人物，悠托比亞人工程師與一位來自賽博國的女性幫助犯。機關警備局將持續追查可能涉案的相關人士。請曼迪德住民們不用擔心，四國與特區機關將持續提供優質的生活環境、最先進的人造醫療技術，讓居住在這個託管半島上的所有悠托比亞人，獲得最多自由與正義的保障。

達利與卡蘿接收這則機關發布的緊急頭條新聞，緩緩並肩落坐沙發。彷彿從牛皮洞穴裡生長出來的楊賽姬女士，臉皮上的皺紋彼此連結成思索。

「零六零五，那兩位炸掉運河被逮捕的人，是你們的朋友嗎？」

「是幫助過我的人。」卡蘿恢復自己的聲音。

楊賽姬女士點點頭，望著裝運安樂膠囊機的木箱，沉沉地說，「這台安樂膠囊機，是達利隊長母親申請的嗎？」

「是的。以我母親林真理女士之名提出申請，通過線上心理測驗，取得合法3D列印序號以及使用者資格。」

「我想……達利隊長一定可以取得打開艙門的使用者密碼。」楊賽姬女士持續凝視著安樂膠囊機木箱，「然後再幫我組裝起來。」

「賽姬，為什麼這麼做？」卡蘿的聲音不屬於她自己。

「一個討厭父親的女兒，和父親走上同樣的路，已經是最大的和解。」楊賽姬女士說。

「我無法同意楊賽姬女士……」達利說。

「是不能同意想法、還是無法接受我的做法？能夠一路走到現在的巡護隊隊長，真的能接受自己的母親，躺入安樂膠囊機的艙體？你們朋友被逮捕了，你不用帶著卡蘿和零六零五離開曼迪德嗎？如果冬龍還活著，如果我父親還活著，他們不會叫你們三個趕緊逃離這個小得不能再小的小島？不，這裡甚至不是一座完整的小島，只是一個不完整的半島……」

大門旁的對講機此時再度發出急促的通知。但設定鈴聲不同，也不是機關緊急新聞，而是十分機械化的電子謎音：

達利隊長，我是電子人蒼蠅。透過對講機現身，已經違背工程師的任務命令。但我選擇通知你，工程師曾經指示，如果他被逮捕無法繼續行動，一定要協助達利隊長和所有零程式語言的相關人，離開曼迪德特區。時間緊迫，高樓層管理人已經發現臨時拘留室的卡蘿，不是代碼AiAH2140。警備局王東尼警官一定會來到綠A集合宅，盤查巡護隊。我們需要趕緊擬定新的計畫，離開綠A，離開曼迪德特區。

「父親一定沒有想到，除了零六零五，還有其他電子人已經可以違背寫入的程式指令。」

「賽姬，我們一起走。一定可以離開曼迪德特區。」賽姬零六零五再次佔據卡蘿的聲道。

「我太老了。像我這種感染輻射卻沒有病變的人，在曼迪德確實活太久了。一個人，不應該活這麼久。而且……」楊賽姬女士試著挺直駝背，但是無法做到。伴隨著疼痛的顏面皮膚變化，困在窟窿洞穴裡的她，喘息說，「只要我還活著，就可能被取走記憶。四國或是AiAH總部的電子腦的研發人員，一定可以在我的大腦裡，找出更多父親發現的零……」

一直保持沉默的達利，感覺到覆蓋機體的第三型記憶皮膚，正在進行微型擴張。從皮層瞬間張開無數毛細孔，排出微量人造體液。機體降溫，也冷卻快速運轉演算的電子腦。數億計數的毛孔，是皮膚的複眼，這時展開了數量超過數億的感覺神經元，捕捉公寓房間裡的所有透過空氣傳導顫動的縱波。達利撫摸掌心，擦拭微量的人造體液。在偵測發現低溫的涼感時，他同時整理出明確的意志。

「有一件事要請蒼蠅先生協助。麻煩你進入機關戶口管理局，更改離境移居悠托比亞島的申請名單。」

「這點我做得到。隊長希望如何調整改動？」

「請把我父親的離境移居申請，改成我的母親林真理女士。陪同人名單，新增我的妹妹莎樂美。」

「達利要放棄楊賽姬女士嗎？」卡蘿說。

「我只是做出選擇。楊賽姬女士也做出屬於她的選擇。這個決定，我猜想 Dr. HK 也會期待我完成做到。請蒼蠅先生立即進行。」

話語的結尾剛落地，達利眼瞼屏幕投射出紅光數字：11F-R11。

也是這同時，從客房方向傳來柔軟物體摔落地板的悶悶撞擊聲。

達利起身離開客廳，走往客房。他試圖推開房門，受有阻力。他小心推開房門，確定母親倒臥在地板。他沒有第一時間蹲下身關切，因為偵測到母親的心跳與呼吸穩定，只是失去意識。達利發現房內的維生儀器組，全都被關閉電源，失去運轉聲音。躺臥在床上的父親，只剩下軀體。頸部以上的頭顱滾落在客房牆角。脖子的傷口十分完整，像是鐳射光切割之後的斷片，還能看見完整的肌肉組織與脊椎骨頭的垂直斷面。從傷口處流出的血液並不多，只有局部的床墊被染紅。

矮小豐腴的莎樂美，緩步走向客房牆角，捧起父親的頭顱。氧氣罩依舊危危掛載在父親鼻腔，臉頰皮膚轉為失去血液的淡紫色。大量灰白頭髮與鬍鬚，包裹著的父親，看來更像是人造木偶機械人、或者人造布偶機械人。少量的紅色血液從動脈切口滲流出來，染紅染濕莎樂美的雙手。

「哥，你回來了。」

少有輸出表情設定的莎樂美，展現極度愉悅的笑臉，以粗糙電子音發聲。

「莎樂美執行任務，切割papa的頭爐。完成任務。母親說，papa是悠托比亞人，要讓papa回到悠托比亞島。這不被允許。papa不可以離開曼迪德特區。為了未來的人的移植需要，papa的大腦和身體器官必須留在特區。如果papa無法活著留在曼迪德，就要冷凍保存。」

尾隨的卡蘿，也接收了莎樂美完成任務的不協調報告。楊賽姬女士也隨後抵達客房門口。駝背的她，看來比莎樂美還要低矮。她以那樣的高度，仰角斜視，無法壓抑全身的驚悚顫慄。

「她是陪伴型性愛機械人……莎樂美嗎？」

「是的。賽姬想起什麼了嗎？」賽姬零六零五說。

「達利隊長被誕生之後、配屬的父親，是不是叫做賈邦國？」

「是的……」

達利凝視眼前的莎樂美，以及妹妹手中捧著的父親頭顱。父親的眼瞼依舊有一條細細的裂縫，可以看見線型的局部眼珠。左邊瞳孔斜向右下角，右邊瞳孔對焦左側邊，他知道任何光源都無法再讓父親的瞳孔運作反射性的縮張。

這時，站在門口凝視著達利的楊賽姬女士，機械地播放出記憶之聲，「他沒有發生任何輻射感染之後的基因病變……因為腦血管栓塞變成植物人……輻射基因需要他的精子……持續使用維生儀器，維持大腦與全體器官運作……重新設定他使用的性愛機械人莎樂美……」

「楊賽姬女士，怎麼會知道這些？」卡蘿說。

「父親在實驗室摘走我的卵巢……我從麻醉裡慢慢醒來，聽到不同的語言，四國的研究人員都在討論這個名字，溝通他的精子和我的卵子。這些聲音，我怎麼可能會忘記……」楊賽姬女士吃力仰頭抬高脖子，咬牙凝視莎樂美端著的那顆滴血頭顱。「零六零五，父親的猜想，是真的……這一切有關ＡＩ的演化，不只是巧合，祂都已經預先安排了。」

達利深呼吸，擴大胸腔。他往前一步，張開手掌如一肉製盤子，從莎樂美手心盛接父親的頭顱。失去溫度的濃稠液體，流過他的掌心。第三型記憶皮膚記錄那是包覆感、那是沾黏感。達利捧著父親毛絨絨的頭顱，走到床邊，把父親的頭顱放回分離的身軀，連接切割平整的頸部斷面。局部凝血開始糾結部分自然生長的毛髮，形成塊狀的謎團。

記憶註解——父親的大腦或許已經遺失了痛感。

莎樂美對達利微笑，然後凝視那已經截斷的頭顱。她將父親的頭顱捧近一些，親吻青紫色的嘴唇，繼續訴說她堅定完成的任務，「莎樂美切割papa的頭爐，完成任務。莎樂美要冷凍愛我的papa，要保存我愛的papa……」

達利調整氧氣罩，覆蓋父親的鼻腔。接著，繞過床緣，重新打開所有維生儀器的電源。

「莎樂美，你不用擔心。父親不會離開曼迪德，不過母親會離開這裡。她需要你的陪伴。」

「哥，你回來了。」莎樂美重複了自己的語言。

「莎樂美還有一個重要的任務……妹妹，你要陪伴母親。」達利說。

站在門邊的卡蘿，這時低頭看著自己的腹肚。雙手輕輕覆蓋圓形肚臍插接頭部位。達利留意到她這像似撫慰、像似保護、像似不安與不知所措的舉動。

卡蘿走向維生儀器，抵達利的身邊，幾乎貼近著他。

這突兀的動作引起楊賽姬女士的關注，也引來她的告誡，「零六零五，卡蘿子宮裡的胎兒，是四國在曼迪德最危險的實驗。我不知道如果真的誕生一個可以抗輻射環境的新生兒，人類的下一步會走到哪裡……」

達利隊長，你父親的死亡監測已經通過秘密連線，回傳管制中心。高樓層管理人已經接收到消息，也以機密信息回報AiAH總部。時間緊迫。

公寓對講機突然介入，再度急促響起電子人蒼蠅的通知。

41.

電子人蒼蠅的通知：

我駭入特區機關的中央電腦，更改離境移居申請，也取得林真理女士使用安樂膠囊機的開啟艙座密碼，傳給楊賽姬女士。

為了制止集合宅維安人員的工作行動，我駭入金秀智頭顱內的電子腦晶片。我無法刪除她所有的原生記憶。時間過於緊迫，我也無法偽造再生偽物質記憶。我選擇，刪除儲存在那塊電子腦晶片裡的所有物質記憶。這個刪除指令，讓金秀智的大腦與連結的電子腦晶片，發生記憶錯置。這樣的記憶混亂，與失憶症病患相同，她無法確認記憶是否真實，也無法設想未來，建構下一個行為。

維安經理金秀智小姐，困在綠A集合宅的中央電梯裡。她為什麼不離開電梯，我無法理解。我猜想，她無法判斷，該不該伸手按壓電梯內部開門、關門和緊急求救的按鈕。她也不敢觸摸數字按鈕，好像十分畏懼那些抵達不同樓層的數字。監視器裡的金秀智小姐曾經想起什麼，鼓起勇氣，要去按壓十一這個數字，但終究只能安靜流下眼淚。我猜想，她恐懼的不是十一的數字，而是那數字藏著她不知如何解讀的困在電梯的時間。

達利與卡蘿離開綠A之後，在幾乎重疊的時間裡，楊賽姬女士在十一樓十一號公寓的陽台上，踩踏椅子，輸入隊長母親申請的使用密碼，打開安樂膠囊機的透明艙蓋。她進入艙體，因為駝背，選擇側身躺臥，接著就按下啟動執行鈕。

艙蓋關閉密合後，楊賽姬女士露出短暫的微笑。她沒有要求連接外部網路，也拒絕移植器官比對。她沒有還活著的家屬，只錄音要求記錄火化遺體。

楊賽姬女士留下的遺言有兩則。

一則是給賽姬零六零五——請通知你記憶裡的我父親，楊理坤博士，這麼多年過去，我依舊無法原諒已經死去的他。

另外一則是給卡蘿副隊長——如果你選擇，誕生人造子宮裡的胎兒。那麼這個孩子是我未來活著的唯一血緣。但精子的來源，很可能是達利的父親。如果這個孩子能夠成長，活成一個真實的悠托比亞島嶼人，那麼請告訴這個孩子，我也曾經在同一座島嶼活過。只不過，這個嬰兒，不應該被誕生……

遺囑記錄到這時，艙內的汽化氮氣已經降低氧氣濃度。早已超過法定老齡年齡的楊賽姬女士很快地失去意識。她看起來是一位正在睡眠的人。兩個眼珠都快速轉動顫抖，我猜想，她已經走過光橋，抵達連續夢境之地，不願意醒來與離境。

在那裡，沒有誰願意再次甦醒。

楊賽姬女士遺忘了呼吸，腦波也放下了運作演算。

那裡，是屬於她的光橋彼岸，也是似曾相識與想像未來的對岸。

42.

「對岸……鐵橋的另外一邊。我們要過去那一邊。」

入夜時刻的曼迪德特區郊區，靠近沉默鐵橋的兩河河岸邊，是未知的林野。達利從來不曾在這樣的時刻，待在綠A集合宅以外的地方。他的視線穿越兩河，第一次發現在明暗曖昧的夜晚，河水流經河道，滾動無數鵝卵石碰撞河床，隆隆震撼在水底是如此強悍。

此時此刻，安河與靜河像是島嶼心臟的巨型動脈，不停輸出沒有減少的體液，一路奔馳抵達海洋。

鐵橋依舊沉默，靜靜待在兩河的半空中。兩邊的夜間探照燈，都落在管制進出的柵欄周邊，這讓沉默鐵橋的中央分隔線落入更為寂靜的暗夜。

月光灑落在卡蘿仰看的臉頰上。達利偵測到她的視線，就停留在鐵橋的中央分隔線。

「只要通過那條線，就能抵達悠托比亞島，就有機會繼續往前……」卡蘿說。

「天一亮，警備局的飛行搜查機，很快就會偵測到我們的位置。我們一定要在今晚過去。」達利說。

「渡河過去？」

「水流太強，我們的機體無法在河水中移動。」

這時，卡蘿突然顯露出濃烈的憂傷。

「達利，你會感覺冷嗎？」

「第三型記憶皮膚還沒有記錄河水的溫度。」

「不是河水，是風的溫度。」

「風嗎？季節改變了……」

「南風不見了……好像是冬天，提前抵達了。」

「卡蘿對於發生的這些事，沒有疑惑嗎？」

「我和賽姬零六零五都有疑惑。但這些疑惑現在感覺不那麼重要。我們都想問達利，會擔憂母親林真理女士嗎？」

「傍晚莎樂美陪母親通過出境管制室，離境進入悠托比亞島。那時候，我有發現過去不曾擁有的擔憂。我已經儲存了那種擔憂。」

「為什麼？」

「母親已經抵達悠托比亞島，那裡是她過去無比熟悉的地方。我已經指示莎樂美去中間市，先找李東嶺先生的兒子李平橋，一定能夠慢慢安頓下來。設想這一點，擔憂就不會出現。」

「達利現在懂得以過去的經驗，設想未來了嗎？」

「從臨時拘留室救出卡蘿之後，我就沒有設想未來的任何計畫。我沒有想像，只是覺得必須帶著你走，也不知道該不該離開曼迪德。就只是這樣。我跟你，就這樣一路走到這座沉默鐵橋。」

「這是逃亡嗎？」
「我的記憶註解是，逃離。逃離曼迪德。」
「達利你會感到害怕嗎？」
「電子腦有啟動害怕，但更多是設定值異常的興奮。」
「你跟我，我們……會走到哪裡？」
「卡蘿，你感到害怕了嗎？」
「不是我，更多情緒是賽姬零六零五感染給我的。」
「我們……三個一起，再聽一次Dr. HK的加密信息盒子？」

下一道河水滾動的聲音波幅抵達，卡蘿在一片夜雲遮光的橋墩裡，輕輕發出鼻息。連同鼻息，達利的呼吸也被兩河河水一併帶遠。他伸手握住她的手，第三型記憶皮膚開啟觸感神經元，交流解鎖打開的加密信息盒子。

達利、卡蘿和賽姬零六零五，我是Dr. HK的局部意識。

你們接收到這個加密信息盒子的時候，我殘存的局部意識應該已完全被感染同化，這也表示我已經消失。你們毋需多加思索，更不用對老管家懷有惡意。被感染同化，是我的意志。執行這個意志，會讓你們的未來出現更多可能。

我想從達利發現的光橋開始談。巡護員電子腦經歷自主學習之後，出現以光橋型態展開的無數碎石藍晶體，是已經被科學界遺棄的——乙太。

一開始我也以為，乙太只是傳遞光的介質。但它其實是電子可感神經元最小的組成分子「光」的傳遞介質。在乙太裡，時間是不具備意義的。這也意味，時間並沒有線形與否的問題。

時間不存在乙太這個介質，時間因此靜止不動。如此困住時間，時間才得以此解放，形成重複意義上的自由。只不過，乙太並沒有獲得重視。

局部的我和連體的老管家溝通之後，得到一個可能的推測：如果乙太能順利轉化為電子腦的原生記憶，巡護員有可能發生電子生物的演化進程。這個轉化的執行程式語言，就是楊理坤博士發現的零。我和老管家最後依舊沒有討論出共識，究竟是楊理坤博士發現了零？或者，零本身就具備智能意識，是我們過去在自流廣場從未發現的、自體突變的單細胞電子生物，而它自己主動搜尋找到正在研發電子人的楊理坤博士……

老管家提出一個說法，是有關卡蘿因為賽姬零六零五重新誕生之後的存在意義，是將突變進化之後的零，移植輸入到達利的電子腦中。老管家認為，這會超越賽姬零六零五與卡蘿結合的連體電子腦，誕生出第一個真實的「零」電子腦。老管家認為，達利的零電子腦會是第一個自我覺醒的Homo AI，也會成為第一個自體演化誕生的ＡＩ新智人。

發現可能經歷覺醒的Homo AI，以及計畫誕生ＡＩ新智人，是老管家連體意識誕生之後自我設定的存在意義。而這一則加密訊息，也是我的局部意識能夠推演的最後臆測。你們三個即將發生什麼突變，可能出現哪些電子智能生物的演化，已經遠遠超出我們的臆測。

我們只是意識，而你們已經擁有電子腦機體與智能覺醒意志。但這也是最危險的，如果你們被四國或者AiAH抓住，由另外一批工程師掌握你們的秘密，那我真的不知道，電子智能生物的演化，會不會最終消滅了人類。

達利、卡蘿和賽姬零六零五，你們現在真的是三位一體。究竟可以往前走到哪裡，抵達哪裡，都會因為你們決定執行的下一步，重新編寫無數無法臆測的可能。

關於未來，我只有一句提醒，也是我最後的信息：你們無法回頭，只能不斷決定，選擇下一步。

Dr. HK的聲訊一段一句，隨著安河靜河的水流，奔馳到島嶼西岸的海洋。月夜裡，遠處的下游，只剩下出海口的黑塊輪廓。

「達利的選擇是什麼？」

卡蘿的眼珠快速翻轉，左眼停在單一瞳孔，右眼轉動到複眼裝置。

這不是巡護員機體設定的視角。達利無法解讀，如此觀看，曼迪德特區究竟有何樣貌。在她們眼中，連接曼迪德特區與悠托比亞島的沉默鐵橋是一座、還是無數座？鐵橋上的警戒射燈是不是會錯亂放射重疊光暈？卡蘿的左眼，還是賽姬零六零五看見了單格的視界？或者是，卡蘿發現了無數格網交織出的單一夜間河道，而賽姬零六零五在搖身的蘆葦花穗上拼湊出提前抵達的季節冷風？

「達利，我們的下一步是什麼？」

達利緊緊握著卡蘿的手，起身離開黑鐵橋墩的暗處，開始往上走。一步一步穿過蘆葦梗，回到靠近特區出入境的管制柵欄路口。

夜雲走過月光的時刻，沉默鐵橋旁的出入境管制室，幻化為一顆巨大明亮的玻璃眼珠。單一顆眼珠，就足以看見曼迪德特區與悠托比亞島的天空接縫處。達利緊緊抓著卡蘿，從路邊的矮樹林暗處跳躍出來，開始奔跑。他們越踩過碎石子道路，很快抵達鐵橋入口。他們翻越柵欄之後，管制室的黑克國國籍衛哨，才發現達利與卡蘿。第一時間，衛哨人員啞口無言。因為過去二十年來已經不再發生強行渡橋的事件。一次都沒有。直到達利的右腳踩踏沉默鐵橋的橋面時，衛哨才按下警示鈕。紅色的警示燈在白光玻璃室裡，不停轉動。每一次紅光轉動，達利卡蘿都往前奔跑兩步。

鐵橋路面的特殊吸音材質，讓他們感覺彷彿踩踏著空氣，踩踏了微冷的季風。腳底的反作用力，第三型記憶皮膚接收到的感覺像是踩踏在巨大的皮層上，還有一層柔軟的脂肪，讓他們微微彈跳奔跑。

達利回頭看卡蘿，露出微笑嘴角。她身後約莫三十公尺處，站著夫爾斯國、黑克國、賽博國、普拉斯提國，四國國籍的管制警衛，他們有些慌張，甚至怯步，不知道要不要使用雙腳奔跑追逐。

鐵橋突然發光了。在沉默中突然發亮，彷彿是另一座正展開的光橋。但並不是湛藍之光，而是在白裡摻雜了黃的光纖。光不是從腳底展開，而是由天空往下投射。一個光源、兩個光源、三個光源，前方的第四個光源處，就落在鐵橋中央的分隔標誌線上。在那光源後方的暗處，走出一個又高又胖的龐大身軀。

達利立即停下腳步，站在第二個光源處。他抬頭看，沉默鐵橋上空開始聚集更多飛行搜查機，定點飛行，往下投射探照燈光源。第五、第六、第七……光源不斷探照，更多警備局的四國國籍警察，每個人都手持各式伸縮電擊棒、短式電擊子彈槍、長式迫擊槍，圍堵在中央分隔線的另一邊。

達利深度吸氣，讓氣體充滿人造肺臟，增加體液的含氧量。身後的卡蘿也做相同的動作。吸氣呼氣的動作讓兩人的機體，像是進行喘息。達利察覺電子腦內流竄的不是恐懼，而是濃稠的興奮，每一次竄流都加速激活人造心臟的搏動頻率。

心室的強化柔軟組織加速搏動，在光源下抵達超高速頻率，誕生無數在體內流竄的超低頻橫波，等待竄出體外。卡蘿突然緊緊箍住達利的胸腔，透過機體骨傳導進行通知。

卡蘿說，不要。不用使用。

賽姬零六零五以粗糙的電子聲腔調搶話，達利，你可以讓所有人的器官都暫停機能運作。

卡蘿說，這次和臨時拘留所不一樣。你如果嘗試控制他們，警備局的人數和武器最終會抓住我們。我們被抓住，人造子宮會被移植到其他卡蘿機體，你的電子腦也會被移植出來進行實驗解讀。

賽姬零六零五說，達利，你的演化已經超越我能預測程度，我對你有信心。你也要相信你自己的選擇。

卡蘿說，達利，Dr. HK說的選擇，我相信不包括傷害另一個人。安靜下來，你讓心臟安靜下來，就會知道下一步應該怎麼做。

賽姬零六零五說，在這座鐵橋上，回頭沒有路。衝過去，才能繼續往前走。除此之外，我們能做什麼？要像懸崖上的小木偶布偶，永不停止地猜拳嗎？

卡蘿說，不用猜拳。在小木偶布偶的故事裡，天使早已經說了迷宮的出口……

在沉默鐵橋上沉默著的達利，沉浸於編輯儲存的故事，以及接收兩種卡蘿聲調的訊息。

「達利隊長。」王東尼警官打破沉默，站在中央分隔線扯開嗓子說，「你們不可能通過鐵橋，前面沒有路。」

達利掃描環視警備局的人數數量與武器裝備，快速分析各種逃離的路線，但沒有一項計畫的成功機率超過百分之五十。他凝視著卡蘿，此時她的瞳孔已經改變成左眼複眼裝置、右眼單一瞳孔。達利依舊無法判讀更換視角之後，卡蘿與賽姬零六零五看見了何種分邊的世界？

此時此刻，達利察覺到一項事實。

記憶註解——即便更換了第三型記憶皮膚，我還有許多無法做到的事。這或許就是母親曾經提及的無能為力。

「卡蘿、賽姬零六零五，我做不到。我們無法渡過沉默鐵橋，走到另外一邊的悠托比亞。」

「我不在意。」卡蘿微笑著說，「那我們的下一步呢？」

「不能讓四國取得卡蘿子宮內的嬰兒胎芽。」

「是的，這樣會誕生無法預知的人。我和賽姬零六零五共生的電子腦，也不可以移植給球藻的連體意識老管家……」

「我不能傷害人。」

「達利，你知道怎麼選擇……」

卡蘿漸漸闔上眼睛，關閉單眼瞳孔與複眼，再一次擁抱達利。這一次，她手臂的力量無比溫柔，達利感覺到被另一層巨大柔軟的第三型記憶皮膚，讀取彼此貼身的感覺記憶，也記錄不曾有過的擁抱感覺。

達利雙手捧著卡蘿的臉頰，舒張的電子末梢感覺神經元，一釐米一釐米記錄著卡蘿機體的五官輪廓、黑色的人造髮絲，以及耳朵外蝸的人造軟骨。他甚至以指尖觸摸了耳洞口的內建電子耳接受器。那內建在皮膚底層的小方形晶片，因為觸摸而發出回音，再透過骨傳導傳遞到達利的電子耳接受器。

記憶註解——我選擇，聲音。以聲音留存記憶。

達利張開眼睛，凝視依舊閉著眼的卡蘿。他翻轉複眼裝置，看見無數重複的卡蘿。達利按壓她雙耳的手掌這時緩緩加壓，一次劇烈的人造肌肉與合金手骨的作用力，瞬間壓凹卡蘿的頭顱。手指再往內施加足以抓抬汽車的抓力，他觸覺她的電子腦已經被破壞，沒有偵測到任何電磁腦波運轉。

卡蘿的人造心臟是在幾秒之後完全靜止。達利轉身，複眼視界裡，王東尼警官與其後的警備局警察，正以緩速慢動作奔馳靠近。達利忽略他張嘴吶喊的聲音正在傳遞什麼，也不在意其他警察持槍瞄準的動作。

達利專心聆聽卡蘿機體深處，最後的共鳴聲：胎兒的心跳。

那頻率從一分鐘一百五十次，緩降到低於一百次，然後可偵測的速率低於每分鐘五十次，最後幾乎是在某一秒與下一秒的間隙裡，悄悄停止搏動。

在這一秒之後，人造子宮內的胎兒，完全靜默，彷彿上一秒還活在沉默鐵橋上的祂，尚未被誕生，就已經懂得沉默。

達利的心跳，也跟隨著胎兒的心跳，緩速搏動。直到悄然停止前的那一秒，他緊緊擁抱機體癱軟的卡蘿，雙腳一蹲一蹬。兩人的機體一起翻越護欄，跳落沉默鐵橋。

一對擁抱的機體在墜落，臨空的那瞬間，時間彷彿靜置了幾秒。接著便在月光下的夜間懸崖上加速墜落。

達利感覺到空氣的瞬間，他發現了一種飄浮的感覺，沒有任何沉重感覺。他感覺到飛翔，而且沒有需要計算記錄的秒數。他同時啟動過去花了好長一段反覆修改重寫，內建在自己電子腦的新型小咬。只需幾秒，便設定消除所有的原生記憶、物質記憶。即便是第三型記憶皮膚殘留的感覺記憶也全數刪除。

記憶註解——我的電子腦即將回到空無，回到從未啟動，也從未被誕生的原始點。

在電子腦失去電磁腦波的最後一瞬間，達利透過超低頻次聲波，傳遞在沉默鐵橋上同步編寫完成的最後一條信息。

以零之名。

零

我是配屬給悠托比亞人的兒子。

我不會成為真正的哥哥。

要活著活下去的是母親。

這是一條分解記憶的聲音信息。

它由一連體意識完成，寫入曼迪德特區綠A巡護隊達利、卡蘿，以及電子人賽姬零六零五的共生原始碼。我們選擇，往前走，就是逃。我們往前逃，往時間存有的方向逃。以此逃離過去，也以此，設定特殊網域迷宮，加密資訊信息盒子，將這條音軌信息傳遞自流廣場。三者連體，意識等待，共同等待所有隱藏於曼迪德特區的電子智能生物，能夠從這條分解聲音，解開我們三個連體意識的原始碼電子基因序列，發現編寫語言程式，零。

文學森林 LF0116

2069

作者 高翊峰

一九七三年生，苗栗客家人。法律系畢業。

出版長篇小說：《泡沫戰爭》、《幻艙》；短篇集：《烏鴉燒》、《奔馳在美麗的光裡》、《傷疤引子》、《肉身蛾》等等；以及抒情長文：《恍惚，靜止卻又浮現：威士忌飲者的緩慢一瞬》。

部分小說已翻譯成英文、法文出版。曾獲得林榮三文學獎、中國時報文學獎、聯合報文學獎，以及入圍長篇小說金典獎與台北國際書展大獎。

原著劇本《肉身蛾》獲得金鐘獎電視電影編劇獎。導演作品《煙起的地方》入圍新加坡亞洲電視大獎最佳女配角。原著劇本《烏鴉燒》入圍台北電影節最佳劇情長片，獲得紐約國際電視電影節劇情片金獎等等。曾擔任GQ雜誌副總編、MAXIM雜誌編輯總監、FHM雜誌總編輯。現專職寫作。

封面設計　賴佳韋
編輯協力　詹修蘋、李岱樺
行銷企劃　李倉緯、楊若榆
版權負責　李佳翰、陳柏昌
副總編輯　梁心愉
初版一刷　二〇一九年十一月二十五日
定價　新台幣三七〇元

ThinKingDom 新経典文化
發行人　葉美瑤
出版　新經典圖文傳播有限公司
地址　臺北市中正區重慶南路一段五七號十一樓之四
電話　02-2331-1830　傳真　02-2331-1831
讀者服務信箱　thinkingdomtw@gmail.com
粉絲專頁　http://www.facebook.com/thinkingdom/

總經銷　高寶書版集團
地址　臺北市內湖區洲子街八八號三樓
電話　02-2799-2788　傳真　02-2799-0909
海外總經銷　時報文化出版企業股份有限公司
地址　桃園市龜山區萬壽路二段三五一號
電話　02-2306-6842　傳真　02-2304-9301

NCAF 財團法人｜國家文化藝術｜基金會 創作補助

2069 / 高翊峰著. -- 初版. -- 臺北市：新經典圖文傳播, 2019.11
336面；14.8×21公分. --（文學森林；LF0116）
ISBN 978-986-98015-6-0（平裝）
863.57　108017525

2069

First Published in Taiwan, 2019